ARNES SCHULD

IRIS KRUMBIEGEL

Iris Krumbiegel

Reichenhäuser Straße 28

98634 Frankenheim

Korrektorat: Textstübchen

https://www.textstuebchen.de/

Covergestaltung: ©2018 vercodesign, Unna

ISBN: 9781073889235

INHALT

Kapitel 1	1
Kapitel 2	13
Kapitel 3	26
Kapitel 4	32
Kapitel 5	38
Kapitel 6	54
Kapitel 7	73
Kapitel 8	83
Kapitel 9	102
Kapitel 10	113
Kapitel 11	125
Kapitel 12	136
Kapitel 13	147
Kapitel 14	162
Kapitel 15	177
Kapitel 16	194
Kapitel 17	200
Kapitel 18	212
Kapitel 19	221
Kapitel 20	227
Kapitel 21	235

1

„Marie, hast du eine Ahnung, wer gegenüber einzieht?“, fragte mich Noel, der am Fenster stand und die Straße beobachtete. In seiner Hand hielt er eine Tasse Kaffee, an dem er von Zeit zu Zeit nippte.

„Davon weiß ich ja gar nichts.“

Ich trat zu ihm, schlang von hinten meine Arme um seinen Körper und legte meinen Kopf an seinen Rücken. Er fühlte sich wunderbar warm an.

„Ich kann mir auch nicht vorstellen, dass in diesem alten Bau jemand wohnen möchte, bevor er nicht renoviert wurde. Bist du sicher, dass es sich um einen Einzug handelt?“

„Schau selbst!“

Noel zeigte auf die Männer, die in grünen Overalls steckten und unzählige Kisten von einem Lastwagen zum Haus trugen. Die Aufschrift auf dem Transporter verriet, dass es sich um ein Umzugsunternehmen handelte. Tatsächlich folgten nun auch Möbelpacker, die ein Sofa schleppten. Dazwischen sprang eine junge Frau herum und gab Anweisungen.

„Du hast recht. Es sieht wirklich danach aus, als würden wir Nachbarn bekommen."

„Schade eigentlich", sagte Noel. „Mir hat die Ruhe hier ganz gut gefallen."

„Es heißt ja nicht, dass es damit nun vorbei ist. Wir sollten abwarten, Schatz. Vielleicht handelt es sich um eine ganz nette Familie. Komm! Lass uns zu Ende frühstücken. Wir können sie später immer noch kennenlernen."

„Wer ist eigentlich Besitzer des Hauses?", fragte Noel und folgte mir zum Tisch.

„Keine Ahnung, ich weiß nur, dass die alte Villa einem Arzt gehörte, der schon vor Jahren verstorben ist. Er muss wohl sehr zurückgezogen gelebt haben. Als ich damals in das Haus meiner Eltern zog, waren dessen Enkel gerade damit beschäftigt, die Villa auszuräumen. Sehr gesprächig waren sie nicht, und mitgenommen haben sie auch nicht viel. Zumindest habe ich davon nichts mitbekommen. Aber das muss nichts heißen. Ich hatte das Gefühl, dass sie mir und den anderen Nachbarn aus dem Weg gingen."

„Das hört sich fast so an, als hätten sie etwas zu verbergen gehabt."

„So weit würde ich mit meiner Vermutung nicht gehen. Vielleicht wollten sie einfach nur in Ruhe seinen Nachlass klären und keine neugierigen Fragen beantworten müssen. Ich kann mich auch nicht erinnern, dass einer von ihnen in den letzten Jahren nach dem Rechten geschaut hat. Ab und an kam ein Gärtner, der die notwendigsten Arbeiten draußen verrichtete. Vor ein paar Tagen war dann eine Reinigungsfirma im Haus. Außerdem war da dieser Makler. Offensichtlich haben die Enkel des Arztes ihn beauftragt, die Villa zu verkaufen."

„Die neuen Eigentümer werden einiges tun müssen, um das Haus in Schuss zu bringen. Es stand ziemlich lange leer."

„Ich bin sicher, dass sie sich dessen bewusst sind. Ich gehe mich jetzt jedenfalls anziehen. In einer Stunde treffe ich Ines. Ich bin gespannt, was sie wieder vorhat."

„Was wohl? Sie hofft, dass du ihr eine neue Geschichte lieferst. Seitdem Max' Leben veröffentlicht wurde, ist einige Zeit vergangen."

„Stimmt. Wo du gerade von ihm sprichst, er kommt morgen mit zum Spiel. Anne geht es nach ihrem Infekt endlich wieder besser. Jonah freut sich schon darauf. Du weißt, wie sehr er ihn die letzten beiden Spiele vermisst hat."

„Ja, die beiden sind inzwischen unzertrennlich. Max ist an Onkel Elias' Stelle getreten. Er ist so etwas wie Jonahs Opa geworden und außerdem das große Vorbild unseres Sohns. Wenn ich daran denke, wie er damals mitten im Stadion stand und den Treffer versenkte, bekomme ich heute noch Gänsehaut."

„Geht mir genauso, ich glaube, niemand, der dabei war, wird diesen besonderen Moment jemals vergessen. Umso glücklicher bin ich, dass Max jetzt zur Familie gehört. Aber nun muss ich los. Du kennst ja Ines, sie mag es nicht, wenn man sich verspätet."

Ich stand auf und räumte das Geschirr vom Tisch, bevor ich zu meinem Mann ging und ihn umarmte.

„Wir sehen uns heute Abend, Schatz."

„Es kann etwas später werden", antwortete Noel. „Viel Vergnügen mit Ines."

Das werde ich haben, dachte ich, als ich eine halbe Stunde später in die Stadtmitte fuhr. Die Literaturagentin und ich hatten uns in deren Büro verabredet. Als ich auf dem Parkplatz vor dem Gebäudekomplex ankam, kletterte Ines gerade aus ihrem Wagen.

„Guten Morgen", begrüßte sie mich mit einem strahlenden Lächeln, nachdem ich ausgestiegen war. „Wie schön, dass du es einrichten konntest. Wie geht es der Familie?"

„Gut, Jonah ist in der Schule und Noel vermutlich gerade

auf dem Weg ins Büro. Und wie geht es dir? Wir haben uns eine Weile nicht gesehen."

„Was nicht an mir liegt", antwortete Ines und warf mir einen vorwurfsvollen Blick zu. „Seitdem du wieder arbeitest, findest du für die Lebenden kaum noch Zeit."

„Meine Patienten leben auch, Ines. Hör auf, von ihnen zu reden, als ob sie tot wären! Du weißt, dass ich das nicht hören möchte."

„Schon gut." Ines hob zur Entschuldigung beide Hände. „Vergiss, was ich gesagt habe! Lass uns lieber nach oben gehen. Ich möchte mit dir über die Bücher reden."

„Das hatte ich befürchtet. Ich hoffe, du erwartest nicht zu viel."

„Warum so misstrauisch, Marie? Ich möchte nur mit dir plaudern."

„Weil ich dich kenne", gab ich zur Antwort und zog die Augenbrauen hoch, woraufhin Ines laut lachte und mir die Tür aufhielt.

„Komm schon! Ich fresse dich doch nicht."

Da war ich mir nicht so sicher. Ines war meine Freundin, aber auch eine knallharte Geschäftsfrau. Der Buchmarkt war umkämpft. Trotzdem standen ihre Autoren auf den Bestsellerlisten. Sie hatte einfach den richtigen Riecher. Was mich anging, würde sie allerdings ihre Zeit verschwenden. Dennoch folgte ich ihr natürlich ins Gebäude. Während sie mir von Claudias Sohn erzählte, fuhren wir mit dem Fahrstuhl in die dritte Etage, in der sich die Agentur befand. Dort angekommen, bot Ines mir Kaffee an, den ich jedoch ablehnte.

„Ich habe gefrühstückt, bevor ich zu dir kam, danke. Also, was gibt es?"

„Nicht viel, und das ist es auch, was mich beunruhigt. Unsere Leser warten auf eine Fortsetzung der Jonah-Reihe. Sie haben Jo, Clara und Max in ihr Herz geschlossen. Wenn wir jetzt nicht nachlegen, verlieren wir sie."

„Du weißt, dass es mir nie darum ging", antwortete ich. „Ich war nicht auf der Suche nach irgendwelchen Schicksalen, die du veröffentlichen kannst, sondern bin nur zufällig darauf gestoßen."

„Was sich für die Stiftung nicht als Nachteil erwiesen hat. Noel hat mir bestätigt, wie viel Aufmerksamkeit sie durch die Romane bekam. Ihr seid auf Spenden angewiesen, Marie."

„Ich kann dir trotzdem nicht weiterhelfen. Schließlich kann ich dir keine Geschichte aus dem Hut zaubern. Ich bin Krankenschwester, Ines. Das mit den Romanen war für mich nur eine Ausnahme. Tut mir leid."

„Es gibt also keinen Patienten auf deiner Station, wo es sich lohnt, genauer hinzuschauen?"

„Diese Menschen liegen im Wachkoma. Natürlich schaue ich genauer hin. Allerdings nicht, weil ich hoffe, Stoff für einen Roman zu finden. Ich bin dafür da, ihnen zu helfen und nicht, um in ihrem Leben zu stöbern."

„Kein Grund, gleich beleidigt zu sein." Ines zog die Augenbrauen hoch. „Ich weiß, wie sehr dir deine Patienten am Herzen liegen."

„Dann ist es ja gut."

Ich atmete tief durch und schluckte meinen Ärger hinunter. Ich kannte Ines doch, die durch und durch Geschäftsfrau war. Ich wusste aber auch, dass sie sich rührend um Claudia Mehrings Sohn kümmerte, bei dem sie längst die Mutterrolle eingenommen hatte.

„Hör zu!", lenkte ich ein. „Wenn ich auf etwas stoße, was interessant sein könnte, bist du die Erste, die davon erfährt, okay? Im Moment sieht es jedoch nicht danach aus."

Ines nickte. Es war nicht das, was sie sich von dem Gespräch erhofft hatte. Ich konnte es deutlich in ihrem Gesicht lesen. Dennoch lächelte sie nun.

„Wie geht es Max? Treibt er sich immer noch im Fußballstadion herum?“

„Natürlich, was hast du erwartet?“, antwortete ich, erleichtert darüber, dass sie das Thema wechselte. „Er und Jonah gehen zu jedem Heimspiel.“

„Schön zu hören. Ich bin froh, dass es ihm gut geht. Wenn du es mir vielleicht auch nicht glaubst, seine Geschichte hat mich sehr berührt.“

„Wohl jeden, der sie gelesen hat, Ines. Und ich weiß, dass du nicht nur die erfolgreiche Literaturagentin bist. Du hast ein großes Herz. Mit der Veröffentlichung der Bücher tust du etwas sehr Wichtiges. Die Verbrechen, die damals begangen wurden, dürfen nicht in Vergessenheit geraten. Du hilfst dabei.“

„Danke, ich tue, was ich kann.“

„Das ist sehr viel.“ Ich stand auf. „Ich muss los. Warum kommt ihr nicht wieder einmal zum Essen zu uns? Wir würden uns sehr freuen.“

„Ja, warum eigentlich nicht. Ich melde mich, okay?“

„Mach das. Bis später, Ines.“

„Bis später, und grüß Max von mir.“

Ich nickte ihr zu und ging zur Tür. Dabei kam ich an dem großen Regal vorbei, in dem eine Menge Bücher standen. Ich erkannte Jonahs Buch sofort und zog es heraus. Auf dem Cover war er als kleiner Junge zu sehen. Noel und ich hatten das Foto in einer der Kisten gefunden, die wir aus Erfurt mitgenommen hatten, wo sich das ehemalige Juweliergeschäft seiner Eltern befunden hatte. Immer wenn ich das Foto ansah, spürte ich, wie sehr es mich berührte. Es ging eine Beklemmung davon aus, der ich mich nicht entziehen konnte.

Liebevoll strich ich über Jonahs gesenktes Gesicht. Ich vermisste ihn und Onkel Eli.

„Mit Jonah hat es angefangen“, hörte ich Ines hinter mir sagen.

„Ja, das ist wahr.“

Ich stellte das Buch zurück ins Regal und verließ ihr Büro. In Gedanken war ich bei Jo. Ines hatte recht. Mit ihm hatte es begonnen. Es kam mir wie eine Ewigkeit vor.

Dabei erinnerte ich mich noch gut daran, wie er auf unsere Station eingewiesen wurde. Der Patient ohne Namen, der nach einem Schädel-Hirn-Trauma im Wachkoma lag. Keiner hatte den alten Mann gekannt oder vermisst. Alles, was er bei sich getragen hatte, war dieses Tagebuch gewesen, aus dem ich ihm Nacht für Nacht vorgelesen hatte.

Jo war nie aufgewacht, wie ich gehofft hatte. Ich bedauerte es noch heute. Allerdings tröstete es mich, dass er durchgehalten hatte, bis sein Bruder an seinem Krankenbett saß.

Ich seufzte und atmete tief durch, als ich auf der Straße stand. Mein Blick richtete sich nach oben zum dritten Stock. Hinter einem der großen Fenster erkannte ich Ines, die mir zuwinkte. Ich winkte zurück, bevor ich die Straße überquerte, um zum Parkplatz zu gelangen. So leid es mir tat, ich konnte ihr mit keiner neuen Geschichte dienen, und irgendwie war ich auch froh darüber.

~

Kaum war ich im Auto angekommen, klingelte mein Handy. Ich seufzte. Es konnte nur die Klinik sein. Wahrscheinlich hatte sich eine meiner Kolleginnen krankgemeldet und Schwester Elke war auf der Suche nach einem Ersatz. Was bedeuten würde, dass ich meinen einzigen freien Tag in dieser Woche opfern musste. Ich zögerte kurz, doch dann siegte mein Verantwortungsbewusstsein den Patienten gegenüber. Sie konnten am wenigsten für den ständigen Personalmangel.

Also griff ich nach dem Handy, auf dessen Display eine mir unbekannte Nummer erschien. Auch die Stimme, die sich meldete, war mir fremd. Außerdem hörte sie sich angespannt an, was mich misstrauisch werden ließ. Es gab schließlich genug Spinner auf dieser Welt, die nichts Besseres zu tun hatten, als andere Menschen zu belästigen.

„Was wollen Sie?“, fragte ich den Mann am anderen Ende der Leitung, nachdem er mich begrüßt hatte. „Wenn Sie mir etwas verkaufen wollen, muss ich Sie enttäuschen. Ich …“

„Das ist nicht meine Absicht. Ich möchte nur mit dir reden, Marie.“

„Wer sind Sie? Woher haben Sie meine Nummer?“

Aus irgendeinem Grund wurde ich plötzlich unruhig. Inzwischen bereute ich, überhaupt abgenommen zu haben.

„Ich bin Karsten. Karsten Buchert, Freds Sohn.“

Onkel Freds Sohn! Ich sackte in die Polster meines Wagens zurück. Meine Hände, die das Handy hielten, begannen leicht zu zittern. Ich hatte nicht damit gerechnet, dass sich der Mann, der mir damals im Flur des Krankenhauses begegnet war, bei mir melden würde.

Mittlerweile waren auch sechs Monate vergangen. Ich wusste nicht einmal, wie es Fred jetzt ging, und wenn ich ehrlich war, wollte ich das auch nicht wissen. Er war der Mörder meiner Eltern, daran hatte auch mein Besuch im Krankenhaus, nachdem er sich das Leben nehmen wollte, nichts geändert.

„Marie? Bist du noch dran?“

„Ja“, antwortete ich nach einem kurzen Zögern.

„Ich würde mich gerne mit dir unterhalten. Denkst du, das wäre möglich?“

„Ich wüsste nicht, wozu. Hat er Sie gebeten, den Kontakt zu mir zu suchen?“

Obwohl Karsten Buchert mich duzte, ging ich nicht darauf ein. Er war ein Fremder. Außerdem konnte ich so die

Distanz zu ihm und seinem Vater aufrechterhalten. Ich wollte nichts mit ihnen zu tun haben, erst recht nicht vor dem anstehenden Prozess.

„Nein." Freds Sohn räusperte sich. „Mein Vater ist tot. Er starb vor drei Wochen. Es geschah an dem Tag, als er den Prozesstermin erfuhr."

Ich rang nach Atem. Beinahe panisch öffnete ich das Fenster, damit frische Luft ins Wageninnere dringen konnte. Onkel Fred war tot! Die Nachricht erschütterte mich zutiefst. Damit löste sich die Distanz, die ich mühsam aufgebaut hatte, in Luft auf.

Obwohl ich mir in den letzten Monaten eingeredet hatte, dass mich sein Leben nichts mehr anginge, hatte ich innerlich doch aufgeatmet, als ich im Krankenhaus in der Schweiz anrief und man mir mitteilte, dass er den Suizid überlebt hatte und es ihm den Umständen entsprechend gut ging.

Dabei hatte ich vor allem an seine Familie gedacht, die keine Schuld daran trug, was Fred meinen Eltern vor vielen Jahren angetan hatte. Dafür würde er büßen müssen, hatte ich geglaubt und auf den Beginn des Prozesses gewartet, der nun nie stattfinden würde.

„Marie?", hörte ich seinen Sohn fragen. Ich musste etwas antworten. Aber mir fiel nichts ein. Nichts, was dieser Situation gerecht wurde.

„Es tut mir leid für Sie", presste ich heraus und fragte mich gleichzeitig, ob ich tatsächlich so empfand. Belog ich gerade Karsten Buchert oder mich selbst?

„Danke", kam leise die Antwort. „Können wir uns treffen?"

Ich hatte keine Ahnung, ob wir das konnten, und erst recht nicht, für was es gut sein sollte. Außerdem musste ich die Neuigkeit sacken lassen, was nicht einfach war. Mit Freds Tod kam alles wieder hoch. Ich musste nur die Augen schließen und schon hatte ich die Bilder im Kopf, wie ich aus dem Fenster gesprungen war und meine Mutter verzweifelt geschrien hatte:

„Spring, Marie! Spring!“

Es hatte eine Ewigkeit gedauert, bis ich meine Vergangenheit zumindest halbwegs aufgearbeitet hatte, und noch länger hatte ich gebraucht, um die Albträume loszuwerden. Niemand, auch nicht Freds Sohn, konnte verlangen, dass ich mich dem noch einmal stellte.

„Ich kann nicht“, stieß ich hervor. „Nicht jetzt.“

„Ich verstehe. Wenn ich ehrlich bin, habe ich es geahnt. Wahrscheinlich würde ich nicht anders reagieren.“

Ich nickte und vergaß, dass Freds Sohn mich nicht sehen konnte.

„Ich bin bis Freitag in der Stadt. Solltest du es dir anders überlegen, kannst du mich jederzeit anrufen. Alles Gute für dich, Marie.“

„Ihnen auch.“

Ich legte auf. Dann stieg ich aus und ging die Straße entlang, bis ich ein Café fand. Ich konnte jetzt unmöglich Auto fahren, wenn ich keinen Unfall riskieren wollte. Meine Gedanken waren ein einziger Knoten und ich befürchtete, dass es mir nicht gelingen würde, ihn zu entwirren.

Warum musste sich Freds Sohn auch bei mir melden, dachte ich. Wieso ließ er mich nicht einfach in Ruhe? Genügte das, was sein Vater getan hatte, nicht? Er musste sich doch denken können, dass ich endlich damit abschließen wollte.

Ich bestellte mir einen Kaffee und hockte mich in eine Ecke, in der ich ungestört nachdenken konnte. Vielleicht sollte ich Doktor Klingenberg anrufen. Der Anwalt und ehemalige Freund meines Vaters beriet mich auch heute noch. Wenn mir jemand einen Rat geben konnte, war er es. Kurz entschlossen wählte ich seine Nummer. Er nahm nach dem zweiten Klingeln ab.

„Marie? Was gibt es?“, fragte er freundlich wie immer.

„Es geht um Onkel Fred“, kam ich ohne Umschweife zur Sache. „Sein Sohn hat mich gerade angerufen. Es kam völlig überraschend.“

„Gibt es einen Grund dafür? Hat es mit dem Prozess zu tun?“

„Das könnte man so sagen. Der Prozess ist geplatzt. Onkel Fred ist vor drei Wochen gestorben.“

„Wie geht es dir damit?“, fragte Doktor Klingenberg, den die Neuigkeit nicht sonderlich zu beeindrucken schien. Seine Sorge galt ausschließlich mir.

„Ich weiß es nicht“, antwortete ich ehrlich. „Im Moment bin ich ziemlich durcheinander.“

„Was völlig normal ist, Marie. Ich kann mir gut vorstellen, dass es alles wieder aufwühlt. Aber das hätte der Prozess auch getan. Vergiss das nicht! Vielleicht erinnerst du dich daran, wie die Presse damals euer Haus belagert hat. Ich glaube kaum, dass es während der Verhandlung anders geworden wäre, im Gegenteil.“

Der Anwalt brach ab. Ich hörte seinen gleichmäßigen Atem, bevor er hinzufügte:

„Normalerweise bedauere ich den Tod eines Menschen. Du kennst mich. In diesem Fall erleichtert er mich, Marie.“

Ich konnte nicht antworten. Für mich fühlte es sich schrecklich an, Erleichterung zu empfinden, weil ein Mensch gestorben war. Ich arbeitete auf einer Wachkomastation und kämpfte täglich dafür, dass meine Patienten am Leben blieben und sie damit die Möglichkeit erhielten, vielleicht doch eines Tages zu erwachen. Es fühlte sich so falsch an, die

Last, die all die Jahre auf meine Brust gedrückt hatte, plötzlich loszulassen.

„Marie? Möchtest du, dass ich zu dir komme?"

„Nein, nicht nötig. Deine Stimme hat mir gutgetan und auch was du gesagt hast. Ich trinke einen Kaffee und fahre dann nach Hause. Ich brauche nur etwas Zeit."

„Nimm sie dir! Du kannst mich jederzeit anrufen oder vorbeikommen, das weißt du hoffentlich. Ich bin immer für dich da."

„Danke. Ich werde daran denken."

„Grüß Noel und Jonah von mir. Kann gut sein, dass ich demnächst wieder einmal mit zu einem Spiel gehe."

„Sie würden sich bestimmt sehr darüber freuen. Mach's gut."

„Du auch, Marie!"

Er legte auf. Ich hingegen fühlte mich etwas besser. Doktor Klingenberg hatte recht. Der Prozess wäre nicht nur nervenaufreibend, sondern auch psychisch anstrengend geworden. Ich hatte mich in den vergangenen Monaten nicht nur einmal gefragt, wie ich ihn durchstehen sollte. Onkel Fred gegenüberzustehen und die grausamen Details dieser schrecklichen Nacht zu hören, hätte meine Kraft vermutlich überschritten.

Trotz allem bedauerte ich seinen Tod. Als ich ihn im Krankenhaus besucht hatte, war er kaum ansprechbar gewesen. Ich hatte ihn gebeten zu kämpfen, für seine Familie. Aber da waren auch all die Fragen, die nur er beantworten konnte. Ich wollte endlich erfahren, was ihn dazu getrieben hatte, meine Eltern zu töten.

Natürlich hatte ich darauf vertraut, dass ich die Antworten beim Prozess bekommen würde. Ein Trugschluss, wie sich jetzt herausstellte. Ich war mir nicht sicher, ob ich damit meinen Frieden finden konnte.

2

Als ich zu Hause ankam, fand ich einen Zettel auf dem Küchentisch. Jonah hatte geschrieben, dass er mit Max zum Sportplatz gehen wollte und erst zum Abendessen zurück sein würde. Ich war erleichtert darüber. So würde ich Zeit finden, das Telefonat zu verarbeiten, ohne dass mein Sohn etwas davon mitbekam. Noel und ich hatten nicht umsonst dafür gesorgt, alles von ihm fernzuhalten, was mit dem Prozess zusammenhing.

Kurz entschlossen brühte ich mir einen Kaffee auf und nahm die Tasse mit in den Garten. Dort setzte ich mich auf die Liege und hielt mein Gesicht in die Sonne. Es tat gut, die wärmenden Strahlen auf der Haut zu spüren, und gab mir irgendwie die Gewissheit, dass mit dem Tod von Onkel Fred auch der letzte Rest Kälte aus meinem Herzen verschwinden würde.

Es war vorbei. Endgültig. Es gab nichts mehr, was die Schatten der Vergangenheit zurückholte.

„Hallo? Störe ich?"

Ich erschrak und öffnete die Augen. Es kam so gut wie nie vor, dass jemand an unserem Zaun stand. Erst recht keine junge freundliche Frau, die mich etwas schüchtern anlächelte.

„Nein, ich genieße nur die Sonne“, antwortete ich. „Kann ich etwas für Sie tun?“

„Ich wollte mich nur kurz vorstellen. Als ich Sie im Garten sitzen sah, dachte ich, es wäre eine gute Gelegenheit. Wir sind ins Haus nebenan gezogen. Aber ich wollte wirklich nicht stören.“

„Das tun Sie nicht. Kommen Sie rüber, ich hole Ihnen einen Kaffee.“

„Wirklich? Es macht Ihnen nichts aus?“

„Würde ich sonst fragen?“

Ich lächelte und stand auf. Während meine neue Nachbarin zum Gartentor ging, holte ich den Kaffee. Die Abwechslung kam mir gerade recht und würde mich von meinen Gedanken an Fred ablenken. Außerdem erfuhr ich so gleich, mit wem wir es zu tun hatten.

„Bitte!“ Ich hielt ihr die Tasse hin. „Setzen Sie sich doch.“

„Danke, das ist sehr nett.“ Sie nahm auf einem der Stühle Platz. Dann streckte sie mir ihre Hand entgegen. „Ich bin Stefanie Kohlmann.“

„Marie. Freut mich, Sie kennenzulernen.“

„Mich auch, wollen wir uns nicht duzen? Ich komme mir sonst so alt vor.“

„Das ist ein guter Vorschlag, wir sind jetzt schließlich Nachbarn. Wie kommt es, dass ihr euch für dieses Haus entschieden habt? Gehört ihr zur Familie Lautental?“

„Nein, wir wissen nur, dass das Haus einem alten Mann gehörte. Seine Enkel haben sich ziemlich bedeckt gehalten. Sie wollten die Villa unbedingt loswerden und sind uns sogar ohne zu zögern mit dem Kaufpreis entgegengekommen. Wenn du mich fragst, haben sie unter Wert verkauft.“

„Ihr werdet auch einiges renovieren müssen. Es stand lange leer.“

„Das wird kein Problem sein. Mein Mann ist handwerklich sehr geschickt."

„Gut zu wissen, mein Mann besitzt zwei linke Hände. Ich weiß also, an wen ich mich ab jetzt wenden kann."

Wir lachten. Stefanie wurde mir immer sympathischer. Damit erwies sich Noels Sorge, unser Frieden könne gestört werden, als völlig unbegründet.

„Darf ich fragen, was du beruflich machst?", sagte ich zu Stefanie.

„Ich bin Krankenschwester, und du?"

„Auch Krankenschwester, was für ein Zufall. Wo arbeitest du?"

„Im Moment gar nicht, ich wollte den Umzug hinter mich bringen, bevor ich mir eine neue Stelle suche. Zuerst müssen wir das Haus entrümpeln. Die ehemaligen Besitzer wollten kaum etwas von dem Inventar haben. Wir werden Wochen brauchen, bis alles raus ist und ich es nach unserem Geschmack einrichten kann. Danach kümmere ich mich um einen Job. Vielleicht weißt du ja, wo ich mich bewerben könnte."

„Du könntest dich in der Klinik vorstellen, in der ich arbeite. Wir suchen händeringend nach Personal. Allerdings arbeite ich auf einer Wachkomastation. Ich weiß, dass es viele abschreckt und sie lieber auf anderen Stationen arbeiten."

„Ich habe die letzten drei Jahre in der Intensivpflege gearbeitet, also in einem ähnlichen Bereich. Außerdem mag ich Herausforderungen. Vielleicht wäre es ja genau das Richtige für mich. Ich denke darüber nach. Und nun muss ich wieder rüber und meinem Mann das Essen zubereiten. Danke für den Kaffee und deine Zeit, Marie. Beim nächsten Mal besuchst du uns. Bring deine Familie ruhig mit."

„Gerne."

Ich meinte es ehrlich. Nicht nur, dass Stefanie mir gefiel, ich war auch neugierig auf das Haus. Dieser alte Bau mit seiner düsteren Fassade, die von wildem Efeu bedeckt war, hatte schon immer eine gewisse Anziehungskraft auf mich ausgeübt. Nicht nur einmal hatte ich mich gefragt, ob es hinter der Tür etwas freundlicher aussah als außen.

„Ich glaube, wir werden gute Nachbarinnen, Marie", hörte ich es in diesem Moment hinter der Hecke rufen. Ich sah Stefanie nicht, hörte aber ihr Lachen.

„Das denke ich auch", rief ich zurück und schüttelte den Kopf. Nun war es einer völlig Fremden tatsächlich gelungen, mich auf andere Gedanken zu bringen. Zufrieden lehnte ich mich zurück und schloss die Augen. Als ich sie wieder öffnete, ging die Sonne gerade unter. Ich war nach dem Besuch der neuen Nachbarin einfach eingeschlafen. Die Haut auf meinen Wangen brannte. Ich musste mich dringend eincremen, sonst würde ich die nächsten Tage mit krebsrotem Gesicht herumlaufen.

Ich ging ins Haus. Ein Blick in den Spiegel verriet, dass ich mir tatsächlich einen ordentlichen Sonnenbrand geholt hatte. Schnell legte ich mir einen nassen Lappen ins Gesicht. Das Brennen ließ nach, die Rötung blieb leider. Was nichts daran änderte, dass Noel und Jonah gleich nach Hause kamen und ich das Abendessen nicht einmal ansatzweise vorbereitet hatte.

Ich seufzte und begann, die Gurken in Scheiben zu schneiden. Ein Salat musste heute genügen. Wir konnten dazu frisches Brot essen, welches ich aus der Stadt mitgebracht hatte.

Während Scheibe für Scheibe auf dem Brett landete, fiel mir ein, dass ich Noel noch gar nichts von dem Anruf erzählt hatte. Eigentlich hatte ich vorgehabt, ihn anzurufen, es aber völlig vergessen, als Stefanie zu mir in den Garten gekommen war. Mein Mann würde erleichtert sein, wenn er erfuhr, dass es keinen Prozess geben würde. Wie Doktor Klingenberg befürchtete auch er, dass die Verhandlung unser Leben ziemlich aufwirbeln würde.

„Schatz? Ich bin zu Hause“, hörte ich in diesem Moment aus dem Flur. Die Tür schlug zu.

„Ich bin in der Küche“, rief ich zurück und trocknete mir die Hände ab. Als Noel zu mir kam, umarmte ich ihn und gab ihm einen Kuss.

„Salat?“

Mein Mann schaute skeptisch auf die Schüssel, in der sich Gurkenscheiben, Tomaten und grüne Salatblätter türmten.

„Zu mehr hat die Zeit nicht gereicht. Ich bin im Garten eingeschlafen.“

„Deshalb siehst du aus wie ein Krebs.“ Er lachte. „Hast du dich nicht eingecremt?“

„Leider nicht, ich hatte auch gar nicht vor, mich lange auf der Liege aufzuhalten. Doch dann kam unsere neue Nachbarin, wir haben geredet und als sie ging, bin ich weggedöst.“

„Ist sie so langweilig?“

„Überhaupt nicht, Stefanie ist richtig nett.“

„Stefanie heißt sie also.“

„Ja, Stefanie Kohlmann, und stell dir vor, sie ist Krankenschwester wie ich.“

„Ihr habt euch bereits angefreundet?“

„Das könnte man so sagen. Ich bin gespannt, ob ihr Mann auch so sympathisch ist.“

Ich mischte den Salat und stellte die Schüssel auf den Tisch. Dann schnitt ich ein paar Scheiben Brot ab und holte Teller und Besteck aus dem Schrank. In diesem Moment schlug die Tür erneut zu.

„Ich muss nach dem Essen unbedingt mit dir reden“, sagte ich schnell zu Noel, bevor Jonah die Küche betrat.

„Über die Nachbarn?“

„Nein, es geht um den Prozess.“

„Was ist damit?“

„Er wird nicht stattfinden. Onkel Fred ist tot.“

Bevor Noel reagieren konnte, kam Max mit unserem Sohn im Schlepptau in die Küche. Er umarmte mich und schlug Noel freundschaftlich auf die Schulter.

„Ich hoffe, ihr habt nichts dagegen, dass ich Jonahs Einladung angenommen habe und zum Essen bleibe.“

Er sah zu Noel, der nicht reagierte.

„Habe ich euch überrumpelt? Entschuldigt! Ich kann auch …“

„Natürlich nicht“, fiel ich ihm ins Wort. „Du gehörst zur Familie. Wie war euer Training?“

„Gut.“ Jonah ließ sich erschöpft auf den Stuhl fallen. „Onkel Max treibt mich ziemlich an. Für sein Alter ist er ganz schön streng.“

„Jonah!“ Ich schüttelte vorwurfsvoll meinen Kopf. „Was soll die Anspielung auf sein Alter? Max ist …“

„Alt“, unterbrach mich Max, bevor er sich Jonah zuwandte. „Zweifelst du etwa an deinem Trainer?“

Max lachte und setzte sich zu Jonah an den Tisch. Ich hingegen warf einen Blick zu Noel, der ungewohnt still war. Ich wusste, dass ihn meine Nachricht beschäftigte. Wahrscheinlich war er genauso überrascht, wie ich es gewesen war. Die Fragen standen ihm förmlich ins Gesicht geschrieben. Als unsere Blicke sich trafen, formte ich mit meinen Lippen ein „Später“.

Noel verstand und nickte, bevor er sich zu Max und Jonah setzte.

„Welche von Wilhelms Regeln war das noch mal?“, fragte er.

„Regel drei.“ Max schaute zu unserem Sohn. „Und sie ist

immer noch gültig. Zweifle nie an dem, was dein Trainer dir sagt!"

„Das weiß ich doch." Jonah langte nach dem Brot und hielt Max den Korb hin. „Du bist ein guter Trainer. Irgendwann werde ich wie du im Stadion stehen und das entscheidende Tor machen."

„Das wirst du, mein Junge."

Max klopfte unserem Sohn auf die Schulter, bevor er den Kopf senkte. Nicht schnell genug, ich hatte die Tränen in seinen Augen bemerkt. Es berührte ihn auch heute noch, an diesen besonderen Tag erinnert zu werden, an dem er Julius wiedergesehen und das Tor seines Lebens gemacht hatte. Es war so wichtig für ihn gewesen.

Bis zu diesem Tag hatte er keinen Fuß mehr ins Stadion gesetzt und lediglich auf der Treppe gehockt. Später hatte er mir erzählt, dass er sich geschworen hatte, kein Fußballfeld mehr zu betreten, nachdem er im Lager um Annes Leben hatte spielen müssen. Keiner von uns würde den Augenblick vergessen, in dem Max sich freigeschossen hatte.

„Habe ich dir schon erzählt, dass wir neue Nachbarn bekommen haben?", wechselte ich das Thema. „Eine junge Familie ist in das Haus nebenan gezogen."

„In den alten Kasten?"

Max ging darauf ein und nickte mir dankbar zu.

„Sie wollen es herrichten. Vielleicht wird die Villa ja ganz hübsch. Der vorherige Besitzer schien kein großes Interesse daran gehabt zu haben, es zu renovieren."

„Du kanntest ihn?", fragte Max.

„Nein." Ich schüttelte den Kopf. „Ich war noch zu klein, als ich ins Kinderheim kam."

„Haben sie Kinder?", mischte sich nun Jonah ein. „Einen Jungen in meinem Alter vielleicht? Er könnte mit zum Fußballspielen kommen."

„Keine Ahnung, ich habe vergessen, danach zu fragen. Aber ich bin sicher, dass du es herausfinden wirst."

„Zur Not hast du ja mich", sagte Max. „Ich bin zwar alt, aber beibringen kann ich dir noch eine Menge. Es gibt da noch die eine oder andere Regel."

„Welche?", fragte Jonah.

„Zum Beispiel die, dass du deinen Trainer in Ruhe essen lassen sollst und ihn nicht mit Fragen löcherst."

„Das hast du dir gerade ausgedacht. Ich glaube nicht, dass Wilhelm sie aufgestellt hat."

„Wer weiß?" Max grinste. „Ich habe ihn nie ganz durchschaut."

„Bleibst du nach dem Essen noch und erzählst mir von früher?", bat Jonah.

„Wenn du mich so darum bittest. Du willst ja bestimmt erfahren, wie es weiterging, nachdem sie mich aus der Mannschaft werfen wollten, weil ich Jude bin. Das war meine härteste Niederlage, mein Junge. Zum ersten Mal konnte ich nicht mit meiner Leistung überzeugen. Mein starker linker Fuß war zu schwach gegen den Antisemitismus, der plötzlich überschwappte und das Land vergiftete. Ich hätte noch so viele Tore schießen können, es änderte nichts."

„Aber du hast wieder gespielt. Hat Wilhelm dir geholfen?"

Max nickte.

„Ja, das hat er. Wilhelm hat mir das Leben gerettet, in allen Belangen."

Er schwieg. Erst als wir mit dem Essen fertig waren, kam er darauf zurück.

„Es macht mich glücklich, Jonah, dass du dich für die Geschichte interessierst. Aber warum liest du nicht einfach das Buch? Es steht alles drin."

„Weil ich es von dir hören möchte, du warst dabei."

„Also gut. Lass uns in den Garten gehen, deine Eltern kennen mein Leben inzwischen fast besser als ich und haben sicher Sinnvolleres zu tun, als einem alten Mann zum wiederholten Male zuzuhören."

„Wir hören dir gerne zu", widersprach ich. „Ich mag es, wenn du von damals erzählst. Weißt du nicht mehr, wie wir auf der Bank vor dem Stadion saßen? Aber heute würde ich wirklich gerne etwas mit Noel besprechen. Geht ihr!"

Jonah und Max verließen das Haus. Ich sah ihnen nach und lächelte. Max war eine Bereicherung für unsere Familie und tat Jonah so gut. Ich wünschte mir von Herzen, dass das noch lange so blieb.

„Möchtest du ein Glas Wein?", fragte Noel und war bereits dabei, die Flasche zu öffnen.

„Gerne, Schatz."

Ich setzte mich aufs Sofa und wartete, bis er zu mir kam.

„Nun erzähl!", bat er mich und legte seinen Arm um meine Schulter. „Was ist passiert? Ist Fred Dahlen wirklich so plötzlich verstorben und woher weißt du davon?"

„Sein Sohn rief mich heute an, nachdem ich aus Ines' Büro kam. Er wollte mit mir reden. Anfangs befürchtete ich, dass er beabsichtigte, mich wegen des Prozesses beeinflussen zu wollen. Aber dann erzählte er mir vom Tod seines Vaters. Ich vermute einen Schlaganfall. Es geschah an dem Tag, an dem er den Prozessbeginn erfuhr."

„Das beweist einmal mehr, dass sich bestimmte Dinge häufig von allein lösen."

„Wie meinst du das? Er ist tot, Noel."

„Das habe ich verstanden. Er ist aber auch der Mörder deiner Eltern."

Wir schwiegen. Noel hatte recht, ich sollte froh sein, dass mir der Prozess erspart blieb und ich nicht gezwungen war, die schrecklichen Ereignisse jener Nacht zu schildern. Trotzdem ließ mich diese Wendung des Schicksals nicht kalt. Was vermutlich daran lag, dass ich immer noch den liebenswürdigen Onkel Fred im Kopf hatte, den ich als kleines Mädchen gekannt hatte.

„Du bedauerst seinen Tod?"

Noel sah mich an. Es war mehr eine Feststellung als eine Frage.

„Nein. Vielleicht doch. Ich weiß es nicht. Immerhin hat er Kinder und eine Frau."

„Die sich nie für dich interessiert haben. Du musstest im Heim aufwachsen, weil er dir deine Eltern genommen hat, Marie. Ich verstehe dich nicht. Wie kannst du für diese Menschen Mitgefühl empfinden?"

„Sie wussten doch gar nichts davon", rechtfertigte ich mich. „Er hat eine neue Identität angenommen und seinen Namen geändert. Onkel Fred hat ein Doppelleben geführt."

„Bist du dir da sicher, dass sie nichts von dir wussten? Hast du mit diesem Karsten geredet?"

„Nein." Ich schüttelte den Kopf.

„Dann solltest du es tun. Vielleicht kannst du dann endlich damit abschließen, Schatz. Ich würde auch Doktor Klingenberg informieren."

„Das habe ich schon getan."

„Umso besser."

„Ich denke darüber nach."

Noel reichte mir das Glas und stieß mit seinem an. Er lächelte dabei.

„Ich bin froh, dass es keinen Prozess gibt", sagte er.

„Ich auch", stimmte ich ihm halbherzig zu und dachte an die vielen offenen Fragen. „Lass uns zu den beiden gehen!"

Ich zeigte in den Garten. Jonah und Max saßen auf den Gartenstühlen. Während Max erzählte, hörte unser Sohn aufmerksam zu. Wir gesellten uns zu ihnen. Sie bemerkten uns kaum, als wir uns setzten und der angenehm warmen Stimme lauschten.

„Als ich am darauffolgenden Samstag zum letzten Mal für

meine Mannschaft spielen wollte, fiel mir sofort auf, dass etwas nicht stimmte. Keiner meiner Mitspieler begrüßte mich. Entweder sahen sie zu Boden oder aber sie zeigten offen ihre Ablehnung.

Ich konnte mir den Stimmungswandel nur damit erklären, dass sie von meinem Wechsel erfahren hatten, obwohl Horst Wilhelm das Versprechen gegeben hatte, kein Wort darüber zu verlieren. Ich nahm mir vor, ihn danach fragen. Allerdings fehlte vom Trainer jede Spur.

Mit einem mulmigen Gefühl im Bauch band ich mir die Schuhe und wollte den anderen gerade aufs Feld folgen, als mich jemand von hinten an der Schulter packte. Ich blieb stehen und drehte mich um. Vor mir stand Kunos Vater, der mir hämisch ins Gesicht grinste.

Er verlangte, dass ich verschwinden sollte. In der Mannschaft wäre kein Platz mehr für Juden.

Ich hatte keine Ahnung, was Kunos Vater mit der Mannschaft zu tun hatte, und schaute mich nach Horst um, der immer noch nicht aufgetaucht war.

Dabei bemerkte ich, dass alle Blicke auf mich gerichtet waren. Unsicher ging ich ein paar Schritte weiter. Mein Nachbar hatte kein Recht, mich des Platzes zu verweisen. Ich wollte mein letztes Spiel machen, daran würde mich auch Kunos Vater nicht hindern."

Max brach ab und schüttelte den Kopf. Sein Blick richtete sich in die Ferne. Jonah, der ihn beobachtete, ließ ihm Zeit. Erst als Max sich räusperte, fragte er ungeduldig.

„Wie ging es weiter? Hast du dich aus der Mannschaft werfen lassen?"

„Ja." Max nickte. „Mir blieb keine Wahl. Außerdem drohte Kuno mir, mich fertigzumachen, wenn ich Anne noch einmal zu nahe käme. Als ich ihn daraufhin auslachte, traf mich ein harter Schlag an der Stirn. Ein höllischer Schmerz fuhr durch meinen Kopf und ließ mich nach hinten kippen. Über mir stand Kuno mit wutverzerrtem Gesicht, bereit, erneut zuzuschlagen.

Doch es gelang mir, dem nächsten Hieb auszuweichen, bevor der mich erneut traf. Ich schaffte es sogar, mich aufzurappeln. Als Kuno wieder ausholte, verpasste ich ihm einen kräftigen Haken unter sein Kinn.

Und dann ging alles sehr schnell. Bevor ich realisierte, was geschah, stürzten sich die anderen Jungen auf mich. Ich spürte nur noch Tritte und Schläge, überall auf meinem Körper. Ich schmeckte das Blut, das aus meiner aufgeplatzten Lippe floss, und hörte, wie Kunos Vater meine Widersacher immer wieder antrieb zuzuschlagen. Es kam mir wie eine Ewigkeit vor, bis sie endlich von mir abließen und lachend vom Feld verschwanden. Nur Kuno und dessen Vater blieben zurück.

Ich wälzte mich unterdessen vor Schmerzen am Boden und nahm nicht einmal wahr, wie Kunos Vater seinem Sohn einen Wink gab und auf mein linkes Bein zeigte. Die beiden sagten etwas, doch ich verstand kein Wort. Mit letzter Kraft hob ich den Kopf und bemerkte, wie Kuno seinen Fuß hochzog. Doch noch zögerte der Junge.

‚Mach schon! Brich ihm das Bein!‘

Ich hörte die Worte wie durch einen Nebel. Als mir endlich dämmerte, was mein Nachbar da von seinem Sohn verlangte, war es zu spät.“

„Er hat dir das Bein gebrochen?“, fragte Jonah entsetzt.

„Ja, mein Junge. Das war das einzige Mal, dass Wilhelm nicht zur Stelle war und mir helfen konnte.“

„Wie konntest du dann wieder spielen?“

„Das erzähle ich dir beim nächsten Mal.“ Max stand auf.

„Es ist spät geworden. Ich möchte noch bei Anne im Krankenhaus vorbeischauen. Danke für das Essen, Marie.“

„Sehr gerne, Max. Grüß deine Frau von uns.“

Er nickte. Mit den Gedanken schien er längst bei ihr zu sein. Oder bei Wilhelm, wer wusste das schon? Er ging zum Haus. Doch bevor er die Tür erreichte, lief Jonah ihm nach.

„Welche Regel hat Wilhelm dir damals gestellt?“, fragte er.

Max blieb stehen und lächelte.

„Misch dich niemals in Dinge, die dich nichts angehen! Er hatte recht und irgendwie auch nicht. Möglicherweise wäre ich so nicht krankenhausreif geschlagen worden. Aber ich hätte auch nie mein Glück fürs Leben gefunden, meine Anne.“

3

Nachdem ich eine Nacht geschlafen hatte, fühlte ich mich bedeutend besser. Weder hatten mich Albträume geplagt, wie ich erwartet hatte, noch lastete der Druck eines anstehenden Prozesses auf mir. Ich fühlte mich frei und zuversichtlich, die Vergangenheit endlich hinter mir lassen zu können.

Gut gelaunt kam ich auf der Station an und sog den Geruch von Desinfektionsmitteln ein. Meine Kollegin und gleichzeitige Freundin Maja hatte mich immer ausgelacht, wenn ich behauptete, dass ich ihn mochte. Aber für mich gehörte dieser Geruch dazu, er hatte etwas Vertrautes.

„Guten Morgen“, begrüßte ich Schwester Elke und die Kolleginnen, die am Tisch saßen. Ich holte mir einen Kaffee und setzte mich dazu. Die Stationsleiterin verteilte die Bereiche.

„Wir bekommen heute einen Neuzugang. Würdest du dich darum kümmern, Marie?“

„Natürlich.“ Ich nickte.

„Es handelt sich um einen jungen Mann, Motorradunfall. Er hat schwerste Kopfverletzungen erlitten. Die Prognose, dass er überlebt, ist denkbar schlecht. Bis heute Morgen konnte er nicht einmal selbstständig atmen."

Ich nickte noch einmal und bemerkte den forschenden Blick meiner Vorgesetzten. Ich ahnte, was in ihrem Kopf vorging.

„Keine Sorge", beruhigte ich sie. „Ich komme klar und werde ihn nicht mit Mark vergleichen."

„Gut. Das wollte ich hören."

Sie wandte sich an die Kollegen. Ich hingegen dachte sehr wohl an Mark, meinen ehemaligen Patienten. Auch er hatte nach einem Motorradunfall monatelang im Wachkoma gelegen, ohne Aussicht darauf, jemals zu erwachen. Trotz aller Routine war es schwer, einen jungen Menschen zu begleiten, dessen Leben sich von einem auf den anderen Tag auf dramatische Weise verändert hatte. Mark hatte alles verloren, sogar seine Freunde, die ihn anfangs noch besuchten, es aber irgendwann aufgaben.

Ich hingegen hatte immer an ihn geglaubt und nächtelang an seinem Bett gesessen, auch wenn die Kollegen belächelten, dass ich mit ihm sprach und ihn aufforderte, endlich aufzuwachen. Und dann, irgendwann, war dieses Wunder tatsächlich geschehen.

Heute lebte Mark mit seiner kleinen Familie bei seiner Mutter und führte ein ganz normales Leben. Wir waren befreundet und besuchten uns regelmäßig. Die intensive gemeinsame Zeit nach seinem Unfall hatte ein Band zwischen uns geschaffen, welches wohl unser Leben lang bestehen würde.

„Ich bin sicher, du wirst auch diesen Patienten so lange bequatschen, bis er genug davon hat und freiwillig aufwacht", sagte Maja zu mir, die seit wenigen Wochen wieder in der Klinik arbeitete, und lachte. Obwohl sie vorgehabt hatte, nur noch für ihre Tochter und ihren Mann da zu sein, hatte sie sich nun doch dazu entschlossen, wieder halbtags zu arbeiten.

„Bei Mark hat es funktioniert“, konterte ich. „Du kannst davon halten, was du willst, ich werde weiterhin mit unseren Patienten reden.“

„Du tust das Richtige, Marie.“ Maja wurde ernst. „Wir wissen alle, dass deine Beziehung zu den Patienten eine besondere ist. Wenn ich nur an Jo denke. Er war jedem Einzelnen von uns ans Herz gewachsen, aber du warst die Einzige, die Zugang zu ihm fand.“

„Kann schon sein.“

Ich mochte es nicht sonderlich, wenn meine Arbeit in den Vordergrund gerückt wurde. Die Kollegen taten ihr Möglichstes, trotz Unterbesetzung, Überstunden und unzähligen Wochenenden, an denen ihre Familien auf sie verzichten mussten. Nicht ich war etwas Besonderes, sondern diese Station.

Mir fiel ein, was ich Jonah einmal über meine Arbeit erzählt hatte. Damals verglich ich unsere Station mit einem Regenbogen. Mark war es gelungen, auf dessen Hälfte umzudrehen und den Weg zurückzugehen, viele andere waren zum Ende gegangen. Die meisten jedoch verharrten in der Mitte, unschlüssig, welche Richtung sie einschlagen sollten.

An diesem Punkt waren wir es, die dafür sorgten, dass die Patienten sich sicher fühlten. Jeder von uns tat sein Bestes, auch oder vor allem Maja.

„Du bist eine sehr gute …“

Ich konnte den Satz nicht beenden. Die großen Schwingtüren öffneten sich. Zwei Sanitäter schoben ein Bett in den Flur. Doktor Werner begleitete sie.

„Ist das Zimmer fertig?“, fragte er mich, als wir auf gleicher Höhe waren.

„Selbstverständlich.“

Ich nickte und warf einen Blick auf den Patienten.

Obwohl er einen Kopfverband trug und sein Gesicht von Hämatomen übersät war, erkannte ich, wie gutaussehend der junge Mann war. Er besaß tiefblaue Augen, energisch geschwungene Lippen und eine reine, leicht gebräunte Haut, auf die sämtliche Frauen neidisch gewesen wären.

„Das ist Adrian Scheffer!“, rief Maja in diesem Moment. „Er ist es wirklich!“

„Sollte ich ihn kennen?“, fragte ich, verwundert darüber, wie hin und weg meine Kollegin von ihm war. Ich wusste nichts mit diesem Namen anzufangen.

„Willst du damit sagen, du hast noch nie von ihm gehört?“

Maja sah mich an, als würde ich von einem anderen Stern kommen.

„Nein, tut mir leid.“

„Adrian ist ein erfolgreiches Covermodel“, klärte Doktor Werner mich auf. „Was auch bedeutet, dass wir womöglich wieder die Presse am Hals haben werden.“

„Das sind wir ja gewohnt“, stellte Maja ungerührt fest. Dabei wusste ich, dass gerade sie ein Problem damit hatte. Nach Claudia Mehrings Unfall, bei dem wir unfreiwillig Zeuginnen geworden waren, hatte vor allem sie unter der Belagerung der Reporter gelitten, die natürlich über das tragische Ereignis berichten wollten. Claudia hatte schließlich zu den erfolgreichsten Autorinnen des Landes gehört und mehrere Bestseller geschrieben. Das war auch der Grund gewesen, dass Maja lange gezögert hatte, wieder bei uns zu arbeiten.

„Warten wir es einfach ab“, sagte ich. „Wir kennen das doch. Das Interesse wird schnell nachlassen, wenn es keine Neuigkeiten gibt.“

„Sie haben recht.“

Doktor Werner lächelte mir zu. Dann verabschiedete er sich von den Sanitätern und kümmerte sich um Adrian, der mit offenen Augen im Bett lag.

„Gönnen wir ihm etwas Ruhe“, sagte er, als er fertig war. „Sie finden alles in der Akte, was Sie wissen müssen. Er ist stabil, wir ändern nichts an der Medikation. Aber achten Sie auf seine Atmung! Bis heute Morgen hing er am Sauerstoff. Dann begann er plötzlich, selbstständig zu atmen. Wir wissen allerdings nicht, ob das so bleibt.“

„Zur Sicherheit haben wir ja die Monitore“, sagte Maja und starrte den Patienten immer noch an, als wäre er ein Geist.

„Mir wäre es trotzdem lieber, Sie würden engmaschige Kontrollgänge durchführen.“ Der Arzt ging zur Tür. „Ich bin davon überzeugt, er ist bei Ihnen in guten Händen, Marie.“

„Ja, das bin ich auch.“

Maja grinste, nachdem sich die Tür geschlossen hatte.

„Ganz ehrlich, Marie. Wenn du es schaffst, ihn ins Leben zurückzuholen, werden dir die Frauen zu Füßen liegen. Hast du überhaupt eine Ahnung, wie gefragt dieser Mann ist? Sämtliche Titelblätter reißen sich um ihn, die Damenwelt sowieso. Adrian Scheffer ist ein Gott.“

„Übertreibst du da nicht ein wenig?“

„In diesem Fall nicht.“ Maja schüttelte ihren Kopf.

„Er ist trotzdem unser Patient. Sein gutes Aussehen hat ihn nicht vor dem Unfall bewahrt. Und wenn du andeuten willst, dass Mark wegen mir erwacht ist, muss ich dich enttäuschen. Ich bin nämlich nicht Gott.“

„Wer weiß?“ Sie zuckte mit den Schultern. Nach einem letzten Blick und einem langen Seufzer ging sie zur Tür. „Ich kümmere mich dann mal um die Normalsterblichen. Ein Jammer, dass Adrian nicht mir zugeteilt wurde.“

Bevor ich antworten konnte, schloss sie die Tür. Es war typisch Maja. Ich war wirklich froh, dass wir wieder zusammenarbeiteten. Es gab Tage, an denen sie mir gehörig auf die Nerven ging. Oft genug jedoch war sie diejenige, die uns alle zum Lachen brachte, was auf dieser Station nicht zu unterschätzen war.

„Also gut, Adrian“, wandte ich mich an meinen Patienten. „Du bist also ein Star. Das bedeutet, du möchtest bestimmt irgendwann wieder vor der Kamera stehen, nehme ich an. Ich für meinen Teil werde alles dafür tun. Aber du musst mir dabei helfen, okay?“

Ich schaute in sein attraktives Gesicht, in dem nicht die geringste Regung zu erkennen war. Adrian war tatsächlich ein schöner Mann, unterschied sich in seinem Zustand aber keineswegs von den anderen Patienten.

„Wir bekommen das schon hin, versprochen.“

Ich kontrollierte das künstliche Ernährungssystem und die Verbände. Dann lagerte ich ihn etwas auf die Seite, damit er nicht wundliegen würde. Zu guter Letzt hob ich seine Arme auf die Decke.

„Ich gehe jetzt zu Anne“, verriet ich ihm. „Sie liegt im Zimmer gegenüber und ist die Frau eines guten Freundes. Die beiden sind etwas älter als wir und haben einiges durchgemacht. Trotz allem haben sie die Hoffnung nie aufgegeben. Weißt du, warum? Nein?“

Natürlich antwortete Adrian nicht.

„Es gibt Regeln, an die sie sich halten. Eine davon solltest auch du befolgen, hörst du? Nur eine, Adrian, alles andere kommt von selbst.

Überlebe! Den Rest kriegen wir hin.“

4

Die Sonne schien, als ich die Klinik verließ. Ich sah, wie einige Kollegen auf den Bänken saßen und mit geschlossenen Augen den Kopf in die wärmenden Strahlen hielten. Vielleicht hätte ich es an einem anderen Tag auch getan und mich kurz entspannt, bevor ich mich auf den Weg nach Hause machte. Aber ich hatte noch genug vom Vortag. Inzwischen war die Röte zwar zurückgegangen, dafür begann sich die Haut nun zu schälen.

Also steuerte ich auf direktem Weg den Parkplatz an, stieg in meinen Wagen und kämpfte mich durch den Verkehr, bis ich endlich zu Hause ankam. Ich freute mich auf ein kühles Glas Limonade, welches ich vernünftigerweise im Schatten zu mir nehmen wollte. Da Jonah noch Unterricht hatte und danach zum Fußballtraining ging, konnte ich mir mit dem Essen Zeit lassen.

Aber kaum hatte ich es mir im Garten bequem gemacht, hörte ich eine Stimme laut fluchen.

„Himmelherrgott, was ist das denn?"

Sie gehörte zu Stefanie, meiner neuen Nachbarin, die offenbar nicht weit von mir entfernt ebenfalls im Garten saß. Durch die dichte Hecke konnte ich sie nicht sehen und umgekehrt verhielt es sich wahrscheinlich ähnlich. Also beschloss ich, mich ruhig zu verhalten und meinen wohlverdienten Feierabend zu genießen. Wenn Stefanie auch nett war, mir stand gerade nicht der Sinn nach einem Gespräch. Was vor allem daran lag, dass mir Adrian im Kopf herumspukte.

„Das ist ja furchtbar!“

Ich stöhnte innerlich auf. Wenn Stefanie so weitermachte, würde Noel doch noch recht behalten, was unsere Ruhe betraf. Außerdem wurde ich nun auch neugierig.

„Stefanie?“, rief ich kurz entschlossen.

„Ja?“

„Was ist furchtbar?“

Kurze Stille folgte. Dann tauchte ihr Kopf am Zaun auf.

„Entschuldige! Ich habe dich gestört. Du wolltest bestimmt entspannen nach der Arbeit.“

Ich zuckte mit den Schultern.

„Tut mir leid“, sagte sie reuevoll.

„So schlimm ist es nun auch wieder nicht“, beruhigte ich sie. „Also, was ist? Was bringt dich so aus der Fassung? Habt ihr die erste Rechnung von den Handwerkern bekommen?“

„Das ist es nicht.“ Sie brach ab. „Darf ich rüberkommen?“

„Klar.“ Ich nickte. Mit der Ruhe war es nun sowieso vorbei. „Willst du etwas trinken?“

„Nein, ich will dir etwas zeigen. Warte kurz!“

Ihr Kopf verschwand. Gleich darauf öffnete sich die Gartentür. Ich sah, dass Stefanie einige Unterlagen in der Hand hielt.

„Das musst du dir anschauen“, sagte sie, kaum dass sie sich gesetzt hatte. „Ich habe es beim Entrümpeln gefunden und wollte nur sichergehen, keine wichtigen Dokumente zu entsorgen. Die bisherigen Besitzer müssen die Kartons auf dem Dachboden übersehen haben. Sie sind voll von Akten und sonstigen Papieren.

„Das Haus gehörte einem Arzt“, sagte ich. „Wusstet ihr das nicht? Wahrscheinlich sind das seine Unterlagen.“

„Bestimmt sogar, aber schau nur, wie alt sie sind! Dieser Bericht trägt ein Datum von 1930. Das ist ewig her und längst nicht alles. Lies am besten selbst, dann verstehst du, was ich meine.“

Ich nahm den Bericht, den sie mir hinhielt, und fragte mich, was mich erwarten würde. Ich kannte Stefanie zu wenig, um erkennen zu können, ob ihr Fundstück tatsächlich so viel Aufregung verdiente oder sie übertrieb.

Gleichzeitig machte sich ein mulmiges Gefühl in meinem Bauch breit. Eine Ahnung, dass sie auf etwas gestoßen sein könnte, was mir möglicherweise erneut schlaflose Nächte bereiten würde. Schließlich wusste ich, was im Jahr 1930 schleichend begonnen hatte.

„Nun lies schon!“, forderte Stefanie ungeduldig.

Jede Anstalt, die der Idiotenpflege dient, wird anderen Zwecken unzugänglich gemacht. Allein der Einsatz von Tausenden von Pflegekräften, die für diese gänzlich unfruchtbare Arbeit eingesetzt und damit fördernder Arbeit entzogen werden, ist kaum zu verantworten. Eine ganze Generation von Pflegern altert neben diesen leeren Menschenhülsen dahin. Deshalb befürworte ich einen sanften Tod, um des Problems Herr zu werden.

„Was ist das?“, fragte Stefanie, nachdem ich die ersten Zeilen gelesen hatte. „Was meint der Verfasser damit?“

„Offensichtlich ist es eine ärztliche Einschätzung über behinderte Menschen.“

Ich ließ die Papiere sinken.

„Sagt dir der Begriff Euthanasie etwas? Ich glaube, darum geht es."

„Du meinst die Verfolgung der Kranken und Behinderten durch die Nazis?"

„Ja, das meine ich. Damals hielten viele Menschen Behinderte für nicht lebenswert, für Parasiten am deutschen Volkskörper, und planten ihre schrittweise Ermordung."

„Woher weißt du so viel darüber?"

„Das ist eine lange Geschichte."

Meine Gedanken wanderten zu Clara, Frau Wagner und Fräulein Hagedorn. Die Akte über Claras Vermächtnis war geschlossen und stand in irgendeinem Regal im Archiv der Stiftung. Noel und ich hatten geglaubt, damit die schrecklichen Details des Holocaust und der Verbrechen des Nationalsozialismus hinter uns zu lassen. Jetzt gerade wurde ich das Gefühl nicht los, dass es immer wieder neue Akten geben würde, es hörte nicht auf.

„Von wem wurde der Bericht verfasst?", fragte ich Stefanie, die mich musterte. Ich sah die Fragen in ihren Augen und vielleicht würde ich sie ihr irgendwann beantworten, aber nicht heute.

„Von einem gewissen Arne Lautental", antwortete sie mir. „Das ist der Mann, dem das Haus gehörte."

„Hast du noch mehr Unterlagen gefunden?"

„Jede Menge, unter anderem einen Karton mit Briefen. Sie sind alle von derselben Person geschrieben worden, soweit ich das erkennen konnte. Hier!"

Sie hielt mir einen Umschlag hin.

„Hilde Edelmann, München", las ich laut vor.

„Der Arzt muss eine besondere Beziehung zu ihr gepflegt haben. Vielleicht war es eine Verwandte."

„Hast du die Briefe gelesen?"

„Nein, bevor ich dazu kam, fiel mir dieser Bericht in die

Hände. Ehrlich gesagt erschreckt mich das Ganze auch ziemlich."

„Ich kenne das Gefühl. Als ich damals begann, für die Stiftung meines Mannes zu arbeiten, erging es mir ähnlich. Es ist furchtbar, was damals geschehen ist."

„Was ist das für eine Stiftung?" Stefanie sah mich fragend an. „Weißt du deshalb so viel über diese Zeit?"

Ich nickte.

„Die Stiftung hat es sich zur Aufgabe gemacht, Überlebenden des Holocaust eine Plattform zu bieten und nach verschollenen Angehörigen zu suchen. Wir konnten schon einige Familien zusammenführen."

„Warum nimmst du dann nicht die Unterlagen an dich? Wir können nichts damit anfangen, und wer weiß, vielleicht steckt ja auch in diesem Fall eine Geschichte dahinter."

„Lass das bloß nicht Ines hören!"

Ich musste lächeln. Meine Freundin würde begeistert sein, wenn sie erfuhr, auf was Stefanie möglicherweise gestoßen war.

„Wer ist Ines?"

„Eine Freundin und Literaturagentin."

Ich zögerte und schaute nachdenklich auf den Bericht des Arztes, bevor ich eine Entscheidung traf.

„Also gut, bring mir die Kartons! Ich schaue mir die Unterlagen an. Aber es kann etwas dauern, ich bin gerade sehr in der Klinik beschäftigt. Hast du darüber nachgedacht, dich bei uns zu bewerben? Wir könnten gerade wirklich jede Hand gebrauchen."

„Natürlich." Stefanie strahlte mich an. Ihr Fund vom Dachboden schien vergessen. „Ich habe mit Torsten, meinem Mann, darüber gesprochen. Wir sind uns einig, dass ich dein Angebot annehme und in vier Wochen beginnen könnte. Ich mache gerade die Bewerbung fertig."

„Das freut mich, Stefanie. Schwester Elke wird begeistert sein. Gib mir die Papiere gerne mit, wenn du fertig bist."

„Danke. Dann werden wir nicht nur Nachbarn, sondern auch Kolleginnen."

Stefanie stand auf.

„Aber jetzt hole ich erst einmal die Kartons. Je eher wir den Dachboden leer geräumt haben, umso besser. Ich hoffe, du bekommst keinen Schock. Es sind wirklich einige Kartons."

„Warte! Ich helfe dir. Zu zweit geht es schneller."

„Gerne."

Stefanie ging zum Gartentor. Ich folgte ihr. In diesem Moment klingelte mein Handy. Es war Jonah, der mich bat, ihn von der Schule abzuholen. Er hatte den letzten Bus verpasst.

„Kein Problem", sagte Stefanie, nachdem ich ihr davon erzählt hatte. „Ich stelle dir die Sachen einfach in den Garten. Dann kannst du sie später ins Haus tragen. Geh nur und hole deinen Sohn ab! Das ist wichtiger als diese verstaubten Unterlagen, die vermutlich sowieso nur wirre Gedanken eines einsamen alten Mannes enthalten. Sonst hätte er seinen Kindern und Enkeln doch bestimmt davon erzählt."

Da war ich mir nicht so sicher, dachte ich, während ich ihr zunickte und zum Auto ging.

5

Liebster Arne

Ich weiß, dass deine Flucht notwendig war, um dich vor den brutalen Übergriffen dieses Mannes zu schützen. Dennoch betrübt es mich natürlich. Du fehlst mir, mein Junge.

Ich bete jeden Tag zu Gott, dass deine Mutter doch noch einsichtig wird und erkennt, wen sie da ins Haus geholt hat. Dein Vater würde sich im Grabe umdrehen, wüsste er, was dir in jungen Jahren widerfahren musste.

Ich werde deinem Wunsch selbstverständlich nachkommen und dich auf dem Laufenden halten. Aber ich habe auch eine Bitte an dich. Versprich mir, dich auf dein Studium zu konzentrieren! Du wirst ein hervorragender Arzt werden, der viel Gutes bewirken kann. Dein Vater, Gott hab ihn selig, wäre sehr stolz auf dich, und das bin ich auch.

Ich hoffe von ganzem Herzen auf ein baldiges Wiedersehen, mein Junge. Bis dahin sende ich dir herzlichste Grüße,

deine dir innig verbundene Hilde

Ich ließ den Brief sinken und schaute nachdenklich auf den kleinen Karton, der voll damit war. Wahllos hatte ich nach dem obersten gegriffen, nachdem ich die Unterlagen in der Garage untergebracht hatte. Nur einen der Kartons hatte ich ins Haus geholt und sofort mit dem Lesen begonnen. Nun wusste ich zumindest, dass die Briefe tatsächlich zu dem ehemaligen Besitzer des Hauses gehörten und er offenbar unter einer schweren Kindheit gelitten hatte.

Aber was war der Hintergrund des Berichts, den er verfasst hatte? Welche Rolle hatten die behinderten Menschen in seinem Leben gespielt, und wer war Hilde?

Ich seufzte und stand auf. Es gab niemanden, der mich darum gebeten hatte, im Nachlass dieses Arztes zu wühlen. Ich könnte die Sache einfach vergessen und mich auf meine Arbeit in der Klinik konzentrieren. Wie ich es geplant hatte, als ich die Stiftung verließ. Das würde auch im Sinne meines Mannes sein, der erleichtert gewesen war, nachdem ich mich nach Max' Geschichte wieder mit anderen Dingen beschäftigte, die mir nicht an die Nieren gingen und mich schlecht schlafen ließen.

Allerdings hatte dieser Brief auch meine Neugier geweckt und ich wusste, dass ich keine Ruhe finden würde, wenn ich nicht wenigstens herausbekam, in welcher Verbindung der Arzt und diese Hilde gestanden hatten. Es konnte ja sein, dass sie noch lebte und gar nicht wusste, dass er verstorben war.

Fragen über Fragen, die ich zunächst von mir schieben musste. Noel fuhr in die Einfahrt. Wenn er mitbekäme, dass ich mich schon wieder mit der Vergangenheit beschäftigte, würde er nicht gerade begeistert sein. Das wollte ich unbedingt vermeiden. Deshalb nahm ich den Karton, eilte ins Schlafzimmer und schob ihn unters Bett. Als ich in die Küche zurückkehrte, war Noel gerade im Flur und zog seine Jacke aus.

„Wie war dein Tag?“, fragte er mich und gab mir einen Kuss.

„Wie immer“, antwortete ich ihm. „Zu viel Arbeit für zu wenig Personal.“

„Das alte Problem also.“

Noel zuckte mit den Schultern.

„Soll ich dir helfen? Ich kann den Tisch decken.“

„Gerne, wollen wir uns auf die Terrasse setzen? Es ist angenehm warm draußen.“

„Klar, warum nicht? Wo ist Jonah?“

„In seinem Zimmer. Er kommt sicher gleich. Gibt es in der Stiftung etwas Neues?“

„Nicht wirklich, außer dass die Spendengelder im Moment nicht gerade üppig ausfallen. Ich gebe es ungern zu, aber Ines hat leider recht. Seitdem der Hype um den letzten Roman vorbei ist, finden sich immer weniger Menschen, die bereit sind, Geld für uns lockerzumachen.“

„Das wird schon wieder“, beruhigte ich ihn und musste an den Karton denken, den ich vor meinem Mann versteckt hielt. Möglicherweise befand sich genau darin ja die Lösung seines Problems. Für einen kurzen Moment war ich versucht, ihm davon zu erzählen, entschied mich jedoch dagegen und trug stattdessen das Essen nach draußen.

Ich kam mir etwas schäbig dabei vor. Aber noch wusste ich ja gar nicht, ob es tatsächlich ein Geheimnis um diesen Doktor Lautental gab. Außerdem kannte ich Noel. Wenn er bemerkte, wie sehr mich die Unterlagen schon jetzt beschäftigten, würde er sich Sorgen machen.

„Hast du inzwischen Karsten Buchert angerufen?“, wechselte er das Thema.

„Nein.“ Ich schüttelte den Kopf. Wenn ich ehrlich war, hatte ich Onkel Freds Sohn völlig vergessen und nicht eine Sekunde daran gedacht, mich bei ihm zu melden. Wahrscheinlich war er sowieso längst nicht mehr in der Stadt.

„Jonah!“, rief ich laut nach oben. „Wir essen.“

„Bin schon da.“

Jonah kam die Treppe nach unten gestürmt. Dann begrüßte er seinen Vater, bevor er sich an den Tisch setzte und sich Nudeln und Soße auf den Teller lud. Keine zwei Minuten später waren die beiden in ein Gespräch vertieft, zu dem ich nur hin und wieder einen Kommentar beisteuerte. Stattdessen dachte ich noch immer über Stefanies seltsamen Dachbodenfund nach. Ich schreckte auf, als plötzlich ausgerechnet deren Stimme zu uns drang.

„Hast du die Kartons gefunden, Marie?“, rief sie über den Zaun.

„Ja, danke“, antwortete ich und hoffte, dass sie sich damit zufriedengeben würde. Tatsächlich rief sie nur ein kurzes „Gut“ und verschwand. Ich atmete auf.

„Welche Kartons?“, fragte Noel, wie ich es befürchtet hatte.

„Es geht um ein paar Sachen, die ich mir anschauen möchte.“

„Ein paar Sachen?“

Noel sah mich verwundert an. Blöderweise bemerkte er immer, wenn ich ihm etwas verheimlichte. Ich zuckte mit den Schultern.

„Briefe und Unterlagen des Arztes. Stefanie wusste nichts damit anzufangen und hat sie mir gezeigt. Das ist alles.“

„Immerhin genug, dass du sie dir hast geben lassen. Wo sind die Kartons?“

„In der Garage. Einen habe ich im Schlafzimmer.“

„Im Schlafzimmer?“ Noel begann laut zu lachen. „Das ist nicht dein Ernst, Marie? Nun sag schon! Was hat es damit auf sich?“

„Du gibst ja doch keine Ruhe.“ Ich verdrehte die Augen. „Die Unterlagen sind aus den dreißiger Jahren, und wie es aussieht, geht es um Euthanasie.“

„Was ist Euthanasie?", fragte Jonah.

„Das Wort wird heute meist im Sinne eines würdigen und schmerzlosen Todes verwendet", antwortete Noel ihm. „Allerdings wurde dieser Begriff durch den Massenmord an Menschen mit Behinderung oder psychischen Krankheiten im Nationalsozialismus negativ belegt."

Er wandte sich mir zu.

„Du glaubst, die Unterlagen könnten tatsächlich ein Beweis dafür sein?"

„Ja, ich bin mir sicher."

„Dann möchte ich sie sehen."

„Du hast recht, es geht um die Ermordung unschuldiger Menschen", stellte er zwei Stunden später fest, nachdem wir drei der Kartons ins Haus geholt und eine Menge Berichte gelesen hatten. Nicht nur einmal war es mir dabei kalt den Rücken heruntergelaufen.

Was ich las, erinnerte mich sehr an Claras Tagebuch. Auch im Sanatorium hatten kranke und zum Teil behinderte Kinder gelebt, die nur aus einem Grund dort untergebracht gewesen waren. Sie sollten umgebracht werden – aufgrund ihrer Behinderung oder weil sie Juden waren.

„Und jetzt?", fragte ich Noel. „Was wollen wir damit machen?"

„Das fragst du mich?"

Noel lächelte und schüttelte seinen Kopf.

„Du hast dich doch schon entschieden, als du unserer Nachbarin erlaubt hast, die Kartons bei uns loszuwerden. Ich kenne dich, Marie. Du wirst nicht eher ruhen, bis du hinter das düstere Geheimnis des Arztes gekommen bist."

„Machst du dich gerade lustig über mich?"

„Das würde ich nie tun. Ich finde es nur erstaunlich, dass dir die Schicksale dieser Menschen geradezu in den Schoß fallen. Findest du nicht auch?"

„Keine Ahnung. Zufall? Ich weiß es nicht und ich bin

müde. Lass uns morgen darüber nachdenken. Jonah schläft schon und das sollten wir auch tun."

„Guter Vorschlag."

Mein Mann stand auf und zog mich vom Stuhl hoch. Dann umarmte er mich. Ich roch sein Rasierwasser und schmiegte mein Gesicht an seine warme Haut.

„Weißt du noch, wie wir uns zum ersten Mal trafen?", flüsterte ich an seinem Hals.

„Natürlich, wie könnte ich das je vergessen? Ohne dich hätten wir Onkel Jo niemals gefunden."

„Ich vermisse ihn, Noel, und Eli auch. Ich wünschte, sie könnten bei uns sein."

„Das sind sie, Schatz. Warum gehst du morgen nach der Arbeit nicht einfach zum Friedhof und redest mit ihnen? Das hat dir immer geholfen."

„Stimmt." Ich gähnte und löste mich von ihm. „Ich liebe dich, Noel."

„Ich liebe dich auch. Versprich mir, dass du dich nicht in diese Geschichte verrennst! Ich werde gleich morgen versuchen, etwas über diesen Arzt zu erfahren. Sobald ich etwas weiß, bist du die Erste, die davon erfährt."

„Versprochen. Ich habe tatsächlich gerade genug in der Klinik zu tun. Es gab eine Neuaufnahme, ein bekanntes männliches Model. Motorradunfall! Sein Name ist Adrian Scheffer."

„*Der* Adrian Scheffer?", fragte Noel, während er sich auszog.

„Du kennst ihn? Offenbar bin ich die Einzige, die noch nichts von ihm gehört hat. Maja war auch ganz hin und weg."

„Kennen ist zu viel gesagt. Ich habe in den Nachrichten von dem Unfall gehört. Er liegt also auf deiner Station? Das erinnert mich ..."

„An Mark, ich weiß", unterbrach ich ihn.

„Ja." Noel nickte.

„Er ist aber nicht Mark und niemand weiß, ob er die nächsten Tage überhaupt überlebt. Also lass uns schlafen, Schatz. Ich werde meine Kräfte brauchen. Gute Nacht."

„Gute Nacht."

Noel legte sich zu mir und kuschelte sich an mich. Ich hörte seinen gleichmäßigen Atem und glaubte schon, dass er eingeschlafen sei, als er leise sagte:

„Er wird überleben, Marie. Solange du auf ihn einredest."

Leider sah es am darauffolgenden Tag so gar nicht danach aus, als würde Noel recht behalten. Adrian hatte in der Nacht zuvor aufgehört, selbstständig zu atmen und hing erneut am Apparat, der ihn mit Sauerstoff versorgte.

Als ich zu ihm kam, saß eine junge hübsche Frau bei ihm am Bett. Sie wirkte ziemlich verzweifelt und weinte. Als sie sich zu mir umdrehte, bemerkte ich, dass die Tränen keinerlei Spuren auf dem perfekt geschminkten Gesicht hinterlassen hatten. Die Frau sah aus, als wäre sie gerade einer dieser Modezeitschriften entsprungen und passte damit perfekt zu unserem neuen Patienten.

„Hallo", sagte ich. „Sind Sie eine Freundin von Herrn Scheffer?"

„Seine Freundin, ja."

„Ich bin Marie", stellte ich mich vor und hielt ihr die Hand hin, die sie offensichtlich übersah. Ihr Blick war starr auf ihren Freund gerichtet. Ich nahm es ihr nicht übel. Schließlich wusste ich, wie hart es war, einen Menschen, den man liebte, in diesem Zustand zu sehen.

„Es ist gut, dass Sie bei ihm sind. Er wird Ihre Nähe spüren."

Ich lächelte sie zuversichtlich an und rechnete nicht im Entferntesten mit der darauffolgenden Reaktion.

„Er spürt gar nichts mehr“, widersprach sie mir heftig. „Er liegt im Koma und wacht wahrscheinlich nie wieder auf.“

„Das kann niemand voraussagen. Wir hatten schon Patienten, die nach Jahren …“

„Adrian ist so gut wie tot“, fiel sie mir ins Wort und schüttelte ihre blonde Mähne. „Er wird nur durch diese Apparate am Leben erhalten.“

„Beruhigen Sie sich bitte!“, forderte ich scharf. Wenn ich etwas nicht mochte, dann war es das Reden über den Kopf des Patienten hinweg. Konnte dieses Püppchen nicht damit warten, bis wir das Zimmer verlassen hatten?

„Ihr Freund braucht Sie jetzt“, sagte ich dennoch freundlich. „Sie lieben ihn doch, oder nicht?“

„Ich bin mir nicht mehr sicher“, antwortete sie und wischte sich die Tränen von den Wangen. „Schauen Sie doch selbst! Er ist nur noch eine leblose Hülle. Ich kann das nicht.“

Sie sprang auf und nahm ihre Jacke. Ohne ein weiteres Wort ging sie zur Tür.

„Warten Sie!“, rief ich ihr nach. Aber die junge Frau reagierte nicht, sondern verließ das Krankenzimmer. Ungläubig blickte ich auf die Tür, die sich hinter ihr schloss.

„Was war das denn?“

Ich schaute auf Adrian, dessen halbes Gesicht hinter der Sauerstoffmaske verborgen war, und spürte, wie ich wütend wurde. Am liebsten wäre ich seiner Freundin jetzt nachgerannt und hätte sie zur Rede gestellt. Gleichzeitig wusste ich, wie wenig Sinn das machen würde.

„Glaub ihr kein Wort! Du bist keine leere Hülle, Adrian“, sagte ich stattdessen und begann, meinen Patienten zu entkleiden, um ihn zu waschen. „Du hast dir nur die falsche Freundin ausgesucht. Wenn du mich fragst, kannst du gut auf sie verzichten.“

„Auf wen verzichten?“ Maja hatte das Zimmer betreten

und brachte frische Handtücher. „Sprichst du gerade von der Barbie, die mich auf dem Flur fast umgerannt hat?“

„Richtig geraten. Was bildet sie sich ein? Kommt nur hierher, um Adrian an den Kopf zu werfen, dass sie nicht mehr mit ihm zusammen sein kann.“

„Warum regst du dich auf?“ Maja zog die Augenbrauen hoch. „Du kennst das doch. Sie ist nicht die Erste, die einen unserer Patienten im Stich lässt, weil er nicht mehr wie gewohnt funktioniert.“

„Das heißt nicht, dass ich es toleriere. Wie kann man nur so sein, Maja?“

„Frag nicht mich! Brauchst du noch etwas?“

„Nein, danke.“ Ich schaute nachdenklich zu ihr hin. „Hast du jemals bereut, zurückgekehrt zu sein?“, fragte ich.

„In die Klinik? Tausendmal, Marie.“ Maja sah mich mit ernster Miene an. „Aber dann schaue ich in diese Augen.“ Ihr Blick richtete sich auf Adrian. „Und spüre, wie sehr unsere Patienten mich brauchen, uns alle. Fang jetzt nicht an zu zweifeln, weil diese Tussi sich so mies benommen hat!“

„Du hast recht. Am besten ist es, wir vergessen das Ganze. Danke, Maja.“

„Immer wieder gerne, und jetzt muss ich weiter. Wir sehen uns in der Pause.“

Maja verschwand. Ich traf sie erst zum Feierabend wieder. Während wir zum Parkplatz gingen, erzählte sie mir, dass ihre Pause wieder einmal ausgefallen war. Erschöpft umarmte sie mich zum Abschied.

„Ich beneide dich um deine drei freien Tage“, sagte sie. „Du hast keine Ahnung, wie sehnsüchtig ich auf meinen Urlaub warte, und das, obwohl ich erst seit ein paar Wochen wieder arbeite.“

Sie stieg ins Auto und fuhr davon. Ich schaute ihr nach, bevor ich das Gleiche tat. Mein Weg führte mich jedoch nicht nach Hause. Ich wollte zum Friedhof, wie Noel vorgeschlagen hatte. Es war eine Weile her, dass ich allein an den Gräbern der Brüder gestanden hatte. Erst jetzt merkte ich, wie sehr es mir gefehlt hatte.

Still stand ich vor den Grabsteinen und dachte an Jo und Eli, deren Schicksale mein Leben verändert hatten. Nicht nur dass ich endlich begreifen konnte, was die Zeit des Naziregimes mit den Menschen damals gemacht hatte. Auch Noel hatte ich dadurch kennengelernt. Eli und er hatten mir dabei geholfen, meine eigene Vergangenheit aufzuarbeiten.

Ich bückte mich und zupfte die Blätter eines Löwenzahns ab, der sich zwischen die Blumen verirrt hatte. Der Geruch kalter, feuchter Erde kroch in meine Nase.

„Ich komme bald wieder", versprach ich und machte mich auf den Heimweg. Dort wurde ich bereits von Stefanie erwartet. Sie saß auf den Stufen der Treppe und lächelte mir entgegen. In der Hand hielt sie ihre Bewerbungsmappe.

„Na, das ging ja schnell", begrüßte ich sie und bat sie ins Haus. „Aber ich freue mich darüber."

„Ich auch", antwortete sie. Ich bemerkte, wie sie sich umschaute. „Ihr habt es sehr hübsch hier. Ich wünschte, bei uns sähe es auch so aus. Leider kann davon keine Rede sein."

„Das wird schon. Kaffee?"

„Gerne, wenn ich dich nicht aufhalte."

„Für Kaffee ist immer Zeit. Warum holt ihr euch eigentlich keine Hilfe? Es würde viel schneller gehen."

„Sag das bitte meinem Mann! Er besteht darauf, alles mit eigenen Händen zu schaffen. Vermutlich wird es Jahre dauern, bis wir es so gemütlich haben wie ihr."

Sie nahm den Kaffee und trank davon.

„Ich habe im Übrigen noch etwas gefunden. Keine Ahnung, ob es von Bedeutung ist. Es handelt sich um die Arbeitspapiere des damaligen Personals."

„Des Personals?"

Ich horchte auf. Wenn es stimmte, was Stefanie sagte,

konnten wir die Namen in den Briefen möglicherweise zuordnen.

„Ja, eine Haushälterin, ein Gärtner, mehrere Hausmädchen. Aber die Überraschung kommt erst noch. Erinnerst du dich an den Brief?“

„Natürlich. Was ist damit?“

„Diese Hilde war die Hauswirtschafterin der Familie Lautental und lebte bis vor wenigen Jahren bei dem Arzt.“

„Bist du dir ganz sicher? Sie müsste weit über neunzig Jahre gewesen sein.“

„Sechsundneunzig, um genau zu sein. Ihr Geburtsdatum stand in den Papieren. Wenn du möchtest, bring ich sie dir beim nächsten Mal mit. Ich muss dann auch wieder, danke für den Kaffee. Sag Bescheid, wenn es Neuigkeiten wegen meiner Bewerbung gibt!“

„Mach ich.“

Ich zögerte. Vor mir lagen drei freie Tage.

„Warte, Stefanie!“, rief ich ihr nach. „Warum gibst du mir die Unterlagen nicht gleich? Ich würde sie mir gerne anschauen.“

„Von mir aus, sie liegen auf dem Küchentisch. Du kannst sie sofort haben.“

„Danke.“

Ich folgte ihr und kehrte wenig später mit einem weiteren Packen Papiere zurück ins Haus. Dabei fragte ich mich, auf was meine neuen Nachbarn wohl noch stoßen würden. Ich hatte gerade mit eigenen Augen gesehen, dass tatsächlich eine Menge Arbeit vor ihnen lag, bis es einigermaßen wohnlich sein würde. Keiner konnte voraussehen, was sich noch in den unzähligen Kisten, Kartons und Regalen befand.

Nachdem ich mir einen frischen Kaffee zubereitet hatte, setzte ich mich auf das Sofa und begann, die Papiere durchzusehen. Wie Stefanie bereits festgestellt hatte, handelte es sich um Arbeitspapiere. Allerdings nicht nur, ich fand auch die Krankenakte eines Gärtners. Bei näherer Betrachtung stellte ich fest, dass dieser Mann an einer geistigen Beeinträchtigung gelitten haben musste. Offensichtlich handelte es sich um einen Patienten des Arztes.

Nachdenklich lehnte ich mich zurück. Es musste einen Zusammenhang geben, der mir bisher entgangen war. Hatte Doktor Lautental in einer Klinik für psychisch Kranke gearbeitet oder war er ausschließlich Werkzeug der fanatischen Befürworter der Euthanasie gewesen? Was hatte seine Kindheit damit zu tun und welche Rolle spielte Hilde Edelmann dabei?

„Hilde Edelmann", murmelte ich vor mich hin.

Sie war der Schlüssel. Wenn jemand die Fragen beantworten konnte, die sich mir stellten, dann sie. Vorausgesetzt sie lebte noch.

Ich stand auf und lehnte mich an die offene Terrassentür. Vor mir lagen drei lange freie Tage, dachte ich und lächelte. Ich würde es herausfinden.

Schon am nächsten Morgen fuhr ich nach München. Am Vortag hatte ich unzählige Telefonate geführt, weitere Unterlagen durchgesehen und Briefe gelesen. Ich wollte die ehemalige Hauswirtschafterin des Arztes unbedingt finden, und tatsächlich teilte mir eine Mitarbeiterin des Einwohnermeldeamtes ihre Adresse mit.

Wenn ich ehrlich war, hatte ich mir die Suche schwieriger vorgestellt. Durch die Arbeit in der Stiftung hatte ich die Erfahrung gemacht, dass es manchmal Monate, sogar Jahre dauerte, bis man fündig wurde. Umso mehr freute ich mich, so schnell ans Ziel gekommen zu sein.

Noel hingegen hatte skeptisch reagiert, als ich ihm sagte, was ich vorhatte. Seiner Meinung nach sollte ich meine freien Tage lieber nutzen, um von der Arbeit abzuschalten und mich zu erholen. Außerdem hätte er mich gerne begleitet, was ihm aufgrund seiner Termine jedoch nicht möglich war.

Letztendlich hatte ich mich durchgesetzt und Noel eingesehen, dass er mich von meinem Plan nicht abbringen konnte. Trotzdem hatte ich ihm versprechen müssen, mir auch die Stadt anzuschauen und nicht ausschließlich mit der Recherche beschäftigt zu sein.

Mein Mann konnte nicht ahnen, dass ich mich kein bisschen an diese Abmachung hielt und schon auf dem Weg zum Pflegeheim war, in dem Hilde Edelmann lebte. Später konnte ich immer noch spazieren gehen. Außerdem tat ich das ja bereits. Das Pflegeheim lag idyllisch in einem Stadtpark, die Anlage war sehr gepflegt. Ich beobachtete, wie die Angestellten einige ältere Herrschaften im Rollstuhl über die Wege schoben.

Auch im Innenbereich, den ich wenig später betrat, unterschied sich die Einrichtung völlig von der Klinik, in der ich arbeitete. Sie war viel weniger steril und statt der weißen Wände wie bei uns hatte man hier nicht mit Farbe gespart. Alles wirkte bedacht darauf abgestimmt, sich wohlzufühlen und anzukommen. Ich war in der Vergangenheit in einigen Pflegeheimen gewesen, aber keines davon hatte mir so gut gefallen wie dieses.

Nachdem mir eine freundliche junge Pflegerin den Weg gewiesen hatte, stand ich Minuten später vor der Tür von Frau Edelmanns Zimmer. Ohne zu zögern klopfte ich an und hörte gleich darauf ein freundliches „Herein!“.

Als ich den Raum betrat, schaute mir eine alte Dame neugierig entgegen. Sie saß in einem bequemen Sessel mit hohen Armlehnen, und obwohl es angenehm warm war, trug sie eine schwarze Strickjacke über der Bluse.

„Guten Tag. Hilde Edelmann?“, fragte ich die Bewohnerin, die ich höchstens auf Mitte achtzig geschätzt hätte, und reichte ihr die Hand.

„Die bin ich", antwortete sie lächelnd. Doch dieser entspannte Eindruck täuschte. Ich spürte, wie aufgeregt die alte Dame war, wenn sie ihre Nervosität auch zu verbergen versuchte. Das leichte Flackern ihrer Augenlider verriet sie.

„Schwester Lydia hat mich auf Ihren Besuch vorbereitet. Er kommt etwas überraschend. Wie kann ich Ihnen helfen?"

„Es geht um einen gemeinsamen Bekannten. Ich würde Ihnen gerne ein paar Fragen zu ihm stellen."

„Ein gemeinsamer Bekannter? Wer soll das sein?"

„Arne Lautental, er war mein Nachbar."

Sie antwortete nicht. Aber ich bemerkte, wie sie ihre Augen hinter den Brillengläsern zusammenkniff, bevor sie mich misstrauisch musterte.

„Sind Sie Reporterin?"

Die Frage kam für mich völlig unerwartet. Ich schüttelte den Kopf.

„Nein. Warum fragen Sie?"

„Weil Sie nicht die Erste wären, deshalb."

„Ich bin Krankenschwester, Frau Edelmann, und habe einige Zeit für die Stiftung meines Mannes gearbeitet. Wir versuchen lediglich, Überlebenden der schrecklichen Zeit eine Stimme zu geben."

„Was, wenn ich nichts zu sagen habe?"

Ich seufzte. Sie machte es mir nicht einfach.

„Dann werde ich Sie natürlich nicht länger belästigen. Aber vielleicht denken Sie noch einmal darüber nach. Doktor Lautental ist verstorben, Sie schaden ihm nicht, wenn Sie mir von ihm erzählen."

„Sie irren sich, sein guter Ruf steht auf dem Spiel."

Die alte Dame räusperte sich. Für einen Moment glaubte ich, sie würde mich nun bitten, wieder zu gehen. Doch dann zuckte sie mit den Schultern.

„Woher kannten Sie ihn noch mal?“

„Er war mein Nachbar“, gab ich bereitwillig Auskunft.

„Dann müssen Sie das kleine Mädchen sein, dessen Eltern damals ums Leben kamen.“

„Ja!“, rief ich überrascht. „Das bin ich. Ich bin Marie. Sie kennen mich?“

„Nur flüchtig, wir lebten sehr zurückgezogen und pflegten keinen Kontakt zur Nachbarschaft. Ich sah Sie manchmal mit Ihrer Mutter auf der Straße oder im Garten. Eines Tages stand dann die Polizei vor dem Haus und die Nachrichten berichteten über das Verbrechen. Es tut mir leid, was Ihnen widerfahren ist.“

„Es ist lange her.“

„Ich habe Sie danach nie wiedergesehen. Das Haus war über Jahre unbewohnt.“

„Weil ich in einem Kinderheim aufwuchs. Als ich mit meiner Familie viele Jahre später einzog, stand die Villa nebenan leer. Jetzt sind neue Leute eingezogen, die gerade entrümpeln. Dabei stießen sie auf Kisten von Papieren, unter anderem auf Ihre Briefe. Ich würde einfach gerne mehr darüber erfahren. Wer war dieser Arzt? Was verbindet Sie mit ihm?“

Die alte Dame schwieg. Ihr Blick glitt aus dem Fenster. Minute um Minute verstrich, ohne dass sie etwas sagte. Offensichtlich hatte sie sich dazu entschieden, die Vergangenheit hinter sich zu lassen. Möglicherweise begriff sie auch gar nicht, was ich von ihr wollte.

„Sie würden es nicht verstehen“, murmelte sie vor sich hin. „Niemand versteht es.“

„Was verstehen? Erklären Sie es mir!“

Frau Edelmann reagierte nicht. Sie sah mich nicht einmal an. Entweder hatte sie vergessen, dass ich da war, oder sie wollte sich einfach nicht mit mir unterhalten. Die Frau ging auf die hundert zu, wer wusste schon, was sich in ihrem Kopf abspielte?

„Frau Edelmann?", wagte ich einen neuen Versuch und wartete vergebens auf eine Antwort.

Es hatte keinen Zweck. Ich war umsonst nach München gereist.

„Tut mir leid, wenn ich Sie gestört habe", sagte ich resigniert. „Alles Gute für Sie."

Ich stand auf. Es machte keinen Sinn, sie zu bedrängen. Frau Edelmann war alt und möglicherweise auch gar nicht mehr in der Lage, sich an alles zu erinnern. Die Schwester am Telefon hatte von einer beginnenden Demenz gesprochen, was in dem hohen Alter nicht ungewöhnlich war. Man sah es ihr vielleicht nicht auf den ersten Blick an, aber auch bei ihr hatten die Jahre Spuren hinterlassen.

„Warten Sie!", rief sie in diesem Moment.

Ich drehte mich zu ihr um und sah die Veränderung in ihrem Gesicht. Plötzlich wirkte sie deutlich ihrem Alter entsprechend, oder hatte ich die zusammengefallenen Wangen zuvor nur nicht bemerkt?

„Nehmen Sie Platz! Wenn Sie unbedingt wollen, erzähle ich Ihnen von Arne. Er war ein guter Junge und wie ein Sohn für mich. Was später kam, lag nicht in seinem Verschulden. Der Same, der seinen Geist vergiftete, wurde ihm in der Kindheit eingepflanzt. Sein Stiefvater hat ihn zu dem gemacht, was später verteufelt wurde. Er hatte keine Chance."

„Wer war sein Stiefvater?", fragte ich leise, erhielt jedoch keine Antwort. Stattdessen begann Hilde Edelmann zu erzählen.

6

Mühsam drehten die Frauen in der Waschküche des Herrenhauses die großen Leinentücher zu dicken Würsten, sodass das Wasser heraustropfte und große Pfützen auf dem Boden hinterließ. Hilde, die Hauswirtschafterin, stand derweil am riesigen Waschkessel und rührte mit einem langen Stock, der aussah wie ein Spaten, die Kochwäsche um. Auf ihrer Stirn bildeten sich dicke Schweißperlen, die sie hin und wieder mit dem Ärmel ihrer Bluse abwischte. Oft genug tropften sie jedoch in den Bottich.

Der vierzehnjährige Arne, der bislang auf einem Schemel in der Ecke gehockt hatte, sprang auf und reichte ihr ein Tuch.

„Damit kannst du dir die Stirn abwischen", klärte er Hilde auf. „Der Schweiß tropft sonst auf die saubere Wäsche."

Die Hauswirtschafterin stutzte kurz, dann lachte sie laut auf, nahm das Tuch und wischte sich über die Stirn.

„Du und deine Reinlichkeit, Arne. Siehst du nicht, wie heiß das Wasser ist? Die paar Schweißperlen werden der Wäsche schon nichts anhaben."

Der Junge zuckte mit den Schultern und ging zurück zu

dem Schemel, von wo aus er die Frauen weiterhin beobachtete. Er mochte den Duft von Reinigungsmitteln und Kernseife. Nicht einmal der Geruch des Schwefels, mit dem die Frauen die Wäsche bearbeiteten, störte ihn. Genauso wie es ihm nichts ausmachte, sich jeden Morgen von Kopf bis Fuß zu schrubben und sich vor jedem Essen die Hände zu waschen.

Die Angestellten machten sich oft darüber lustig, ihm war es gleichgültig. Er wusste schließlich, dass er selbst im Winter nur halb so häufig unter einer Grippe oder anderen Krankheiten leiden musste wie die anderen. Außerdem hatte ihm sein Vater beigebracht, wie wichtig es war, die Hygiene einzuhalten.

Karl von Lautental gehörte als anerkannter Arzt zu den einflussreichsten Persönlichkeiten der Stadt und war dafür bekannt, dass er Unsauberkeit und Unordnung in seinem Umfeld nicht duldete.

Letztendlich waren die schlechten hygienischen Verhältnisse einer der Gründe gewesen, dass er an die Front gezogen war und nun in einem Lazarett die Verwundeten versorgte. Dabei hatte er zu Beginn des Krieges nur den Kopf geschüttelt, als die Männer sich freiwillig meldeten und singend und lachend in die Züge stiegen.

Zwei Jahre war das nun her und die wenigen Briefe, die er schrieb, zeugten davon, dass er inzwischen sämtliche Illusionen verloren hatte, was die ordentliche Versorgung der Verwundeten betraf. Viel zu häufig fehlte es an medizinischem Gerät oder Medikamenten, sodass oftmals nur die notwendigste Behandlung erfolgen konnte.

Arne, der jeden einzelnen Brief wie einen Schatz aufbewahrte, fühlte mit ihm. Deshalb freute er sich auch so sehr, als in dem letzten Brief stand, dass sein Vater bald zurückkehren würde. Die militärische Lage des Deutschen Kaiserreichs sei beinahe aussichtslos, schrieb er, und

Verhandlungen über einen Waffenstillstand nur noch eine Frage der Zeit. Spätestens Weihnachten wollte er seine Familie wieder in die Arme schließen.

„Hilf mir, den Korb nach draußen zu tragen!", riss Hilde ihn aus seinen Gedanken. Beide Arme in die Hüften gestützt stand sie vor ihm. Sofort sprang der Junge von seinem Hocker und packte mit an. Er mochte die Hauswirtschafterin, die ihn zwar manchmal aufgrund seines peniblen Verhaltens verspottete, aber auch das beste Brot backen konnte, welches es weit und breit gab.

„Was für ein herrlicher Tag", stellte sie fest und seufzte, nachdem sie den schweren Korb im Garten abgesetzt hatten. „Und wir stehen im kalten Keller und schuften."

„Vor den Lohn hat der liebe Gott den Schweiß gesetzt", erwiderte Arne und hielt sein hübsches Gesicht in die Sonne, sodass deren Strahlen seine Nase kitzelten.

„Das hat dir dein Vater beigebracht, nicht wahr?"

Hilde lächelte und strich ihm übers blonde Haar. Arne nickte unterdessen.

„Man könnte meinen, du wärst fünf Jahre älter, Arne. Ich kenne keinen Jungen, der so altklug ist wie du."

„Ist das schlimm?", fragte Arne, der mit diesem Begriff nichts anzufangen wusste.

„Nein, nur anders eben, und manchmal wünschte ich mir, du würdest mehr Kind sein und toben wie die anderen Racker, die nur Unfug im Kopf haben."

„Du meinst Heiner und Klaus, die Söhne des Verwalters?"

„Zum Beispiel. Du willst es auch wieder genau wissen, nicht wahr? Dabei macht sich die Arbeit nicht von allein. Reich mir die Wäsche, damit ich sie aufhängen kann! Und was Heiner und Klaus betrifft, vergiss diese Lausbuben! Du bist der Sohn des Hausherrn und benimmst dich deiner Herkunft entsprechend, wie es sich gehört. Dein Vater wird sehr stolz auf dich sein, wenn er sieht, wie erwachsen du geworden bist."

Arne nickte und begann, ihr die Laken und Betttücher zu reichen, die Hilde ordentlich zum Trocknen über die Leinen spannte. Sie schwiegen nun und hingen ihren Gedanken nach. Erst als das letzte Wäschestück im Wind flatterte, fand Hilde ihre Worte wieder.

„Komm mit, Arne! Im Ofen steckt ein Kuchen, du hast dir ein großes Stück davon verdient."

Der Junge folgte ihr zurück zum Haus. Dabei begegneten sie dem Gärtner, der sie nicht bemerkte und untätig am Wegrand stand. Arne sah, wie dessen Blick zur Terrasse ging, auf der seine Mutter Susanna saß und las. Sie wirkte völlig vertieft und nahm nicht wahr, wie der Mann sie anstarrte. Hilde hingegen schon.

„Hast du nichts zu tun?", fragte sie ihn barsch.

„Was geht es dich an?"

Der Gärtner, der für einen kurzen Moment erschrak, sah die Hauswirtschafterin wütend an. Er fühlte sich ertappt, es war offensichtlich.

„Mich vielleicht nicht, den Jungen schon." Sie zeigte auf Arne, der sich augenblicklich aufrichtete. „Was denkst du, was passiert, wenn er seiner Mutter berichtet, dass du sie heimlich beobachtest, anstatt deine Arbeit zu verrichten?"

„Ich habe eine Pause gemacht, das wird wohl erlaubt sein."

Der Gärtner wurde rot und senkte verlegen den Blick. Hilde hingegen schnaubte verächtlich.

„Ganz schön viele Pausen, wenn du mich fragst. Geh schon, der Weg muss vom Laub befreit werden! Ich wäre in der Früh beinahe darauf ausgerutscht."

„Gibst du mir jetzt die Anweisungen?"

„Wenn es sein muss", antwortete Hilde unbeeindruckt. „Von allein scheinst du die Arbeit ja nicht zu sehen."

„Sei vorsichtig mit dem, was du sagst!“

Die Stimme des Gärtners klang gefährlich und auch in seinen Augen funkelte es drohend. Arne sah, wie der Angestellte seiner Eltern ausspuckte. Sein widerlicher Speichel landete vor Hildes Füßen, die angeekelt zurückwich. Daraufhin machte sich ein Grinsen im Gesicht des Mannes breit. Der Haushälterin verschlug es bei dieser Frechheit die Sprache. Der Gärtner hingegen drehte sich um und wollte gehen.

„Hol ein Tuch und wisch es auf!“

Die Anweisung kam leise, duldete aber keinen Widerspruch. Hilde schlug sich überrascht die Hand vor den Mund, während der Gärtner ungläubig die Augen aufriss.

„Was?“, fragte er.

„Du hast gehört, was ich gesagt habe. Hol ein Tuch und wisch es auf! Oder ich sorge dafür, dass du die längste Zeit hier gearbeitet hast.“

Arne drehte sich um und ging zum Haus. Hilde, die plötzlich zu kichern begann, folgte ihm. Der Gärtner aber rührte sich nicht von der Stelle und sah ihnen verstört nach. Offenbar wusste er nicht, ob sich der Junge einen Spaß mit ihm erlaubte oder es ernst meinte.

„Hast du noch immer nicht verstanden?“, rief Hilde ihm von der Tür aus zu. „Ich würde lieber tun, was er sagt. Seitdem sein Vater an der Front dient, ist er der Mann im Haus.“

„So kenne ich dich ja gar nicht“, staunte die Haushälterin, als sie in der Küche angekommen waren. „Hast du gesehen, wie sehr er sich erschrocken hat, dieser Dummkopf?“

„Ist er das?“

„Was?“

„Dumm? Vielleicht ist er ja nur faul."

„Er ist beides, glaub mir, mein Junge. Das Einzige, was ihm der liebe Gott mitgegeben hat, ist sein ansprechendes Äußeres. Die Frauen mögen ihn, zumindest auf den ersten Blick. Dabei kann er nicht einmal richtig schreiben."

„Warum nicht? Ist er nicht zur Schule gegangen?"

„Da fragst du mich zu viel. Ich weiß nur, dass dein Vater ihn irgendwann aus der Klinik mitbrachte und ihn als Gärtner einstellte. Irgendetwas stimmt in seinem Kopf nicht, genau kann ich das nicht sagen. Da musst du deinen Vater fragen, der ein viel zu großes Herz hat. Ich denke, er wollte ihm helfen, irgendwie seinen Lebensunterhalt zu verdienen. Wenn er wüsste, dass dieser Kerl nichts Besseres zu tun hat, als deiner Mutter hinterherzustarren, würde er ihn wahrscheinlich hochkantig aus dem Haus jagen."

Sie nahm den Kuchen aus dem Ofen, der einen herrlichen Duft verströmte, und schnitt Arne ein großzügiges Stück davon ab.

„Hier! Iss, mein Junge! Du hast dich gerade wie ein richtiger Mann benommen, weißt du das? Wenn ich daran denke, was für ein Gesicht Herbert gemacht hat, muss ich jetzt noch lachen."

Arne zuckte mit den Schultern. Er hätte Hilde erklären können, dass er weder vorgehabt hatte, den Gärtner in die Schranken zu weisen noch für Unterhaltung zu sorgen. Er wollte nur, dass er den widerlichen Speichel entfernte, bevor er selbst womöglich hineintrat. Allein die Vorstellung löste Ekel in ihm aus.

„Ich muss gehen", sagte er, nachdem er den Kuchen gegessen hatte. „Bis später, Hilde."

„Willst du wieder zum Postamt?", fragte die Hauswirtschafterin.

„Hm." Arne nickte.

„Dann drücke ich dir die Daumen, dass heute ein Brief

dabei ist. Sag mir Bescheid, wenn es etwas Neues gibt und ihr wisst, wann dein Vater endlich wiederkehrt."

„Spätestens zu Weihnachten, er hat es versprochen."

„Das hoffe ich, und nun geh schon. Du hältst es ja kaum noch aus."

Arne verließ die Küche. Vom Fenster aus beobachtete Hilde, wie er den Hof durchquerte und zur Straße lief. Sie seufzte und betete gleichzeitig, dass sie sich irrte, was ihre Befürchtungen betraf, der Arzt würde sein Versprechen womöglich nicht halten können.

Von den Nachbarn wusste sie, dass beinahe täglich Eilmeldungen eintrafen, die die Hinterbliebenen vom Tod ihres Mannes, Sohns oder Enkels unterrichteten. So viele Männer waren in diesem unsäglichen Krieg bereits gefallen. Sie konnte nur hoffen, dass Arne und seiner Mutter Susanna dieses Schicksal erspart blieb.

Arne hingegen war weit davon entfernt, sich Sorgen zu machen. Natürlich hatte auch er schon gehört, dass einige Männer aus der Umgebung gefallen waren. Doch zum einen wusste er nicht, dass die Anzahl derer stetig wuchs, noch in welch prekärer Lage sich die Soldaten befanden, deren Befehlshaber trotz aussichtsloser Lage eine Offensive planten.

Wenn den Jungen überhaupt etwas traurig machte, war es der Umstand, dass es bis Weihnachten noch fünf Monate dauerte und die Tage nach seinem Empfinden viel zu langsam verstrichen.

Er wollte seinen Vater endlich wieder in die Klinik begleiten und ihm bei seinen Experimenten zuschauen. Für ihn gab es nichts Spannenderes, als einen Blick durch das kostbare Mikroskop zu werfen und dabei Dinge zu sehen, die mit bloßem Auge nicht erkennbar waren.

Während seine Schulkameraden zum Fußball gingen oder Mathematikaufgaben lösten, galt seine Aufmerksamkeit den Büchern, in denen er die Einzigartigkeiten von Bakterien und Viren erfuhr.

So sehr er den Sommer und die damit verbundenen warmen Temperaturen sonst mochte, dieses Mal sehnte er den Herbst und den darauffolgenden Winter herbei. Bis dahin musste er sich mit den Briefen zufrieden geben, die viel zu selten eintrafen.

Geduldig wartete er in der Schlange beim Postamt, bis er endlich an der Reihe war. Die Frau hinter dem Schalter kannte ihn und lächelte ihm gewöhnlich zu. Manchmal gab sie ihm auch ein klebriges Bonbon, welches er immer erst zu Hause öffnete, um sich gleich danach die Hände waschen zu können. Heute jedoch wich sie seinem Blick aus und reichte ihm stumm den Umschlag.

„Ist das alles?", fragte er.

„Ja, Arne. Geh nach Hause und gib ihn deiner Mutter!"

Er nickte und verließ das Amt. Erst auf der Straße schaute er den Umschlag genauer an. Die Adresse war nicht von seinem Vater geschrieben worden, dessen Handschrift er kannte. Auch den Stempel des Kaiserreichs hatte er auf den sonstigen Briefen nicht bemerkt. Allerdings beunruhigte ihn das nicht sonderlich. Im Gegenteil, für ihn stand fest, dass dieses Schreiben die Entlassung seines Vaters aus dem Heer enthielt. Möglicherweise musste er gar nicht bis Weihnachten warten und sein Vater kam früher zurück als gedacht.

„Mama!", rief er laut, als er zu Hause ankam. „Ich habe Post."

„Zeig her!", forderte seine Mutter aufgeregt. „Von deinem Vater?"

Bevor er antworten konnte, hielt Susanna den Brief in ihren Händen und setzte sich mit dem Schreiben zurück in den Sessel auf der Terrasse. Ihr Blick fiel auf den Stempel. Arne bemerkte verwundert, wie sie blass wurde und ihre Finger zu zittern begannen, als sie fahrig das Kuvert öffnete.

„Lies laut vor!“, bat er. Aber seine Mutter reagierte nicht. Ungeduldig wartete er darauf, dass sie ihm endlich das Datum nannte, wann sein Vater wieder bei ihnen sein würde. Stattdessen brach sie in Tränen aus, während das Schreiben zu Boden flatterte.

„Was ist passiert?“, fragte Arne und fürchtete sich vor der Antwort. „Kommt Papa nicht zu Weihnachten nach Hause?“

Seine Mutter schüttelte ihren Kopf und schluchzte auf.

„Dein Papa kommt nicht zurück, Arne. Nicht zu Weinachten und auch nicht später. Das Kriegsministerium schreibt, dass er gefallen ist.“

Susanna schlug beide Hände vors Gesicht und weinte hemmungslos. Arne hingegen hob den Brief auf und begann zu lesen. Er konnte nicht glauben, was seine Mutter sagte, bevor er es nicht mit eigenen Augen gesehen hatte. Leider änderte das nichts an den Tatsachen.

In dem Schreiben stand, dass sein Vater einen Heldentod gestorben sei und im Kugelhagel des Feindes ums Leben gekommen war. Das Ministerium drückte sein Bedauern darüber aus und sicherte ihm eine Ehrung zu.

Immer wieder las der Junge den Text, Wort für Wort, Zeile für Zeile. Bis er endlich begriff, was das bedeutete. Die Warterei hatte ein Ende, er würde seinen Vater nie wieder in die Klinik begleiten können. Seine unzähligen Gebete waren unerhört geblieben.

„Komm her, Liebling!“

Seine Mutter kam zu ihm und nahm ihn in die Arme. Er spürte, wie sie am ganzen Körper zitterte, und war sich nicht sicher, wer gerade wen tröstete. Trotz seiner jungen Jahre wusste er, dass Susanna die Zeit ohne ihren Mann nur überstanden hatte, weil sie gehofft hatte, dass er zurückkehren würde. Ohne ihn würde sie die wenige Kraft, die sie besaß, nicht aufrechterhalten können.

Seine Mutter konnte Wohltätigkeitsveranstaltungen organisieren, seinem Vater den Rücken freihalten und gleichzeitig wunderschön dabei aussehen. Mit allem anderen würde sie heillos überfordert sein und vielleicht sogar ihr Versprechen brechen, welches sie seinem Vater gegeben hatte, bevor er an die Front gezogen war.

Arne, der damals zufällig ihr Gespräch belauscht hatte, wusste, dass sich die Pillen, die sie viel zu häufig zur Beruhigung eingenommen hatte, noch immer in ihrem Schrank befanden. Jeden Abend hatte er die Schublade geöffnet und nachgezählt. Er war stolz auf seine Mutter gewesen, als er feststellte, dass sie ihr Versprechen hielt. Aber nun war sein Vater tot und er nicht sicher, ob sie die Pillen auch in Zukunft unbeachtet im Schrank liegen lassen würde.

Arnes Befürchtungen bewahrheiteten sich bereits in den nächsten Tagen. Nachdem seine Mutter nach Erhalt des Briefes ihr Zimmer kaum verlassen und entweder geweint oder geschlafen hatte, saß sie eines Morgens im Esszimmer und starrte vor sich hin. Vor ihr stand das Frühstück, welches sie nicht angerührt hatte.

„Guten Morgen“, begrüßte Arne sie, erhielt jedoch keine Antwort. Schweigend trank er die Milch, die Hilde ihm hingestellt hatte, und wagte es kaum, Susanna anzuschauen. Er fürchtete sich davor, die Leere in ihren Augen zu sehen, die ihm bestätigen würde, dass er dieses Mal nicht nachzuzählen brauchte, um zu wissen, dass eine oder mehrere der Pillen fehlten.

„Ich weiß nicht, wie es ohne deinen Vater weitergehen soll“, sagte seine Mutter in diesem Moment. „Wie soll ich das nur schaffen?“

Arne, der die Verzweiflung in ihren Worten erkannte, stand auf und ging zu ihr. Behutsam schlang er seine Arme um sie und nahm den süßlichen Duft ihres Parfüms wahr, den er so mochte. Er erinnerte ihn an die Felder im Sommer, wenn die Wildblumen in voller Blüte standen.

„Ich bin da“, sagte er.

„Ach Arne, du bist noch so jung.“

Susannas Stimme klang gedämpft, jede Silbe monoton, als würden ihre Worte von einer vollkommenen Gleichgültigkeit begleitet werden. Arne wusste, dass es die Nebenwirkungen der Pillen waren. Deshalb brachte es auch nichts, ihr jetzt von dem Gärtner zu erzählen, dem er eine klare Anweisung gegeben hatte, die dieser befolgte. Was in seinen Augen bewies, dass er nicht zu jung war, um seinen Vater zumindest im Haus zu ersetzen.

Während er noch nach passenden Worten suchte, die seine Mutter aufmuntern sollten, stand Susanna auf. Auch ihre Bewegungen waren verlangsamt.

„Ich gehe in den Garten“, teilte sie ihm mit. „Die frische Luft wird mir guttun.“

Arne sah ihr nach. Durch das große Fenster beobachtete er, wie sie an den Gemüsebeeten vorbeilief und die Bank unter der mächtigen Eiche ansteuerte. Dort setzte sie sich auf die Bretter und senkte den Kopf. Er nahm an, dass sie weinte, und auch ihm war danach zumute.

Er konnte noch immer nicht glauben, dass sein Vater nie wieder durch die Eingangstür kommen und ihm anerkennend auf die Schulter klopfen würde, wenn er sofort verstand, was er ihm erklärte.

Es traf ihn tief, dass er nun nicht all die Dinge von ihm lernen konnte, die er an ihm bewundert hatte. Von klein auf hatte es für ihn festgestanden, dass auch er eines Tages Medizin studieren würde. Sein Vater war nicht nur sein Freund, sondern sein größtes Vorbild gewesen.

Nun war sich Arne nicht mehr sicher, ob seine Pläne für die Zukunft noch Gültigkeit besaßen. Seine Mutter würde ihm keine Hilfe sein. Sie war viel zu sehr mit sich selbst beschäftigt und in ihren Depressionen gefangen. Sie würde ihn brauchen, nicht umgekehrt.

Zu seiner Erleichterung hatte sein Vater vor seiner Einberufung die geschäftlichen Angelegenheiten einem Vormund übergeben. Damals war der Begriff einer emotionalen Verstimmung zum ersten Mal gefallen. Arne hatte nicht richtig verstanden, was sein Vater ihm sagen wollte, bis der ihm erklärte, wie es um seine Mutter bestellt war. Außerdem hatte er seinem Sohn aufgetragen, sich an Doktor Hornnagel zu wenden, den Anwalt der Familie, sollte es irgendwelche Schwierigkeiten geben.

Doch davon waren er und seine Mutter weit entfernt, hoffte der Junge. Susanna brauchte bestimmt nur Zeit, um zu trauern und sich mit den Gegebenheiten abzufinden. Irgendwann würden ihre Tränen versiegen und sie erkennen, dass das Leben auch für sie schön sein konnte. Er jedenfalls wollte alles dafür tun.

Etwas zuversichtlicher frühstückte der Junge. Er lächelte sogar, als Hilde das Esszimmer betrat und sich erkundigte, ob er noch etwas brauche.

„Schmeckt es?“, fragte sie, nachdem er verneint hatte.

„Wie immer, Hilde, sehr gut.“

„Dann iss nur tüchtig! Du bist im Wachsen, mein Junge. Es ist wirklich ein Jammer, dass es dein Vater nicht miterleben kann.“

Hilde seufzte.

„Wo ist denn deine Mutter?“

„Im Garten, sie benötigt jetzt Ruhe.“

„Ruhe also?“

Hildes Stirn legte sich in Falten. Sie war zum Fenster getreten und schaute hinaus. Offensichtlich gefiel ihr nicht besonders, was sie sah.

„Sie trauert“, antwortete Arne, der nicht mitbekam, wie

die Köchin ärgerlich schnaubte. Erst als sie laut zu schimpfen begann, wurde er aufmerksam und trat zu ihr.

„Was tut der Gärtner da?“, fragte er scharf, woraufhin Hilde mit den Schultern zuckte.

„Mich darfst du das nicht fragen. Aber eins weiß ich, Arbeit gäbe es genug. Es wird wahrlich Zeit, dass ihn jemand in die Schranken weist. Deine Mutter scheint dazu offenbar nicht in der Lage zu sein.“

„Dann werde ich es tun.“

Der Junge straffte sich. Was er sah, gefiel ihm nicht. Der Gärtner kam seiner Mutter viel zu nah. Und wenn er dessen Gesicht auch nicht erkennen konnte, erinnerte er sich doch an das Glänzen der Augen, als er Susanna auf der Terrasse beobachtet hatte. Wahrscheinlich glaubte er nun, da sein Vater gefallen war, seine Chance nutzen und sich der Hausherrin nähern zu können.

„Ich werde dem Einhalt gebieten“, sagte Arne zu Hilde. „Es kann nicht angehen, dass er die Trauer meiner Mutter nicht respektiert.“

„Sei achtsam!“, riet ihm Hilde. „Irgendetwas an diesem Kerl gefällt mir ganz und gar nicht. Er hat diesen verschlagenen Blick, wenn er sich unbeobachtet fühlt. Ich bekomme jedes Mal eine Gänsehaut, wenn ich in seine Augen schaue.“

„Keine Sorge, mit dem werde ich schon fertig. Ich werde mit meiner Mutter reden. Wenn er seine Arbeit vernachlässigt und sie belästigt, muss sie ihm kündigen.“

„Ich hoffe, sie sieht das genauso“, antwortete Hilde. Doch Arne, der bereits zur Tür hinaus war, hörte es nicht mehr. Entschlossen stapfte er durch den Garten und glaubte seinen Ohren nicht zu trauen, als er seine Mutter plötzlich lachen hörte. Seine Miene gefror. Nie war ihm etwas unpassender erschienen als dieses Lachen.

„Ich sehe, es geht dir besser“, sagte er mit kalter Stimme.

„Arne? Ja, ein wenig“, erwiderte sie verlegen. Im nächsten

Moment mischte sich der Gärtner ein, als wäre es das Normalste der Welt.

„Ich habe deiner Mutter von früher erzählt. Von all den Irren in der Klinik, mit denen dein Vater zu tun hatte. Wir haben …"

„Seien Sie still! Ich rede mit meiner Mutter!", fuhr ihn Arne an und wusste nicht, woher er den Mut nahm, diesem kräftigen Mann so resolut gegenüberzutreten. „Ich will, dass Sie das tun, wofür wir Sie bezahlen. Kümmern Sie sich um den Garten und halten Sie sich von meiner Mutter fern!"

„Sonst was?", fragte Herbert und lächelte spöttisch. Aber Arne bemerkte, wie wütend er über die Zurechtweisung war. Seine Kieferknochen spannten sich an, sodass das Lächeln völlig misslang.

„Sonst werden Sie gehen und sich eine andere Arbeit suchen müssen."

„Solltest du diese Entscheidung nicht lieber deiner Mutter überlassen?"

„Er hat recht", mischte Susanna sich ein, die offensichtlich völlig überfordert mit der Situation war. „Ich entscheide, wer für uns arbeitet. Warum streiten wir eigentlich? Es ist doch gar nichts gewesen."

„Sehe ich genauso", pflichtete der Gärtner ihr grinsend bei.

„Lass uns das unter vier Augen klären, Mutter."

Arne sah Herbert an, der seinem Blick standhielt. In diesem Moment erkannte der Junge, was Hilde gemeint hatte. In den Augen des Gärtners lag etwas Brutales, vielleicht auch eine gefährliche Dummheit. Arne fühlte sich nicht wohl dabei. Dennoch nahm er allen Mut zusammen.

„Gehen Sie an Ihre Arbeit! Ich werde heute Abend kontrollieren, was Sie geschafft haben."

Der Junge, der für einen kurzen Augenblick befürchtet hatte, dass der Gärtner sich ihm widersetzen würde, atmete auf, als der sich tatsächlich davonschlich. Erst jetzt spürte er, wie seine Beine zitterten und ihm Tränen in die Augen stiegen.

Warum konnte er nicht einfach zu seinem Vater laufen und ihm von dem Vorfall erzählen? Wie kam es, dass Herbert sich plötzlich diese Unverschämtheiten herausnahm? Am schlimmsten empfand er jedoch, dass seine Mutter diese duldete und dem Gärtner zur Seite stand.

„Wir müssen reden, Mutter", sagte er niedergeschlagen. Er hatte nicht vorgehabt, die Pillen zu erwähnen. Aber Susannas Verhalten zwang ihn dazu. Nur so konnte er sich ihr seltsames Benehmen erklären. Allerdings schien seine Mutter keinen Gesprächsbedarf zu sehen, wie er schon gleich feststellen musste.

„Später, mein Junge", sagte sie und stand auf. „Ich bin müde und werde mich etwas hinlegen."

„Aber ich möchte ..."

„Ich sagte später, Arne."

Ohne ein weiteres Wort ging sie zum Haus. Arne, der ihr nachschaute, bemerkte den Gärtner, der sich auf seine Harke stützte, mit der er eben noch den Weg bearbeitet hatte. Er grinste, als sich ihre Blicke trafen, bevor er mit seiner Arbeit fortfuhr.

Noch am selben Abend ging Arne an den Schrank seiner Mutter und nahm die Pillen heraus. Er wusste, dass sein Vater sie von der Klinik mitgebracht hatte, nachdem Susanna unter Schlafstörungen gelitten hatte. Sie sollten nur als Übergangslösung dienen. Deshalb hatte sie ihm auch versprechen müssen, damit aufzuhören.

Da sie aber offenbar nicht in der Lage war, ihr Versprechen auch über seinen Tod hinaus zu halten, musste er eben dafür sorgen, dass sie davon wegkam. Ohne zu zögern warf Arne die Pillen ins Klosett und spülte sie hinunter. Zufrieden schaute er zu, wie sie im Abfluss verschwanden. Dann ging er in das Arbeitszimmer seines Vaters, welches er zuvor in dessen Abwesenheit nicht ein einziges Mal betreten hatte.

Leise schloss er die Tür hinter sich und schaute sich um. Es hatte sich nichts verändert, seitdem er zum letzten Mal hier gewesen war. Alles stand an seinem gewohnten Platz. Lediglich etwas Staub hatte sich auf die Möbel gelegt.

Der Junge ging zum Schreibtisch, auf dem er den Notizblock seines Vaters fand. Er blätterte durch die Seiten und las die Einträge, die der Arzt fein säuberlich hinterlassen hatte. Der letzte wies auf eine Aufsichtsratssitzung der Klinik hin, an der Karl Lautental schon nicht mehr teilgenommen hatte, wie Arne feststellte. Zu diesem Zeitpunkt hatte sein Vater bereits über zwei Wochen im Lazarett die Verwundeten versorgt.

Fast liebevoll strich der Junge über die abgewetzten Lehnen des Schreibtischsessels. Wie oft war er zu seinem Vater auf den Schoß gekrochen und hatte darum gebettelt, ihm bei der Arbeit zusehen zu dürfen. Stundenlang hatte er schweigend beobachtet, wie der Arzt Tabellen auswertete und Studien durchführte. Es hatte Tage gegeben, an denen ihn seine Mutter nur mit Müh und Not aus dem Zimmer brachte.

Seine wunderschöne Mutter, dachte Arne wütend, die nichts Besseres zu tun hatte, als im Garten zu sitzen und mit dem Gärtner zu lachen, obwohl sie doch gerade erst die Nachricht vom Tod ihres Mannes erhalten hatte.

Das erinnerte ihn daran, warum er ins Arbeitszimmer gegangen war. Er setzte sich in den Sessel und begann, die Schubladen des Schreibtisches zu öffnen. Der Junge wusste aus der Vergangenheit, dass sein Vater sich häufig Unterlagen und Patientenakten mit nach Hause genommen hatte, um sie in Ruhe zu studieren. Die Wahrscheinlichkeit, dass er etwas über den Gärtner fand, war dennoch gering. Trotzdem wollte er wenigstens ausschließen können, dass er etwas übersah.

Langsam durchforstete er sämtliche Unterlagen. Er war besonders gründlich dabei, wie er es von seinem Vater gelernt hatte, der ihm oft genug zu verstehen gegeben hatte, dass ein Ergebnis nicht immer auf den ersten Blick sichtbar war. Es dauerte über eine Stunde, bis er endlich fündig wurde und eine Mappe in der Hand hielt, in der sich verschiedene Berichte befanden. Auf der ersten Seite standen Name, Alter, Größe und besondere Merkmale des Patienten.

„Herbert Köhler, 37 Jahre, Gärtner", las Arne laut vor und atmete tief durch.

Einen kurzen Moment zögerte er und fragte sich, was er wohl finden würde. Eine Ahnung tief in ihm drin sagte ihm jedoch, dass es für ihn von Bedeutung sein könnte.

Tatsächlich fand er mehrere Untersuchungsergebnisse, ärztliche Einschätzungen und Diagnosen. Laut seinem Vater litt der Gärtner unter einer Psychose, die zu den Geisteskrankheiten zählte. Die Zustände eines solchen Patienten wechselten von depressiv, manisch bis hin zu schwerer Erregung und Realitätsverlust.

Wenn Arne dem letzten Bericht Glauben schenken konnte, war der Gärtner keineswegs geheilt, sondern musste Medikamente einnehmen, die dafür sorgten, dass er stabil blieb.

Sein Vater hatte Herbert Köhler nur zu sich nach Hause geholt, um zu beobachten, wie sich die Krankheit außerhalb der Klinik entwickelte. Sein letzter Eintrag wies darauf hin, dass er ihn sofort einweisen würde, wenn sich negative Veränderungen ergäben oder eine Gefahr von dem Patienten ausginge.

Nachdenklich ließ Arne die Akte auf seinen Schoß sinken und versuchte zu ergründen, wie sein Vater das Verhalten des

Gärtners momentan einschätzen würde. Dabei erinnerte er sich an dessen unverfrorenen Blick und seine dreisten Annäherungsversuche. Allerdings mussten die nicht psychisch begründet sein. Vor allem dann nicht, wenn er davon ausging, dass Herbert seine Medikamente bekam. Aber woher ...

„Was tust du da?"

Ruckartig hatte sich die Tür geöffnet und seine Mutter stand im Raum. Sie trug nur ein Nachthemd und ihren blauen Morgenmantel darüber und sah ihn wütend an.

„Ich schaue mir Vaters Unterlagen an", antwortete er ehrlich.

Daraufhin kam seine Mutter zu ihm und packte ihn grob an den Schultern.

„Es sind nur Papiere", rechtfertigte sich der Junge, der über ihre Art, ihn anzufassen, erschrak.

„Wo sind die Pillen?", schrie Susanna ihn an. „Wo hast du sie versteckt?"

Das war also der Grund für ihr Verhalten, dachte Arne, der seine Aktion im Badezimmer beinahe vergessen hatte. Dabei hätte er sich denken können, dass sie danach suchen und außer sich sein würde, wenn sie feststellte, dass ihre Beruhigungsmittel verschwunden waren.

„Du hast Papa ein Versprechen gegeben. Du hast gesagt, dass du sie nicht mehr nimmst."

„Dein Vater ist tot."

„Das ändert nichts an dem Versprechen."

„Du irrst dich, das ändert alles. Also wo verdammt noch mal hast du die Pillen hin?"

Hektisch begann Susanna das Arbeitszimmer abzusuchen. Sie zog die Schubladen heraus, durchwühlte sie und warf deren Inhalt auf den Boden. Noch nie zuvor hatte Arne seine Mutter so außer sich gesehen. Schockiert schaute er zu, wie sie sogar die Bücher vom Regal fegte. Als sie nicht fündig wurde, änderte sie ihre Taktik. Verzweifelt flehte sie ihn an, ihr wenigstens zwei der Pillen zu geben.

„Ich habe sie weggespült", verriet ihr Arne, dem ihr Verhalten Angst machte. Seine Mutter bettelte um die Medikamente wie ein Hungriger um ein Stück Brot. Sie bemerkte nicht einmal, wie sehr sie sich in diesem Augenblick erniedrigte.

„Du hast was?", schrie sie auf.

„Ich habe sie im Klosett hinuntergespült", antwortete er ehrlich und rechnete nicht im Entferntesten mit ihrer Reaktion. Ehe sich der Junge versah, klatschte ihre Hand auf seine Wange. Erschrocken sah er zu ihr auf und konnte nicht fassen, dass sie ihm eine Ohrfeige verpasst hatte. Susanna hatte ihn noch nie geschlagen, sein ganzes Leben nicht. Umso entsetzter war er nun.

Seine Mutter hingegen schien endlich zur Besinnung zu kommen. Ihr Blick wechselte von ihrer Hand, die sie noch immer erhoben hielt, zu seiner Wange, die sich gerötet hatte. Die Abdrücke ihrer Finger waren deutlich darauf zu erkennen. Erschrocken presste sie die Hand auf ihren Mund.

„Verzeih mir, Arne!", bat sie gleich darauf und zog ihren Sohn an sich, der es nur widerstrebend geschehen ließ. „Verzeih mir, bitte! Ich wollte dir nicht wehtun."

Susanna drückte Arne an sich und schluchzte auf. Der Junge ließ es wie versteinert geschehen. Sein Mund war zu einer dünnen Linie zusammengepresst. Er wusste, dass seine Mutter darauf wartete, dass er ihr vergab. Aber er brachte die Worte einfach nicht über die Lippen. Als sie sich irgendwann von ihm löste und ihr wirres Haar zurückstrich, stand er auf.

„Wo willst du hin?", fragte sie ihn.

„In mein Zimmer", gab er zur Antwort und ließ sie zurück.

7

„Stimmt etwas nicht zwischen deiner Mutter und dir?“, fragte Hilde ein paar Wochen später, als Arne bei ihr in der Küche saß. Seit Tagen war der Junge ungewöhnlich still und ging Susanna aus dem Weg, wie die Hauswirtschafterin, deren Blicken kaum etwas entging, verwundert feststellte. Doch der Junge zuckte nur mit den Schultern.

„Nun rede schon, Arne! Du weißt, dass du immer zu mir kommen kannst, wenn dich etwas bedrückt. Was ist los?“

„Ich habe ihre Pillen den Abfluss hinuntergespült“, rückte er endlich mit der Sprache heraus.

Er wusste, dass er Hilde bedingungslos vertrauen konnte. Außerdem tat es gut, mit jemandem über die Kluft zu reden, die sich plötzlich zwischen ihm und seiner Mutter aufgetan hatte.

„Etwa die Medikamente, die sie früher zur Beruhigung nahm?“

Arne nickte. Die Hauswirtschafterin hingegen lachte auf.

„Dann bist du noch viel gescheiter, als ich angenommen habe. Diese Pillen schaden deiner Mutter. Du hast das einzig Richtige getan, wenn du mich fragst.“

„Sie ist anderer Meinung."

„Das glaube ich dir aufs Wort. Hat sie dich etwa ausgeschimpft?"

„Sie hat mir eine Backpfeife verpasst."

„Was sagst du da?" Hilde schüttelte verärgert ihren Kopf. „Sie hat dich geschlagen? Das hat sie doch noch nie getan."

„Eben."

Arne seufzte. Seit dem Tag im Arbeitszimmer bekam er seine Mutter kaum noch zu Gesicht. Dafür hörte er sie jeden Abend durch die geschlossene Zimmertür hindurch schluchzen. Er gab sich die Schuld daran und bereute inzwischen, ihr die Pillen weggenommen zu haben. Noch mehr, als er feststellte, dass sie einen Ersatz dafür gefunden hatte. Wenn Susanna auch versuchte, die leeren Flaschen zu verbergen, er bemerkte sie. Sogar im hintersten Teil ihres Kleiderschranks waren sie versteckt. Das konnte auch dem Personal nicht lange verborgen bleiben.

„Liegt es an dem Wein?", fragte Hilde und bestätigte seine Vermutung.

„Du weißt es?"

„Ich habe es mir gedacht. Deine Mutter ist ja kaum noch sie selbst. Dazu die leeren Flaschen, ach Arne, du kannst einem schon leidtun. Erst verlierst du den Vater und jetzt lässt dich deine Mutter auch noch im Stich. Wie soll das nur weitergehen?"

Der Junge zuckte mit den Schultern. Schließlich stellte er sich diese Frage auch und hatte bisher noch keine Antwort darauf gefunden.

„Versprich mir, dass du trotz allem fleißig in der Schule bist. Dein Vater wollte, dass du in seine Fußstapfen trittst. Das schaffst du aber nur, wenn du dich nicht entmutigen lässt. Hörst du?"

„Das werde ich nicht, versprochen."

Der Junge sah Hilde dankbar an. Von der Hauswirtschafterin bekam er den Trost und Zuspruch, den er sich von seiner Mutter wünschte, die offenbar nicht dazu in der Lage war.

„Vielleicht braucht sie auch nur etwas Zeit, Arne. Deine Mutter hat deinen Vater sehr geliebt. Es wird eine Weile dauern, bis sie darüber hinwegkommt."

„Ich hoffe es", antwortete Arne und erinnerte sich daran, wie Susanna mit dem Gärtner gelacht hatte, was so gar nicht zu einer Trauerzeit passte.

„Ich wollte dich noch etwas fragen", sagte er zu Hilde, zu der er ein uneingeschränktes Vertrauen besaß. „Ist dir bei Herbert schon einmal etwas Ungewöhnliches aufgefallen?"

„Dem Gärtner? Wie kommst du darauf?"

„Ich traue ihm nicht, er benimmt sich völlig unangemessen, was an seiner Erkrankung liegen könnte."

„Von welcher Erkrankung sprichst du, Junge? Gibt es etwas, was ich wissen sollte?"

„Ich habe in Vaters Arbeitszimmer eine Akte gefunden. Du weißt ja, dass er sein Patient war. Darin steht, dass er unter einer Psychose leidet, aber momentan stabil ist. Was wiederum schon fast drei Jahre her ist."

„Eine Psychose? Was genau bedeutet das?"

„Es ist eine Geisteskrankheit, die Herbert unberechenbar machen kann, wenn er keine Medikamente einnimmt."

„Um Gottes willen." Hilde schlug die Hände über dem Kopf zusammen. „Wir haben also einen Irren im Haus? Siehst du! Ich habe doch gleich gesagt, dass mit diesem Kerl etwas nicht stimmt."

„Das wissen wir nicht, Hilde", bremste Arne die Hauswirtschafterin. „Solange er die Medikamente nimmt, ist er wahrscheinlich harmlos."

„Das vergiss mal ganz schnell, mein Junge! Du musst nur

in seine Augen schauen. Jetzt weiß ich wenigstens, warum er diesen Blick hat."

„Lass uns abwarten. Aber sobald dir etwas auffällt, sag mir Bescheid! Dann werde ich mit Mutter reden, damit sie ihn entlässt."

„Ist gut, Arne. Du bist der Hausherr."

Sie lächelte. Es war nicht zu übersehen, wie sehr sie ihn mochte.

„Ich bringe deiner Mutter jetzt das Essen. Sie wollte in ihrem Zimmer bleiben."

Die Hauswirtschafterin nahm den Teller, über den sie eine Glocke gestülpt hatte, und machte sich auf den Weg zu Susanna. Arne begleitete sie. Er wollte noch einmal mit seiner Mutter reden und ihr klarmachen, dass es so nicht weiterging.

„Was war das?", fragte Hilde und blieb ruckartig stehen, als sie im Flur vor dem Schlafzimmer ankamen. Sie spitzte die Ohren. Doch es war nichts zu hören, sodass sie annahm, sich geirrt zu haben.

„Warte!"

Arne legte seinen Zeigefinger auf die Lippen und bedeutete ihr so, still zu sein. Ein heiseres Lachen war zu hören. Nur leise, die geschlossene Tür und die Wände dämpften das Geräusch, aber es gehörte eindeutig der Hausherrin.

„Ich gehe allein", forderte Arne daraufhin. Aus seinem Gesicht war sämtliche Farbe gewichen, als er nach wenigen Schritten die Klinke herunterdrückte. Ohne wie üblich anzuklopfen öffnete er. Der Anblick, der sich ihm bot, verschlug ihm den Atem.

Auf dem großen Bett lagen zwei Menschen, die völlig nackt waren. Eng umschlungen wälzten sie sich in den Laken. Die Situation war eindeutig.

„Mutter!", schrie Arne entsetzt auf. Daraufhin drehte sich Susanna um, die auf dem männlichen Körper saß, von dem der Junge nicht wusste, wem er gehörte. Ihr Rücken verdeckte das Gesicht des Mannes.

„Arne!“, rief sie nicht weniger erschrocken. „Was willst du hier? Geh!“

Doch ihr Sohn rührte sich nicht von der Stelle. Mit hängenden Schultern und zitterndem Kinn stand er im Türrahmen und schüttelte seinen Kopf.

„Wie kannst du nur?“, fragte er leise. „Hast du Vater so schnell vergessen?“

„Nein, natürlich nicht, aber habe ich nicht auch das Recht, mich von der Trauer zu befreien?“

„Nicht auf diese Art“, erwiderte Arne. „Du bist ...“

„Komm, mein Junge!“, fiel ihm Hilde ins Wort. „Lass uns gehen.“

Die Haushälterin war hinter ihn getreten und zog ihn am Arm. Auch ihr war der Schock deutlich anzusehen. Nie und nimmer hätte sie ein derartiges Verhalten von ihrer Herrin erwartet. Aber stille Wasser waren ja bekanntlich tief und dreckig, dachte sie und fragte sich, wie lange Susanna wohl schon einen Liebhaber hatte.

Sie atmete auf, als Arne sich abwandte und ihr zu folgen schien. Im Moment war nur der Junge wichtig. Alles andere würde sich zeigen.

„Wenn du fertig bist, will ich mit dir reden.“

Noch einmal hatte sich Arne an seine Mutter gewandt, der die Situation plötzlich unangenehm schien. Sie rutschte von dem Körper des Mannes und schlug die Hände vors Gesicht. Ihr Liebhaber hingegen stützte sich auf beiden Unterarmen auf und hob den Kopf. Dann grinste er Arne und die Hauswirtschafterin, die einen spitzen Schrei ausstieß, unverfroren an.

„Komm!“

Mit aller Kraft zog sie den Jungen mit sich. Arne wehrte sich dagegen, aber Hilde gab erst nach, als sie in der Küche angekommen waren. Dort schob sie ihn zu einem der Stühle. Arne sackte auf die Sitzfläche. Die Hände hatte er zu Fäusten geballt.

„Was du gerade gesehen hast, tut mir leid“, sagte Hilde und hockte sich vor ihn. „Kein Sohn sollte seine Mutter so erleben. Ich bitte dich trotzdem, jetzt nichts Unüberlegtes zu tun, Arne. Du hast seinen Blick gesehen. Herbert wartet nur darauf, glaub mir!“

Arne nickte. Er wusste genau, was die Hauswirtschafterin meinte. In den Augen des Gärtners hatte Triumph gelegen. Als hätte er alles geplant und sich so für die Zurechtweisung im Garten gerächt. Er musste vorsichtig sein, dachte Arne und erinnerte sich an die Akte. Sein Vater hatte geschrieben, dass dieser Geisteskranke unberechenbar werden könnte.

„Keine Sorge“, beruhigte er Hilde. „Ich habe nicht vor, ihn zur Rede zu stellen. Aber eines Tages wird er dafür bezahlen. Das schwöre ich.“

~

Am nächsten Tag in der Schule konnte Arne sich kaum auf den Unterricht konzentrieren. Während der Lehrer seinen Schülern von den Befreiungskriegen und Napoleon erzählte, weilten seine Gedanken bei seiner Mutter. Er machte sich Sorgen. Nicht nur um Susanna, deren Verstand offenbar vom Alkohol vernebelt war. Auch um seine Zukunft, die ihm im Moment nicht gerade aussichtsvoll erschien.

In einem Jahr würde er die Volksschule verlassen, auf eine höhere Schule wechseln und Abitur machen, um später Medizin zu studieren. Sein Vater hatte immer hinter diesen Plänen gestanden und ihn dazu ermuntert. Ob seine Mutter sein Vorhaben unter den derzeitigen Umständen jedoch genauso unterstützen würde, erschien ihm fraglich.

Es sei denn, er unternahm etwas und schaffte sich den

Gärtner vom Hals, der unumstritten einen schlechten Einfluss auf sie ausübte. Wenn er aus ihrer Nähe verschwände, würde sie früher oder später zur Vernunft kommen und sich auf ihre Rolle als Mutter und Kriegswitwe besinnen. Zumindest hoffte Arne das. Er beschloss, noch am gleichen Tag den Anwalt der Familie aufzusuchen, wie sein Vater ihm geraten hatte.

Während die anderen Jungen zum Turnen und die Mädchen zum Nähunterricht gingen, schlich sich Arne vom Schulhof. Es kam zum ersten Mal vor, dass er den Unterricht schwänzte, und er hatte ein schlechtes Gewissen dabei. In diesem Fall jedoch hielt er es für notwendig. So würde seine Mutter keine Fragen stellen, warum er später nach Hause kam, falls sie überhaupt wie früher auf ihn wartete.

Er musste nur ein paar Straßen weiter, bis er vor dem Backsteingebäude ankam, in dem Doktor Hornnagel sein Büro hatte. Arne zögerte einen Moment und starrte das Messingschild der Kanzlei an, bis er entschlossen nach dem Knauf griff und ihn an die Tür hämmerte.

Es dauerte nur wenige Minuten, bis er schlurfende Schritte hörte und die Tür von Doktor Hornnagel persönlich geöffnet wurde. Arne erkannte den Anwalt sofort, der hingegen schaute ihn nicht gerade freundlich an.

„Was willst du?", fragte er.

„Mit Ihnen reden. Ich brauche Ihre Hilfe."

„Meine Hilfe also? Du glaubst, du könntest dir einen Anwalt leisten?"

Doktor Hornnagel lächelte spöttisch und wollte die Tür wieder schließen. Doch Arne schob flink seinen Fuß dazwischen.

„Mein Vater riet mir, zu Ihnen zu gehen. Ich bin Arne Lautental."

„Arne?" Der Anwalt musterte ihn von Kopf bis Fuß. Was

er sah, schien ihn zu überzeugen. „Warum sagst du das nicht gleich? Komm rein, Junge!"

Arne folgte ihm in das Büro. Der Anwalt bot ihm Platz und ein Glas Wasser an, bevor er sich hinter seinen Schreibtisch setzte.

„Ich habe dich lange nicht gesehen. Groß bist du geworden. Müsstest du nicht in der Schule sein?"

„Es ist wichtig."

„Na, dann erzähl mal! Ich höre."

„Versprechen Sie mir erst, meiner Mutter nichts davon zu sagen, dass ich hier war! Wenn sie erfährt, dass ich Sie hinter ihrem Rücken aufsuche und die Schule schwänze, wird sie verärgert sein."

„Keine Angst, von mir erfährt niemand etwas. Allerdings kommt in einer halben Stunde ein Kunde. Es ist also besser, du erzählst mir endlich, was du auf dem Herzen hast."

„Es geht um den Gärtner und um meine Zukunft", begann Arne. Dann berichtete er Doktor Hornnagel von der Situation zu Hause und ließ auch den Vorfall im Schlafzimmer nicht aus. Der Anwalt hörte zu und unterbrach ihn kein einziges Mal. Erst als Arne fertig war, zog er die Stirn in Falten.

„Dieser Gärtner kommt ganz sicher aus der Klinik? Dein Vater selbst hat ihn eingestellt?"

„Ja." Der Junge nickte.

„Und du bist im Besitz dieser Akte?"

„Sie liegt im Arbeitszimmer. Ich kann sie jederzeit holen."

„Mach das, Arne, und bring sie mir, damit ich mir die Unterlagen anschauen kann. Was deine Ausbildung betrifft, kann ich dich beruhigen. Dein Vater hat im Vorfeld alles arrangiert. Du weißt, dass ich sein Vermögen verwalte. Für dich ist ein Konto eingerichtet, womit du sämtliche Schulgelder aufbringen kannst. Deinem Studium steht nichts im Wege."

Arne blies geräuschvoll den Atem aus, den er ängstlich angehalten hatte. Damit hatte er nicht gerechnet. Der Anwalt nahm ihm gerade eine schwere Last von den jungen Schultern.

„Danke“, sagte er.

„Du musst mir nicht danken. Dein Vater war ein guter Freund. Es tut mir sehr leid, dass er Opfer dieses sinnlosen Krieges wurde.“

„Mir auch“, erwiderte der Junge leise, woraufhin Doktor Hornnagel aufstand und zu ihm trat. Seine Hand legte sich auf Arnes Schulter.

„Bring mir zuerst die Akte! Ich sehe sie mir an. Wir werden das Problem schon lösen.“

Er brach ab und schaute Arne mitleidig an.

„Hast du jemanden, dem du dich anvertrauen kannst?“

„Ja, Hilde, die Hauswirtschafterin. Sie ist gut zu mir.“

„Das beruhigt mich. Dem Gärtner gehst du besser vorerst aus dem Weg. Wenigstens so lange, bis ich mehr über ihn weiß.“

Der Anwalt schüttelte den Kopf.

„Ich verstehe nicht, wie Susanna auf so einen Kerl hereinfallen kann, der nicht einmal annähernd aus unseren Kreisen kommt. Vielleicht sollte sie einen Arzt konsultieren und sich ein paar Wochen in einem Sanatorium erholen. Ihr besitzt genügend Mittel, trotz der schweren Zeiten. Ich werde mit ihr reden.“

„Aber dann weiß sie, dass ich bei Ihnen war.“

„Ich werde es als zufälligen Besuch tarnen, und ehrlich gesagt hatte ich das sowieso vor. Ich wollte deiner Mutter schon längst meine Anteilnahme aussprechen. Aber immer kam etwas dazwischen. Du musst also keine Angst haben.“

„Dann gehe ich jetzt besser.“

Arne stand auf. Er fühlte sich viel zuversichtlicher als noch am Morgen. Dankbar drückte er dem Anwalt die Hand und verabschiedete sich. Er wollte noch heute Abend die Akte des Gärtners aus dem Arbeitszimmer holen, um sie Doktor Hornnagel gleich am nächsten Tag nach der Schule zu bringen. Je eher sich der Anwalt um das Problem kümmerte, umso eher wurde er Herbert los und bekam hoffentlich seine Mutter zurück.

8

Als Arne zwei Wochen später aus der Schule kam, bemerkte er sofort den dunklen Wagen, der in der Einfahrt stand. Da seit Monaten kaum noch Besuch kam, lag für ihn die Vermutung nahe, dass es sich um Doktor Hornnagel handelte, dem er zwei Tage nach ihrem ersten Treffen die Akte gebracht hatte.

Neugierig ging er ins Haus und lauschte. Er hörte Stimmen aus dem Wohnzimmer, eine davon gehörte dem Anwalt. Arne verstand nicht, was er sagte, und ging näher. Noch war er sich nicht sicher, ob er sich bemerkbar machen sollte oder besser in sein Zimmer verschwand und abwartete.

Noch während er darüber nachdachte, öffnete sich die Tür. Der Anwalt stürmte mit rotem Kopf heraus. Arnes Mutter folgte ihm. Ihr Gesicht wirkte versteinert. Offenbar hatten sie gestritten. Das würde auch erklären, dass sie Doktor Hornnagel die Tür wies.

„Ich möchte, dass Sie sich nie wieder in meine Angelegenheiten mischen“, rief sie ihm nach. „Andernfalls werde ich dafür sorgen, dass sich ein anderer Jurist um den Nachlass meines Mannes kümmert.“

Der Anwalt gab keine Antwort, sondern schüttelte nur

den Kopf. Arne sah, wie verärgert er war. Als er an ihm vorüberlief, nickte er ihm zu.

„Auf Wiedersehen, Doktor Hornnagel", sagte Arne, der befürchtete, dass der Anwalt sich von seiner Mutter einschüchtern ließ und nichts mehr unternehmen würde. Als die Tür ins Schloss fiel, drehte er sich um und ging zur Treppe, um sein Zimmer aufzusuchen. Doch seine Mutter hielt ihn zurück.

„Woher weißt du, dass es der Anwalt war?", fragte sie misstrauisch. Arne biss sich auf die Lippen. Er wusste sofort, dass er einen Fehler gemacht hatte. Panisch versuchte er, eine Ausrede zu finden.

„Doktor Hornnagel war Papas Freund und auch früher hier zu Besuch."

„Das ist Jahre her, du warst noch klein. Sag mir die Wahrheit, Arne! Bist du bei ihm gewesen und hast ihn gebeten, mit mir zu reden?"

„Nein."

Arne spürte, wie er errötete und noch etwas. Aus den Augenwinkeln heraus nahm er eine Bewegung hinter sich wahr. Als er sich umdrehte, bemerkte er Herbert, der sich lässig an den Türrahmen lehnte und ihn beobachtete.

„Verschwinden Sie!", schrie Arne ihn an. „Das hier geht nur meine Mutter und mich etwas an."

„Du irrst dich." Susanna trat zu ihm und hob sein Kinn zu sich hoch, sodass er gezwungen war, sie anzuschauen. „Jemand hat Herberts Krankenakte aus dem Arbeitszimmer gestohlen. Weißt du etwas darüber?"

Arne schüttelte den Kopf. Sein Herz begann unkontrolliert zu schlagen, während er sich fragte, ob seine Mutter einen bestimmten Verdacht hegte oder nur bluffte. Hatte Doktor Hornnagel die Akte etwa erwähnt? Er konnte sich das kaum vorstellen. Schließlich hatte er den Anwalt gebeten, Stillschweigen zu wahren.

„Ich habe keine Ahnung, wovon du redest", wich er aus. „Ich muss jetzt Schulaufgaben machen."

Ohne ein weiteres Wort ging er nach oben. Er fühlte die stechenden Blicke des Gärtners im Rücken, die ihm Angst machten. Seine Finger zitterten, als er die Tür zuschlug. Angespannt blieb er im Raum stehen und wartete, ob seine Mutter ihm folgen würde. Er atmete auf, als sich die Schritte unten entfernten. Jetzt endlich konnte er den Tränen freien Lauf lassen. Verzweifelt legte er sich auf das Bett und starrte zur Decke.

Der Junge erschrak, als sich die Tür öffnete. Erstaunt bemerkte er, dass es dunkel geworden war. Er musste eingeschlafen sein. Benommen versuchte er zu erkennen, wer sein Zimmer betrat.

„Mama?", fragte er. Es konnte nur Susanna sein, die sich vermutlich entschuldigen wollte, weil sie so barsch zu ihm gewesen war. Benommen richtete er sich auf.

„Deine Mama wird dir nicht helfen", hörte er in diesem Moment und erkannte entsetzt, dass Herbert vor seinem Bett stand.

„Was willst du?", fragte Arne ängstlich und sprang aus dem Bett. Für ihn gab es keinen Zweifel, dass er in Gefahr schwebte.

„Was ich will?" Der Gärtner lachte auf. „Dass du dich aus meinem Leben heraushältst. Was deine Mutter und ich tun, geht dich einen Dreck an."

„Sie ist meine Mutter", widersprach Arne, bereute es jedoch, sobald die Worte über seine Lippen waren. Es würde vernünftiger sein, den Liebhaber seiner Mutter nicht zu reizen.

„Wage es nicht noch einmal, mit irgendjemandem über meine Krankheit zu reden. Glaubst du, ich bin dumm? Du hast dem Anwalt die Akte gegeben. Wer sollte es sonst gewesen sein? Also merk dir ein für alle Mal: Ab jetzt habe ich hier das Sagen, verstanden?“

Bevor es Arne gelang, sich zu ducken, knallte Herberts Faust in sein Gesicht. Stechender Schmerz durchströmte den Körper des Jungen. Seine Lippe war unter dem Schlag aufgeplatzt, er schmeckte das Blut an seinem Mund. Nur mit äußerster Anstrengung konnte er sich aufrecht halten. Schwankend hielt er sich an der Bettkante fest, als ihn der nächste Haken traf. Dieses Mal erwischte er seine Magengrube.

Schlag auf Schlag folgte. Arne blieb kaum Zeit, Atem zu holen. Sein gesamter Körper schien nur noch aus Schmerz zu bestehen. Mit letzter Kraft versuchte er sich zu wehren, hatte jedoch keine Chance gegen den brutalen Gärtner, der sein leises Wimmern zu genießen schien. Erst als der Junge kaum noch einen Mucks von sich gab, ließ er von ihm ab.

„Ich hoffe, das reicht, um dein Maul zu stopfen“, sagte er, bevor er das Zimmer verließ.

Arne fiel auf sein Bett und krümmte sich zusammen. Eingerollt wie ein Säugling weinte er vor sich hin, während die Angst, Herbert könnte zurückkehren und dort weitermachen, wo er aufgehört hatte, ihn lähmte.

Er schrie auf, als sich die Tür irgendwann später erneut öffnete. Zitternd wich er ans Kopfende zurück. Seine Augen suchten einen Fluchtweg, aber da war nur die Tür, in der jemand stand.

„Arne, Liebling.“

Der Junge atmete heftig aus, als er die Stimme seiner Mutter erkannte. Als sie das Licht einschaltete und er ihr Gesicht sah, schluchzte er auf.

„Was hast du nur getan?“, fragte Susanna sanft und setzte sich zu ihm aufs Bett. Arne stieg ihr Atem in die Nase, der nach Wein roch.

„Du fragst, was ich getan habe?“ Ungläubig schüttelte er

seinen Kopf, durch den augenblicklich ein heftiger Schmerz fuhr. „Siehst du denn nicht, was er getan hat?"

„Du hast ihn hintergangen, Arne. Warum hast du die Akte zu Doktor Hornnagel gebracht?"

„Weil dieser Mann krank ist, Mutter. Ich habe Vaters Bericht gelesen. Er ist gefährlich, begreifst du das nicht? Sieh mich doch an!"

„Du irrst dich, Schatz. Er ist geheilt. Dein Vater hätte doch keinen Kranken zu uns ins Haus geholt. Herbert ist gesund."

„Warum glaubst du ihm mehr als mir?", fragte Arne verzweifelt. „Ich bin dein Sohn und er nur der Gärtner. Was ist mit dir passiert? Du schaust einfach dabei zu, wie er mich grün und blau schlägt?"

„Herbert war wütend. Warum musstest du auch in seinen Unterlagen schnüffeln?"

„Es sind Vaters Akten, nicht seine, und es rechtfertigt keine Schläge."

„Es kommt nicht wieder vor. Ich verspreche es dir. Aber von dir verlange ich, dass du Herbert respektierst. Er tut mir gut, Arne."

„Das tut er nicht", antwortete der Junge resigniert, der einsehen musste, dass seine Mutter weit entfernt jeglicher Vernunft war. Er konnte nur hoffen, dass sie ihr Versprechen hielt und dafür sorgte, dass ihr Liebhaber ihn in Ruhe ließ.

~

„Arnes Hoffnung erfüllte sich leider nicht. Er ließ ihn nicht in Ruhe."

Die alte Frau am Fenster schüttelte ihren Kopf. Ich sah die Tränen in ihren Augen schimmern. „Dieser Mistkerl, der sich in die Familie eingeschlichen hatte, schlug den Jungen Tag und Nacht, und dessen Mutter sah tatenlos zu."

„Haben Sie nie versucht, mit ihr zu reden?", fragte ich und

fror plötzlich. Die Kindheit des Jungen musste furchtbar gewesen sein. Wie konnte eine Mutter ihrem Kind nur so etwas antun?

„Ich?“ Hilde schaute mich fast empört an. „Ich war nur eine Angestellte. Wenn ich es gewagt hätte, auch nur ein Wort gegen den Gärtner zu sagen, wäre es mir nicht anders ergangen als Arne. Dieser Mann war unberechenbar. Ich musste schweigen. Mir blieb gar nichts anderes übrig, wenn ich weiter für den Jungen da sein wollte. Ich war schließlich alles, was er noch hatte.“

Wir schwiegen. Die alte Dame knetete ihre faltigen Hände. Die Erinnerungen überwältigten sie, es war kaum zu übersehen. Ich sollte sie nun besser allein lassen, dachte ich. Aber da waren noch so viele Fragen. Ich wollte unbedingt erfahren, was es mit dem Bericht auf sich hatte, den Stefanie auf dem Dachboden fand. Ein paar Teile des Puzzles konnte ich nun zusammenfügen. Es fehlten jedoch zu viele, um das Bild dahinter zu erkennen.

War es möglich, dass Arne Lautental sich nur wegen des Gärtners auf Nervenheilkunde spezialisiert hatte? Und was war mit seiner Abneigung gegen Behinderte? Lag auch sie in seiner Kindheit begründet? Ich musste es wissen.

„Darf ich Sie noch etwas fragen?“, wandte ich mich an die ehemalige Haushälterin.

„Fragen Sie! Dafür sind Sie doch gekommen.“

„Hat Doktor Lautental den Tod behinderter Menschen befürwortet? Trägt er Mitverantwortung an der Euthanasie des Dritten Reiches? Kann es sein, dass er ...“

„Schweigen Sie!“, unterbrach sie mich. Ihr Gesicht war zu einer eisigen Maske erstarrt. „Ich will nichts davon hören, haben Sie verstanden?“

Die alte Dame schnappte nach Luft. Ihre Hand ging zur Brust, die bebte.

„Arne war ein guter Junge und ein guter Arzt“, schrie sie.

Ich erschrak über diese heftige Reaktion und machte mir Sorgen. Das Letzte, was ich wollte, war, dass sie wegen mir einen Zusammenbruch erlitt.

„Was ist hier los?“

Die Tür öffnete sich und die freundliche Schwester, die mir noch vorhin den Weg gewiesen hatte, schaute mich streng an, bevor sie zu der alten Dame ging.

„Hilde, hörst du mich?“, fragte sie die in sich zusammengesunkene Gestalt im Sessel.

Ich atmete auf, als diese nickte. Im nächsten Moment drehte sich die Schwester zu mir um.

„Es ist besser, Sie gehen jetzt“, sagte sie vorwurfsvoll.

Ich stand auf und ging zur Tür. Was sollte ich auch sonst tun? Es war ein Rauswurf und ich konnte die Schwester sogar verstehen. Ich würde nicht anders reagieren, wenn ich die Gesundheit einer meiner Patienten in Gefahr sähe.

„Auf Wiedersehen“, sagte ich leise, bevor ich ging. Die Antwort blieb aus.

Nachdenklich fuhr ich nach Hause. Das Gespräch mit der ehemaligen Hauswirtschafterin der Familie Lautental ging mir nicht aus dem Kopf. Inzwischen bereute ich, nicht behutsamer an die Sache herangegangen zu sein. Ich hatte doch bemerkt, wie sehr die alte Dame noch immer an dem Jungen von damals hing. Anstatt sie mit der vermeintlichen Wahrheit zu konfrontieren, hätte ich einfach nur zuhören sollen.

Aber für Reue war es nun zu spät. Ich konnte mir kaum vorstellen, dass sie sich noch einmal auf einen Besuch von mir einließe. Aber wie sollte ich sonst an Informationen kommen?

„Marie? Träumst du?“

Ich erschrak und drehte mich um. Hinter mir kam Ines

gelaufen, die offensichtlich versucht hatte, mich einzuholen. Keuchend blieb sie neben mir stehen. Ich bemerkte erst jetzt, dass ich fast zu Hause angekommen war.

„Ines? Was machst du denn hier?“

„Dich besuchen, was sonst? Aber du rennst wie eine Irre durch die Gegend und scheinst nicht einmal gehört zu haben, dass ich dich gerufen habe. Was ist los?“

„Entschuldige.“ Ich schüttelte meinen Kopf. „Ich war ganz in Gedanken. Komm rein, ich mache uns Kaffee.“

„Dafür bin ich hier“, antwortete Ines und folgte mir ins Haus. Doch anstatt Kaffee zu machen, setzten wir uns auf die Terrasse.

„Ich kenne dich.“ Ines zog die Stirn in Falten. „Irgendetwas beschäftigt dich. Jetzt rück schon raus mit der Sprache! Wo warst du? In der Klinik?“

„Nein, in München.“

„In München? Was wolltest du dort?“

„Ich habe eine alte Dame in einem Altenheim besucht.“

„Eine alte Dame?“

„Musst du jeden Satz wiederholen?“, fragte ich.

„Ja, das muss ich. Warum lässt du dir auch jedes Wort aus der Nase ziehen?“

„Weil du zu neugierig bist“, konterte ich. „Diese Geschichte ...“

„Diese Geschichte?“, unterbrach sie mich. Ines’ Augen begannen zu glitzern. Ich kannte diesen Blick und war mir nicht sicher, ob ich ihr von Hilde und Doktor Lautental erzählen sollte. Sie würde sofort eine Story wittern. Dabei stand nicht einmal fest, ob es die gab.

„Vergiss es einfach! Wahrscheinlich steckt gar nichts dahinter“, wich ich aus, stand auf und machte endlich den Kaffee. Doch so schnell gab Ines natürlich nicht auf und folgte mir in die Küche.

„Zu spät! Komm schon, Marie. Um was geht es? Was wolltest du von der Frau?“

„Mit ihr reden. Meine neue Nachbarin hat ein paar alte Dokumente gefunden. Ich wollte erfahren, was es damit auf sich hat.“

„Was für Dokumente?“

„Einen Bericht über behinderte und psychisch kranke Patienten.“

„Euthanasie?“

„Vielleicht, ich weiß es nicht.“

„Und du glaubst, dieser Arzt, der in dem Haus nebenan wohnte, könnte damit zu tun gehabt haben?“

„Es wäre möglich. Hör zu, Ines! Ich weiß so gut wie nichts über ihn und vielleicht irre ich mich auch. Wir sollten das Ganze vergessen.“

„Nicht, wenn es darum geht, Verbrechen aufzudecken“, widersprach sie mir. „Auf Claras Roman hin erhielt ich damals viele Leserbriefe. In einem davon war die Rede von der sogenannten Rassenhygiene. Die Ärzte und Gesundheitspolitiker diskutierten wohl schon Ende des 19. Jahrhunderts über mögliche Maßnahmen zur Gesundung des deutschen Volkskörpers, wie sie es nannten.

Sogar die Sterilisation und der Gnadentod psychisch Kranker und geistig behinderter Menschen standen im Raum. Während des Ersten Weltkriegs wurde diese Geringschätzung dann noch deutlicher. Tausende von Anstaltspatienten verhungerten oder starben an Vernachlässigung. Wenn wir darüber ein Buch bringen würden, Marie, wäre das ein wichtiger Beitrag zur Aufarbeitung.“

„Ich wusste es. Dir geht es nur um einen neuen Roman.“

„Was ist so verkehrt daran? Meinst du nicht, dass nachfolgende Generationen von der Grausamkeit gegen diese Menschen erfahren sollten?“

„Es gibt das Internet, falls du es vergessen haben solltest. Dort kann man jederzeit darüber nachlesen."

„Das Internet ist aber kein Roman. Es fehlen die Emotionen, das weißt du. Komm schon, Marie! Erzähl mir von der alten Dame!"

„Nur wenn du versprichst, nicht gleich die Veröffentlichung zu planen."

„Abgemacht!"

Ines grinste. Ich hingegen stöhnte theatralisch auf. Wir wussten beide, dass sie sich nicht daran halten würde. Wahrscheinlich spielte sie in Gedanken schon durch, wen sie mit dem Schreiben beauftragen sollte. So war Ines nun einmal, knallharte Geschäftsfrau, gleichzeitig aber auch meine Freundin. Außerdem hatte sie nicht ganz unrecht und ich war gespannt, was sie von den wenigen Bruchstücken hielt, die ich von Arne Lautentals Leben zusammengetragen hatte.

„Also gut. Du gibst ja doch keine Ruhe."

Ich erzählte ihr von Stefanie, ihrem Dachbodenfund und dem Gespräch mit Hilde. Ich äußerte meinen Verdacht, dass der Arzt für die Nazis gearbeitet haben könnte oder vermutlich selbst einer gewesen war, und gab Arnes Erlebnisse aus seiner Kindheit wieder. Ines hörte aufmerksam zu, nickte von Zeit zu Zeit oder zog die Augenbrauen hoch. Als ich fertig war, stieß sie laut den Atem aus.

„Puh! Du hast es endgültig geschafft, mich neugierig zu machen", sagte sie. „Wir müssen unbedingt noch einmal mit der alten Dame reden."

„Wir?", fragte ich erstaunt.

„Ja, warum nicht? Nach allem, was du mir erzählt hast, ist sie unheimlich stolz auf Arne Lautental. Möglicherweise ist ihr gar nicht bewusst, für welche Sache er damals eintrat."

„Warte, Ines! Das ist nur eine Vermutung."

„Eben", antwortete sie unbeeindruckt.

„Wir wissen nicht, inwieweit diese Haushälterin involviert war."

„Genau das sollten wir herausfinden."

„Und wie willst du das anstellen? Die Schwester in dem Altenheim hat mich praktisch vor die Tür gesetzt."

„Lass mich mal machen." Ines lächelte. „Ich finde einen Weg."

„Mal angenommen, es gelingt dir tatsächlich, wie willst du die alte Frau davon überzeugen, uns ihre Geschichte zu erzählen?"

„Indem ich ihr klarmache, dass ihr guter Junge auf diese Weise nie vergessen wird."

„Ich weiß nicht. Wir ..."

Mein Telefon klingelte.

„Warte kurz!", bat ich Ines, die dennoch aufstand.

„Ich wollte sowieso gerade gehen", teilte sie mir mit. „Ich schaue, was ich machen kann, und melde mich. Solltest du in der Zwischenzeit auf etwas stoßen, ruf mich an, okay?"

Ich nickte und nahm gleichzeitig das Telefon zur Hand. Während ich mich meldete, ging Ines zur Tür. Mit der freien Hand winkte ich ihr nach.

„Hallo, Marie, hier ist Karsten Buchert. Ich wollte dir nur mitteilen, dass ich die Stadt morgen verlasse. Ich wünsche dir alles Gute."

Er brach kurz ab, bevor er leise hinzufügte:

„Ich hoffe, du kannst meinem Vater irgendwann verzeihen."

„Morgen?", wiederholte ich, nur um überhaupt etwas zu sagen. Ich hatte Onkel Freds Sohn völlig vergessen und nicht einmal in Erwägung gezogen, mich mit ihm zu treffen.

„Mein Zug geht um acht Uhr."

Ich zögerte. Dann gab ich mir einen Ruck.

„Wenn Sie es immer noch wollen, komme ich im Hotel vorbei."

„Wirklich?“, fragte er erstaunt. „Ich würde mich wahnsinnig darüber freuen.“

„Ich kann in einer Stunde bei Ihnen sein. Bis nachher, Herr Buchert.“

„Danke, Marie.“

Er legte auf und ich atmete tief durch. Ich war mir nicht sicher, ob ich gerade die richtige Entscheidung getroffen hatte. Aber was sollte schon passieren? Onkel Fred war tot und vielleicht konnte sein Sohn mir nach all den Jahren eine Antwort darauf geben, welches Motiv seinen Vater damals zu diesem Verbrechen getrieben hatte. Dann konnte ich endgültig mit der Vergangenheit abschließen.

Ich rief Noel an und bat ihn, Jonah von der Schule abzuholen. Als ich ihm den Grund nannte, ermutigte er mich und bot mir an, mich zu begleiten. Ich lehnte ab. Dieses eine Mal würde ich es allein schaffen.

Entschlossen machte ich mich wenig später auf den Weg zum Hotel. Als ich ankam, fühlte ich mich nur noch halb so mutig wie kurz zuvor. Nachdenklich blieb ich am Eingang des Hotels stehen. Ich konnte immer noch umkehren, schließlich war ich Onkel Freds Sohn nichts schuldig.

„Marie?“

Im gleichen Moment kam ein Mann auf mich zu. Ich erkannte in ihm den Besucher vom Flur des Krankenhauses. Vor mir stand Karsten Buchert, der offensichtlich auf mich gewartet hatte.

„Hallo“, sagte ich und reichte ihm die Hand.

„Danke, dass du gekommen bist.“

Ich nickte. Die Situation fühlte sich verkrampft an. Keiner wusste so recht, was er vom anderen erwartete. Ich war erleichtert, als Karsten dem plötzlichen Schweigen ein Ende machte.

„Wollen wir reingehen und etwas trinken?“

„Gerne.“

Er hielt mir die Tür auf. Dabei lächelte er, wobei mir auffiel, dass er Onkel Fred wirklich zum Verwechseln ähnlich sah, was es nicht einfacher machte. Ich hatte den Freund meiner Eltern immer gemocht, bis er alles zerstört hatte.

„Ich kann mir vorstellen, wie schwer es für dich sein muss, über meinen Vater zu reden“, begann Karsten, kaum dass wir saßen. „Aber das ist es auch für mich und den Rest der Familie. Wir wussten über all die Jahre nichts von dir und deinen Eltern. Mein Vater hat ein Doppelleben geführt. Keiner von uns ahnte, dass er ein dunkles Geheimnis mit sich trug. Glaub mir, Marie, wir waren entsetzt, als wir davon erfuhren.“

„Hat er nie darüber gesprochen?“

„Nein, erst als die Polizei vor unserer Tür stand. Meine Mutter erlitt einen Nervenzusammenbruch und ich ...“

Er brach ab und schüttelte seinen Kopf. Er tat mir leid.

„Es war sicher ein Schock für dich“, sagte ich und ging, ohne es zu merken, ebenfalls zu dem vertraulichen Du über.

„Das war es. Anfangs wollte ich es nicht glauben. Später habe ich mich von ihm abgewandt. Ich wollte keinen Mörder zum Vater, verstehst du? Aber dann in der Klinik, wie er so dalag, mehr tot als lebendig. Ich konnte einfach nichts anderes tun, als ihm zu verzeihen. Verstehst du?“

Ich zuckte mit den Schultern. Er war Freds Sohn.

„Ich weiß es nicht.“

Karsten Buchert nickte, als hätte er diese Antwort erwartet.

„Du musst ihm die Tat nicht vergeben, Marie. Ich wollte nur, dass du weißt, wie sehr er es bereut hat. In den letzten Wochen hat er über nichts anderes gesprochen. Ich hatte das Gefühl, dass er froh war, endlich alles herauslassen zu können und die Verantwortung zu übernehmen.“

Karsten griff nach meiner Hand. Dabei sah er mich flehentlich an.

„Mein Vater war kein Mörder, Marie. Er hat im Affekt gehandelt und er war betrunken. Ich weiß, dass es keine Entschuldigung für das ist, was er getan hat. Aber vielleicht erklärt seine Verzweiflung damals dieses Verbrechen.“

Ich nickte und brachte es nicht über die Lippen, ihm zu sagen, dass nichts diese Tat rechtfertigte, nicht für mich. Gleichzeitig fragte ich mich, welchen Sinn es machte, Onkel Freds Sohn meine Gefühle zu offenbaren. Es würde nicht das Geringste ändern.

„Warum war er verzweifelt?“, fragte ich und rechnete nicht im Entferntesten mit dem, was nun kam. „Was ist damals passiert?“

„Mein Vater und deine Eltern kannten sich, seit sie Kinder waren. Sie wuchsen gemeinsam auf und waren unzertrennlich. Deshalb wunderte es auch niemanden, als sie gemeinsam eine Firma gründeten. Möglicherweise lag es an ihrer Freundschaft, vielleicht auch an ihrem Enthusiasmus oder dem Willen, gemeinsam etwas Großartiges zu schaffen. Sicher ist, dass es ihnen gelang, erfolgreicher zu werden, als sie es sich je erträumt hatten.“

„Das wusste ich nicht. Ich glaubte, Onkel Fred und meine Mutter hätten sich erst später kennengelernt.“

„Nein, mein Vater kannte Selina von klein auf. Er liebte sie, seit er denken konnte. Umso mehr traf es ihn, als sie sich nach einer kurzen Beziehung mit ihm für deinen Vater entschied. Er litt sehr darunter, hielt aber dennoch an der Freundschaft fest und freute sich wahnsinnig, als er dein Patenonkel werden durfte.“

„Er war mein Patenonkel?“

„Er war mehr als das, Marie. Er ahnte nur nichts davon. Deshalb verletzte es ihn auch sehr, als deine Eltern sich ihm gegenüber plötzlich veränderten. Du musst ungefähr fünf Jahre alt gewesen sein, als dein Vater meinen aus der Firma drängte. Er warf ihm vor, Gelder veruntreut zu haben, und drohte mit einer Anzeige. Mein Vater konnte das Gegenteil nicht beweisen und ging."

„Deshalb hat er meine Eltern getötet? Wegen der Firma?"

„Nein, ich denke, damit hätte er leben können, wenn es ihn auch schmerzte, wie sich deine Eltern, seine Freunde, ihm gegenüber verhielten. Deshalb ging er auch eines Abends noch einmal zu ihnen, um die Situation vielleicht doch bereinigen zu können. Er hatte getrunken, es kam zum Streit mit deinem Vater. Sie machten sich gegenseitig Vorwürfe.

Mein Vater warf deinem vor, ihm die Frau ausgespannt zu haben und behauptete, dass deine Mutter ihn nie so lieben würde wie ihn. Außer sich vor Wut knallte dein Vater ihm an den Kopf, dass er ein Versager sei und niemals zurückbekommen würde, was er verloren hatte."

Karsten brach ab. Ich sah, wie sehr es ihn ergriff, darüber zu reden. Ich war ihm dankbar, dass er es trotzdem tat. Inzwischen bereute ich es nicht mehr, zu ihm ins Hotel gefahren zu sein. Im Gegenteil, ich war froh, endlich die Hintergründe erfahren zu haben, wenn sie auch kein besonders gutes Licht auf meine Eltern warfen. Allerdings rechtfertigte der Rauswurf aus der Firma keineswegs ein solches Verbrechen. Es musste noch etwas geben. Etwas, was Freds Sohn mir bisher verschwiegen hatte.

„Es waren nicht nur die Anteile an der gemeinsamen Firma, nicht wahr?", fragte ich ihn, woraufhin er nickte.

„Nein, Marie."

„Was noch? Was hat dein Vater verloren? Was hat ihn so verzweifeln lassen, dass er fähig war, meine Eltern zu töten?"

„Es war der Verlust seiner Tochter", sagte Karsten leise. „Dein Vater schwor, dass sie nie die Wahrheit erfahren würde und sie ihn stattdessen als solchen ansah."

„Seine Tochter?"

Ich schüttelte meinen Kopf. Ich wusste nicht, dass Onkel Fred zu diesem Zeitpunkt ein Kind gehabt hatte.

„Als mein Vater es erfuhr, forderte er zumindest ein Umgangsrecht. Er wollte sein Kind regelmäßig sehen und für die Kleine da sein. Das Letzte, was er mir sagte, bevor er starb, war, wie sehr er seine Tochter liebt. Er hat sie sein Leben lang vermisst."

„Warum? Wieso ist er nicht einfach hingegangen und hat ihr die Wahrheit erzählt?"

„Weil es dafür zu spät war. Er hatte ihre Eltern getötet und wusste, dass sie ihm das nie verzeihen würde."

„Nein", sagte ich fassungslos. „Es nicht wahr, oder?"

„Doch, Marie", raubte mir Karsten die winzige Hoffnung, dass ich mich irrte. „Du bist seine Tochter."

Ich schüttelte ungläubig den Kopf. Wenn es stimmte, was er sagte, hätte ich mein halbes Leben mit einer Lüge gelebt, nur um jetzt zu erfahren, dass der Mörder meiner Eltern mein Vater war. Ich konnte nicht glauben, dass meine Mutter ihm sein Kind vorenthalten hatte.

In meinem Kopf herrschte ein heilloses Durcheinander. Karstens Geschichte klang plausibel und irgendetwas in mir sagte, dass es die Wahrheit war. Was nicht hieß, dass ich damit umgehen konnte.

„Ich weiß, dass es ein Schock für dich sein muss", versuchte mein Bruder, von dem ich nicht einmal geahnt hatte, dass es ihn gab, mich zu trösten. „Aber ich dachte, ich bin dir die Wahrheit schuldig."

Ich nickte. Zu mehr war ich nicht fähig.

„Es tut mir leid, Marie." Seine Stimme zitterte. „Aber vielleicht gelingt es uns ja gemeinsam, die Schatten der Vergangenheit hinter uns zu lassen."

„Ich brauche Zeit", antwortete ich und stand auf, bevor ich blind vor Tränen das Hotel verließ Der Portier, der am Ausgang stand, sah mich erstaunt an und fragte, ob er etwas für mich tun könne. Ich achtete nicht auf ihn. Der einzige Gedanke, der mich in diesem Moment beherrschte, war der, dass ich weg musste. Weg von Karsten Buchert und dessen unglaublicher Offenbarung.

Ohne nach rechts oder links zu sehen überquerte ich die Straße. Das Blut pochte in meinen Schläfen, während ich mir immer wieder sagte, dass es sich um einen Irrtum handeln musste. Onkel Fred konnte nicht mein Vater sein. Ich durfte nicht all die Jahre um einen Mann getrauert haben, der mich belogen hatte.

Wie in Trance startete ich den Motor meines Wagens und schoss vom Parkplatz in den Feierabendverkehr. Über meine Wangen liefen Tränen, während ich im halsbrecherischen Tempo über die Straße jagte. Das empörte Hupen und die Lichtzeichen der anderen Verkehrsteilnehmer, die auf meine riskanten Überholmanöver reagierten, nahm ich nur am Rande wahr. Ich wollte zu Doktor Klingenberg, so schnell wie möglich. Er würde die Wahrheit kennen, da war ich mir sicher.

Als ich die Praxis zwei Stunden später verließ, gab es für mich keinen Zweifel mehr. Karsten Buchert hatte die Wahrheit gesagt. Der Anwalt besaß natürlich keine Beweise, es gab keinen Vaterschaftstest oder Ähnliches. Allerdings fielen ihm plötzlich Gespräche ein, denen er früher kaum Bedeutung beigemessen hatte. Erst im Nachhinein, mit dem, was er gerade erfahren hatte, ergaben sie einen Sinn.

„Lass es hinter dir, Marie!“, sagte er zum Abschied und nahm mich in den Arm. „Keiner der Beteiligten ist mehr am Leben. Was geschehen ist, ist geschehen. Zumindest hast du jetzt Klarheit.“

„Ich weiß. Danke, dass du mir zugehört hast.“

„Ich bin immer für dich da, schon vergessen? Aber vielleicht gibt es jetzt ja noch jemanden, der das gerne tun würde.“

„Wen meinst du?“

„Deinen Halbbruder, Marie. Ihn trifft ebenso wenig Schuld wie dich. Gib ihm eine Chance!“

Ich nickte. Irgendwann würde ich das tun, ganz bestimmt sogar. Im Moment jedoch musste ich das Gehörte verarbeiten und irgendwann tatsächlich damit abschließen. Dann konnte ich versuchen, ein neues Kapitel aufzuschlagen.

Als ich zu Hause ankam, wartete Noel schon auf mich. Offensichtlich sah er mir am Gesicht an, dass das Gespräch mit Karsten nicht einfach gewesen war. Ohne zu fragen, was ich erfahren hatte, nahm er mich in den Arm und drückte mich fest an sich.

Ich erzählte ihm erst am Abend davon, als Jonah bereits in seinem Zimmer war. Noel nahm die Nachricht, dass Onkel Fred mein Vater war, erstaunlich gelassen auf.

„Irgendwie habe ich immer geahnt, dass da noch mehr dahinterstecken muss“, sagte er. „Was die Tat natürlich nicht entschuldigt. Versteh mich nicht falsch, Marie. Aber gerade wir haben oft genug erfahren, wie Menschen aus emotionalen Beweggründen heraus plötzlich zu Dingen fähig sind, die man kaum begreifen kann.“

„Du sprichst von Marlene?“

„Auch.“ Noel nickte. „Es gab so viele Marlenes und wahrscheinlich wird es sie immer geben. Doktor Lautental, unser ehemaliger Nachbar, war offenbar ebenfalls einer davon.“

„Der Arzt? Woher weißt du das? Oder ist das nur eine Vermutung?“

„Ich habe ein paar Erkundigungen eingezogen. Es gibt tatsächlich noch einige Zeitzeugen, denen sein Name ein Begriff ist. Arne Lautental leitete damals eine Anstalt für geistig behinderte und psychisch erkrankte Menschen, überwiegend Kinder. Er hat …“

„Warte!“, bat ich meinen Mann. „Bitte sag mir erst, dass er

es aus Fürsorge tat. Noch eine Geschichte wie die von Clara wäre schrecklich."

„Du hast seinen Bericht gelesen, Schatz." Noel zuckte mit den Schultern. „Willst du trotzdem wissen, was ich erfahren habe?"

Ich seufzte und dachte an die Kinder des Sanatoriums, an Luisa im Rollstuhl, den kleinen Jakob und die vielen Zeichnungen, die wir den Opfern, sofern sie noch am Leben waren und wir sie ausfindig machen konnten, zurückgegeben hatten. Dann waren da noch Jonah und Eli, die ohne ihre Eltern die Flucht gewagt hatten und die Grausamkeiten dieser schrecklichen Zeit hautnah zu spüren bekommen hatten.

Würde mich nun etwas Ähnliches erwarten?

„Ja", sagte ich dennoch, zog meine Knie an mich heran und umschlang sie mit den Armen. „Indem wir nicht darüber reden, machen wir es nicht ungeschehen."

Mein Mann holte eine Decke und legte sie über meine Beine. Dann setzte er sich in den Sessel mir gegenüber und begann zu erzählen, was er erfahren hatte.

9

„Doktor Lautental, Herr Möhring ist jetzt da. Soll ich ihn reinlassen?“

„Natürlich, Schwester Frida. Ich bin hier fertig.“

Der Arzt legte seinen Stift zur Seite und lehnte sich zurück. Vor ihm lag der Bericht, an dem er die letzten Monate beinahe ununterbrochen gearbeitet hatte. Es waren unzählige Studien dafür nötig gewesen, die er persönlich überwacht und ausgewertet hatte. Inzwischen kannte er jeden einzelnen Patienten der Klinik bis ins Detail. Er war mit seiner Arbeit zufrieden und hoffte, sein Gast würde ebenso überzeugt davon sein.

„Guten Morgen, Arne.“

Ein großer kräftiger Mann betrat das Büro. Er trug einen dunklen Anzug und wirkte neben Doktor Lautental, der im weißen Kittel steckte, etwas deplatziert. Allerdings machte das Lächeln in seinem Gesicht den formellen Eindruck wett.

„Grüß dich, Erwin. Nimm doch Platz! Kann ich dir etwas anbieten? Ein Glas Wasser?“

„Danke, ich habe leider nicht viel Zeit. Ich komme wegen des Berichts. Hast du ihn fertig?“

„Natürlich, hier ist er."

Der Arzt schob die Papiere über den Schreibtisch.

„Wie lautet deine Einschätzung?"

„Was glaubst du? Ich habe meine Meinung nicht geändert, Erwin. Jede Anstalt, die der Idiotenpflege dient, wird anderen Zwecken unzugänglich gemacht. Allein die Tausenden von Pflegekräften, die für diese gänzlich unfruchtbare Arbeit eingesetzt und damit fördernder Arbeit entzogen werden, sind kaum zu verantworten. Eine ganze Generation von Pflegern altert neben diesen leeren Menschenhülsen dahin."

Der Arzt schüttelte unwillig seinen Kopf.

„Ich kann nicht nachvollziehen, dass wir die Ressourcen dermaßen verschwenden."

„Ich bin ganz deiner Meinung, Arne. Deshalb ist deine Einschätzung ja so wichtig. Du besitzt einen tadellosen Ruf und gehörst trotz deines jungen Alters schon jetzt zu den Koryphäen der Nervenheilkunde. Ich bin sicher, dass dieser Bericht für Aufsehen sorgen wird. Danke für deine Mühe."

„Wenn ich etwas damit bezwecken kann, habe ich das gerne getan."

„Wir werden sehen. Ich halte dich auf dem Laufenden."

Er nahm die Mappe und ging zur Tür. Von dort aus drehte er sich noch einmal um.

„Weißt du, was ich nicht verstehe, Arne?"

„Nein, sag es mir!"

„Wie du Tag für Tag mit diesen Kreaturen arbeiten kannst, wo du doch gleichzeitig eine derartige Abneigung gegen sie hegst. Wie schaffst du das nur?"

Doktor Lautentals Antwort kam ohne zu zögern und mit einer Überzeugung, die keiner weiteren Worte bedurfte.

„Ich tue es für die Forschung, Erwin. Irgendeiner muss es tun."

„Nur für die Forschung, Arne? Ich habe das Gefühl, es steckt etwas Persönliches dahinter."

„Dein Gefühl trügt dich. Auf Wiedersehen, Erwin."

Erwin Möhring nickte. Dann schloss sich die Tür. Doktor Lautental widmete sich wieder seinen Dokumenten. Dabei fiel sein Blick auf die Post, die Frida auf dem Schreibtisch abgelegt hatte. Der *Stahlhelm* war gerade eine der viel gelesenen Zeitungen im Land und errang durch seine Berichterstattung über Adolf Hitler und die NSDAP, die eine Kampagne gegen den Young-Plan führten, reichsweite Aufmerksamkeit, obwohl diese Kampagne im Dezember mit nur 15 Prozent Zustimmung gescheitert war.

Trotz der Niederlage war Doktor Lautental ein Befürworter dieses Mannes, seit er auf dem Reichsparteitag in Nürnberg offen seine Haltung gezeigt hatte. Hitler hatte erklärt, dass die Beseitigung der missgebildeten Neugeborenen eine Kräftesteigerung der Nation bedeutete und keineswegs eine Schwächung.

Dabei hatte er sich auf wissenschaftliche Kapazitäten berufen können, die die darwinistische Selektionstheorie auf den Menschen übertrugen und über die Rassenhygiene die Utopie einer Menschenzucht formulierten. Doktor Lautental teilte diese Meinung, wie auch die Ansicht, missratenen Kindern den sanften Tod zu bescheren.

Natürlich wusste er, dass es ebenso viele Gegner wie Befürworter dieser Meinung gab. Was vor allem daran lag, dass es sich um Kinder handelte. Es lag in der Natur des Menschen, Mitleid für sie zu empfinden. Kaum jemand machte sich die Mühe, deren geistige Defizite zu hinterfragen und abzuschätzen, was die Behinderung mit ihnen machte, wenn sie aus den Kinderschuhen herausgewachsen waren. Er hingegen wusste es nur zu gut.

Mit zusammengepressten Lippen öffnete er die Schublade seines Schreibtisches und holte ein Foto heraus. Es zeigte ihn mit seiner Mutter im Garten der Villa. Sie trug ein buntes Kleid und er die üblichen kurzen Lederhosen und Kniestrümpfe. Susannas Haar hatte sich gelöst, sie lachte. Er hingegen sah bewundernd zu ihr auf. Sie war so schön. Vor allem ihre blauen Augen hatten es ihm angetan. Wenn sie strahlten, strahlte auch er.

Der Arzt sog die Luft ein und hielt den Atem sekundenlang an. Die Aufnahme war einen Tag zuvor entstanden, als die Nachricht eingetroffen war, die sein Leben für immer verändert hatte. Weder seine Mutter noch er hatten in diesem Moment erahnt, dass aus Susannas wunderschönen Augen schon bald bittere Tränen fließen würden.

Er nahm ein weiteres Foto zur Hand. Es ähnelte dem ersten, allerdings war er nun nicht mehr allein mit ihr darauf zu sehen. Der neue Ehemann seiner Mutter grinste in die Kamera, während Arne den Blick gesenkt hielt. Er kannte auch heute noch den Grund dafür. So hatte er das blaue Auge verbergen können, welches ihm Herbert einen Tag, bevor diese Aufnahme entstanden war, verpasst hatte.

Mit versteinerter Miene starrte er den Mann an, der ihn gezwungen hatte, ihn Vater zu nennen. Dabei war er es nie gewesen. Noch heute fragte sich der Arzt, was seine Mutter dazu bewogen hatte, sich an diesen Kerl zu binden, nachdem ihr Mann, sein Vater, verstorben war.

Er selbst hatte recht früh bemerkt, wie beschränkt dessen geistige Fähigkeiten waren und war entsetzt gewesen, als der ehemalige Gärtner plötzlich seine Erziehung übernehmen wollte. Was er dann auch getan hatte, vor allem mit Schlägen.

Die Hände des Arztes begannen auch jetzt noch zu zittern, wenn er sich daran erinnerte, wie häufig er grün und blau geprügelt zur Schule hatte gehen müssen, wo er von seinen Mitschülern verspottet worden war. Er, der Sohn eines Arztes, war jahrelang von einem geistig Zurückgebliebenen gedemütigt worden und hatte sich geschworen, alles in seiner

Macht Stehende zu tun, um dieses Schicksal anderen Kindern zu ersparen.

Die Fotos verschwanden zurück in die Schublade. Der Arzt stand auf und streifte den Kittel ab. Ein Blick zur Uhr verriet ihm, dass er sich zum Abendessen verspäten würde. Dabei hatte er Ruth versprochen, pünktlich zu sein. Umso verärgerter reagierte er, als er das Büro verließ und von einer der Pflegerinnen aufgehalten wurde.

„Mein Dienst ist für heute beendet", fuhr er sie barsch an.

„Entschuldigen Sie, Doktor, aber ich finde Doktor Schröder nicht. Allein kann ich den Jungen nicht bändigen."

„Welchen Jungen? Kurt?"

Sie nickte. Der Arzt bemerkte den tiefen Kratzer auf ihrer Wange.

„War er das?"

„Ja, ich wollte ihn einsperren, wie immer."

„Verstehe."

Doktor Lautental nickte. Dieser Junge war ihm schon länger ein Dorn im Auge. Er reagierte auf alles und jeden aggressiv und unterstellte Ärzten und Pflegern, ihn völlig zu Unrecht in der Klinik gefangen zu halten. Dabei bewiesen Vorfälle wie dieser, wie roh und ungebildet sein Wesen entwickelt war.

„Ich kümmere mich darum", versprach er, woraufhin die Pflegerin erleichtert aufatmete. Doktor Lautental achtete nicht länger auf sie, sondern ging zügig in sein Büro zurück, wo er den Schrank öffnete, in dem sich Spritzen und Ampullen befanden. Eine davon zog er auf und machte sich auf den Weg zu Station zwei, auf der Kurt untergebracht war.

Der Junge schrie auf, als er den Arzt erkannte, und floh in die Ecke des Raums. Dort kauerte er sich auf den Boden und schlang seine Arme um die angewinkelten Beine. Sie zitterten.

„Bitte nicht!", flehte er leise, als Doktor Lautental sich ihm näherte. Die kalten Augen des Arztes musterten den Jungen, der deutlich zeigte, dass er Angst vor ihm hatte. Doktor Lautental zögerte und kostete den Moment aus. Dabei stellte er sich vor, dass es Herbert wäre, der da vor ihm zitterte und sich vor Angst in die Hosen machte. Doch dann fielen ihm Ruth und das Abendessen ein. Mit einem leichten Bedauern hob er seine Hand.

„Du hast die Regeln nicht befolgt“, sagte er. „Du weißt, was das bedeutet.“

„Nein! Bitte! Ich werde alles tun, was Sie wollen. Bitte nicht in den Keller.“

„Zu spät.“

Doktor Lautental zog die Spritze auf. Als er sich dem Jungen näherte, erwachte der aus seiner Erstarrung und schlug wild um sich. Beinahe hätte er dem Arzt die Spritze aus der Hand geschlagen. Aber dem Arzt gelang es auszuweichen. Jahrelange Übung hatte ihn gelehrt, Schläge zu erwarten und sich darauf einzustellen.

Grob packte er den Jungen am Arm und schob dessen Hemd nach oben, bevor er gezielt die Injektion durchführte. Kurt schrie auf, sackte aber wenig später lautlos in sich zusammen. Zufrieden sah der Arzt auf ihn hinab.

„Du wirst mich nie wieder schlagen“, sagte er leise. Dann verließ er den Raum und ordnete der Pflegerin an, den Jungen in den Keller zu bringen.

~

Als er zu Hause ankam, wurde er bereits erwartet. Seine Frau Ruth und Gitta, seine neunjährige Tochter, saßen am gedeckten Tisch und sahen ihm ungeduldig entgegen.

„Entschuldigt“, bat er sie, nachdem er seine Jacke ausgezogen hatte. „Ich wurde aufgehalten. Warum habt ihr nicht ohne mich mit dem Essen begonnen?“

„Weil wir eine Familie sind“, antwortete Gitta und strahlte ihn an. Sie liebte ihren Vater abgöttisch und bewunderte dessen Arbeit. Wenn sie groß war, wollte sie in seine Fußstapfen treten und Ärztin werden wie ihr Vater und vor ihm ihr Großvater, der leider im Krieg gefallen war.

„Das hast du schön gesagt.“

Arne ging zu ihr und gab ihr einen Kuss auf die Stirn, bevor er Platz nahm. Währenddessen wollte ihm seine Frau ein Glas Wein einschenken. Doch er lehnte ab.

„Keinen Alkohol, das weißt du doch.“

„Entschuldige.“ Ruth stellte die Flasche zurück. „Dann lasst uns essen, bevor alles kalt wird.“

„Erzählst du mir von der Arbeit, Papa?“, fragte Gitta. Fürsorglich legte die Kleine ihrem Vater ein Stück Fleisch auf den Teller und reichte ihm die Kartoffeln.

„Beim Essen wird nicht geredet“, mischte sich Ruth ein und warf ihrer Tochter einen vorwurfsvollen Blick zu. „Dein Vater verbringt den ganzen Tag in der Klinik. Er soll wenigstens zu Hause seine Ruhe haben.“

„Schon gut“, winkte der Arzt ab und lächelte Gitta verschwörerisch zu. „Was willst du denn wissen?“

„Wie es Kurt geht zum Beispiel.“

Gitta hatte den Jungen bei einem ihrer Besuche kennengelernt. Zum Leidwesen ihres Vaters mochte sie ihn offensichtlich. Sie fragte nicht zum ersten Mal.

„Gut.“ Arne Lautental nickte. „Es geht ihm gut.“

„Heißt das, er kann bald entlassen werden?“

„Das heißt, es geht ihm gut, Gitta. Du weißt, dass er unter einer geistigen Behinderung leidet. Er wird vermutlich nie ganz gesund werden.“

„Dann muss er für immer in der Klinik bleiben? Sein ganzes Leben lang? Das ist ja furchtbar.“

Ausnahmsweise stimmte der Arzt seiner Tochter zu, äußerte dies jedoch nicht laut. Nicht umsonst hatte er unzählige Stunden an dem Bericht für Erwin Möhring gearbeitet. Ginge es nach ihm, bliebe Kurt und vielen anderen Schwachsinnigen und Krüppeln dieses Schicksal erspart. Aber so weit war es noch nicht.

„Wir werden sehen", wich er aus und ließ sich das Essen schmecken. Die Familie schwieg, bis alle aufgegessen hatten. Dann bat Ruth ihre Tochter, in ihr Zimmer zu gehen und mit ihren Puppen zu spielen.

„Ich muss etwas mit dir bereden", sagte sie zu ihrem Mann. „Unter vier Augen."

„So schlimm?" Der Arzt runzelte die Stirn. „Muss ich mir Sorgen machen?"

„Komm! Lass uns ins Arbeitszimmer gehen!"

Seine Frau ging ihm voraus und schloss die Tür hinter ihnen. Erst dort klärte sie ihn auf.

„Es geht um Susanna."

Doktor Lautentals Mimik erfror, wie immer, wenn er diesen Namen hörte. Deshalb wurde das Thema auch gewöhnlich totgeschwiegen. Wenn Ruth seine Mutter nun doch erwähnte, musste es wichtig sein.

„Was ist mir ihr? Hat sie etwa wieder versucht, das Sanatorium zu verlassen?"

„Nein, dieses Mal ist es ernst, Arne."

„Was meinst du damit?"

Ruth sog die Luft ein. Sie hätte ihren Mann, dessen Vergangenheit sie vermutlich nicht einmal zur Hälfte kannte, gerne vor der Wahrheit verschont. Aber das war in diesem Fall unmöglich. Gleichgültig was früher geschehen war, Susanna war seine Mutter.

„Sie hat versucht, sich das Leben zu nehmen. Einer der Pfleger hat sie gefunden."

„Ist sie tot?"

Keine Regung in seinem Gesicht ließ erkennen, wie die Nachricht auf ihn wirkte. Ruth wunderte es nicht. Sie hatte nie einen Menschen kennengelernt, der seine Gefühle so gut unter Kontrolle halten konnte wie Arne.

„Nein, sie lebt. Aber nur, weil dieser Pfleger sie rechtzeitig fand."

„Wie hat sie es getan?"

„Susanna ist aus dem Fenster gesprungen."

Arne nickte. Etwas erleichtert bemerkte Ruth, dass er die Kieferknochen fest aufeinanderpresste. Das Schicksal seiner Mutter schien ihn also doch nicht völlig kalt zu lassen.

„Es tut mir leid, Arne", sagte sie und ging auf ihn zu, um ihn zu umarmen.

„Wie geht es ihr?", wich der Arzt aus. Er wollte kein Mitleid. Diese Zeiten hatte er hinter sich gelassen, nachdem er es oft genug in den Augen der ehemaligen Hauswirtschafterin gesehen hatte, die ihm auch heute noch näherstand als seine Mutter.

Er setzte sich in den Sessel, in dem schon sein Vater gesessen hatte. Nachdem er das Haus übernommen hatte, war es ihm wichtig gewesen, so wenig wie möglich zu verändern. Leider waren einige wertvolle Möbelstücke von Herbert zerschlagen worden, als dieser seine berüchtigten Wutanfälle bekommen hatte, die nicht nur am Inventar hässliche Spuren hinterlassen hatten.

Kaum war Arne damals für sein Studium nach München gezogen, hatte sich der Gärtner ein neues Opfer gesucht, an dem er Gewalt ausüben konnte. Hilde hatte Arne Briefe geschrieben, in denen sie davon berichtete, dass Susanna kaum noch aus dem Haus gehen konnte, ohne dass jemand die blauen Flecke bemerkt hätte.

Die Folge war gewesen, dass sie noch mehr getrunken und Unmengen ihrer Pillen zu sich genommen hatte, die Herbert ihr besorgte, um sie ruhigzustellen. Währenddessen hatte er ihr Geld verprasst, sich herumgetrieben und sogar Frauen mit nach Hause gebracht.

Bei einem seiner seltenen Besuche hatte Arne auf seine Mutter eingeredet, dem Ganzen ein Ende zu machen und den ehemaligen Gärtner endlich aus dem Haus zu werfen. Aber Susanna hatte ihm geantwortet, dass sie Herbert trotz allem lieben und sich nicht von ihm trennen würde.

Von dem Tag an hatte Arne sein Elternhaus gemieden. Seine Mutter konnte oder wollte sich nicht helfen lassen. Das Einzige, was er noch hatte tun können, war, Doktor Hornnagel zu beauftragen, weiterhin die finanziellen Angelegenheiten zu regeln. Dadurch war seiner Mutter nur ein großzügiger Betrag zur freien Verfügung geblieben, den Herbert wohl für sich beansprucht hatte. Zumindest war es ihm auf diese Weise nicht gelungen, auf das Vermögen von Arnes Vater zurückzugreifen.

Arne war unterdessen seinem Studium nachgegangen und einer der besten Abgänger seines Jahrgangs gewesen. Die Professoren prophezeiten ihm eine glänzende Laufbahn. Stolz hatte er sich am Tag des Abschlusses die Zeugnisse überreichen lassen und zu ignorieren versucht, dass er der einzige Absolvent war, dem kein Elternteil gratulierte.

Stattdessen hatte er mit seinen Kommilitonen bis in die Nacht hinein gefeiert und zum ersten und letzten Mal in seinem Leben Alkohol getrunken. Als er in den Morgenstunden in sein Zimmer zurückgekehrt war, hatte er den Brief gefunden. Hilde schrieb ihm, dass seine Mutter nicht mehr lange durchhalten würde, wenn ihr brutaler Mann länger im Haus bliebe.

Daraufhin hatte Arne Doktor Hornnagel kontaktiert.

Schon eine Woche später hatte der Anwalt Susanna abgeholt und sie in einem Sanatorium untergebracht. Dann hatte er in ihrem Namen die Scheidung eingereicht. Herbert, der sich wie erwartet geweigert hatte, der Trennung zuzustimmen, musste klein beigeben, als der Anwalt ihm mitteilte, dass er die Scheidung nicht nur wegen dessen verschuldetem

Fehlverhalten, sondern auch aufgrund der Erkrankung durchbringen würde.

„Wirst du zu ihr fahren?“, riss Ruth ihren Mann aus seinen Gedanken.

„Mir bleibt wohl keine Wahl“, antwortete Arne, der seiner Mutter nie verziehen hatte, dass sie sich damals für den Gärtner und gegen ihn entschied. „Ich muss mit den Ärzten reden. Vielleicht ist es besser, sie in einer geschlossenen Einrichtung unterzubringen.“

„Du wirst das Richtige tun.“ Ruth trat hinter ihn und legte die Arme auf seine Schultern. „Ich weiß, wie schwer das für dich ist. Aber gerade deshalb liebe ich dich. Obwohl du es nicht einfach hattest, hilfst du so vielen Kranken. Du bist ein guter Mensch, Arne.“

10

Kurt, der Junge aus der Klinik, sah das allerdings anders. Als Doktor Lautental am darauffolgenden Montag persönlich in den Keller ging, in dem sein Patient das gesamte Wochenende eingesperrt gewesen war, verhielt er sich wie ein verwundetes Tier. Er schrie laut auf, als der Arzt sich ihm näherte. Dann gingen die Schreie in ein jammervolles, fast unmenschliches Schluchzen über.

„Holt ihn raus!“, forderte der Arzt die beiden Pfleger auf, die ihn begleiteten. Augenblicklich packten sie Kurt an den Händen und zogen ihn aus dem Keller. Erst jetzt bemerkte Doktor Lautental, dass der Junge sich die Haut aufgekratzt hatte. Blutige Striemen bedeckten dessen Unterarme.

„Bringt ihn nach oben und versorgt die Wunden! Ich kümmere mich gleich um ihn.“

Die Pfleger führten Kurt, der sich kaum auf den Beinen halten konnte, zur Treppe. Doktor Lautental hingegen schaute sich in der Kammer um, die einem Verlies glich. Er bemerkte die Kerben, die in die Wand geritzt waren, und fragte sich, wie der Patient das hatte anstellen können, ohne Werkzeug. Doch bei genauerer Betrachtung stellte er fest, dass es mit den Fingernägeln geschehen sein musste. In den Kerben haftete Blut.

Angewidert warf er einen letzten Blick auf den Boden, auf dem lediglich eine verschlissene Matratze lag, die nun von Urin durchtränkt war. Ansonsten gab es in diesem Raum nichts außer den kahlen Wänden, nicht einmal ein winziges Fenster. Die Patienten erhielten keine Möglichkeit, das Tageslicht zu sehen, wenn sie hier eingesperrt wurden wie Tiere.

Und das waren sie, dachte der Arzt.

Tiere!

Er verließ den Raum und ging nach oben. Auf der Station angekommen, steuerte er direkt das Labor an. Als er eintrat, war Kurt, dessen Arme inzwischen verbunden waren, schon bereit. Arme und Beine waren an die Lehnen des Stuhls gebunden, sodass es dem Jungen nicht möglich sein würde, sich zu bewegen. Selbst den Kopf hatten die Pfleger fixiert. Die einzige Regung, die Kurt jetzt noch zeigen konnte, würde über die Augen geschehen.

Völlig ruhig legte Doktor Lautental ihm die Ventilzellen an, die den Strom in den Körper des Jungen leiten würden. Es handelte sich um eine gewohnte Prozedur, die er immer durchführte, wenn ein Patient nach mehreren Tagen aus der Isolation kam. Er wollte damit feststellen, wie der Körper des Jungen nach tagelangem Hungern und Dunkelheit auf Reize reagierte.

Zu seiner Enttäuschung reagierte sein Patient kaum. Beim ersten Stromschlag zuckte er kurz zusammen. Aber weder schrie er auf, noch versuchte er, sich wie sonst zu befreien. Der Arzt drehte den Stromregler höher und wartete gespannt. In diesem Moment sackte Kurt in sich zusammen, soweit es ihm in diesem Zustand möglich war. Sein Atem ging flach.

Schnell drehte Doktor Lautental den Strom ab und fühlte nach dem Puls des Jungen. Er fand ihn und atmete auf, obwohl ihm das Leben des Patienten gleichgültig war. Dennoch durfte er sich keine Fehler erlauben. Gerade jetzt nicht, wo die ärztliche Kommission des Deutschen Reichs seinen Bericht prüfte.

Im Moment genügte es, Kurt für die nächsten Wochen ruhiggestellt zu haben. Der Junge würde ganz sicher niemanden mehr angreifen oder zu fliehen versuchen.

Zufrieden ging der Arzt in sein Büro und bat Frida, ihm einen Tee zu bringen. Dann nahm er die Unterlagen, die Erwin Möhring ihm zugeschickt hatte, und begann, interessiert die Schrift zu lesen, die von einem Mediziner verfasst worden war, dessen Namen er bisher nicht kannte.

„Die Freigabe zur Vernichtung lebensunwerten Lebens", las er laut.

„Ihr Tee, Doktor Lautental", wurde er von seiner Sekretärin unterbrochen. Sie stellte die dampfende Tasse auf seinen Schreibtisch und wartete, ob der Arzt weitere Wünsche hatte.

„Danke, Frida. Das war alles. Sie können gehen."

Die Sekretärin nickte und verließ das Zimmer, während sich der Arzt längst wieder in die Schrift vertieft hatte. Was er las, gefiel ihm. Der Verfasser stellte in seinen Thesen die Soldaten des Krieges explizit den Patienten der sogenannten Idioteninstitute gegenüber. Er verglich seiner Auffassung nach gesellschaftlich Vollwertige mit Ballastexistenzen und erörterte die Notwendigkeit der Vernichtung lebensunwerten Lebens.

Nur bei erkennbarem Lebenswillen konnte eine Tötung ausgeschlossen werden. Dies wiederum sollten medizinische Sachverständige feststellen. Die Regelung besagte, dass nach deren Anhörung eine Tötung unheilbar Blödsinniger erlaubt sein sollte, selbst wenn die Patienten oder deren Angehörige keine Einwilligung gaben.

Doktor Lautental lehnte sich in seinem Stuhl zurück. Er

wusste, dass der von ihm verfasste Bericht diese Thesen untermauern würde. Lediglich an der Umsetzung scheiterte es noch. Aber von Möhring hatte er auch erfahren, dass die NSDAP diesen Plänen offen gegenüberstand. Leider hatte aber ausgerechnet diese junge, unverbrauchte Partei im letzten Wahlkampf kaum Stimmen erhalten. Der Arzt, der bedauerte, dass deren Aktionismus nicht mehr Menschen mitriss, war enttäuscht gewesen.

Umso mehr freute es ihn, dass die Nationalsozialisten seither bei den Landtagswahlen zulegten – trotz des Widerstands der anderen Parteien, die die NSDAP plötzlich ernst nahmen und Plakate mit Aufschriften drucken ließen, die die Bevölkerung vor Faschismus und Hakenkreuz warnten. Unter Führung Adolf Hitlers fanden sich jedoch mehr und mehr Befürworter. Für den Arzt stand fest, dass es nur eine Frage der Zeit war, bis sie sich durchsetzten.

Er stand auf, zog seinen Kittel aus und griff nach seiner Jacke, bevor er das Büro verließ.

„Ich gehe heute früher, Frida“, teilte er seiner Angestellten mit, die er im Flur traf. Sofort bedachte sie ihn mit einem besorgten Blick.

„Sind Sie krank, Doktor Lautental?“

„Nein.“ Er lächelte. Ihre Frage verwunderte ihn nicht. Es kam so gut wie nie vor, dass er die Klinik noch vor dem Mittag verließ.

„Ich habe etwas zu erledigen“, gab er ihr bereitwillig Auskunft und bemerkte, wie sie aufatmete. Seine Sekretärin mochte ihn und auch er war ihr zugetan. Manchmal erinnerte sie ihn ein bisschen an Hilde. Die Frauen besaßen einen ähnlich fürsorglichen Umgang. Außerdem war Frida die einzige Angestellte, die von Beginn an mit ihm zusammenarbeitete. Als er die Leitung der Klinik damals übernommen hatte, war sie die Erste gewesen, die er eingestellt hatte.

„Vielleicht schaue ich am Nachmittag noch einmal vorbei", sagte er. „Aber versprechen kann ich es nicht."

„Ich halte hier die Stellung."

Frida nickte und begann zu strahlen, als der Arzt sie kurz in den Arm nahm.

„Was würde ich nur ohne Sie machen, Frida?"

„Nichts anderes als das, was Sie jetzt tun", wehrte sie ab. Doch die Röte, die sich in ihrem Gesicht ausbreitete, verriet, wie sehr sein Lob sie freute.

Der Arzt ging. Vor der Klinik blieb er kurz stehen und atmete die saubere Luft ein. Ein Ritual, welches für ihn täglich dazu gehörte. Er brauchte es. Es gab ihm das Gefühl, all das Niedere und Erbärmliche, was diese Anstalt ausmachte, hinter sich zu lassen. Was gerade im Moment ziemlich wichtig für ihn war.

Der Weg, den er nun gehen musste, würde nicht leicht sein. Über drei Jahre hatte er seine Mutter nun nicht mehr gesehen und auch davor waren seine Besuche im Sanatorium eher sporadisch gewesen. Er erfüllte seine Pflicht, das war auch schon alles.

Mit gemischten Gefühlen stieg er in seinen Wagen und fuhr vom Klinikgelände. Er würde mindestens zwei Stunden brauchen, in denen er noch genügend Zeit fand, um über die gestörte Beziehung zu seiner Mutter nachzudenken und seine Emotionen, die hauptsächlich aus Verachtung und Wut bestanden, in den Griff zu bekommen.

Als er am frühen Nachmittag bei dem Samariterstift ankam, in dem Susanna untergebracht war, fühlte er sich der Situation gewachsen. Entschlossen passierte er das Portal und steuerte das Büro des Chefarztes an, mit dem er am Abend zuvor einen Termin vereinbart hatte.

„Wie schön, dass du so schnell kommen konntest, Arne", begrüßte ihn Doktor Heinemann freundlich und streckte ihm die Hand entgegen, die Doktor Lautental mit festem Druck umfasste.

„Was blieb mir anderes übrig? Wenn ich ehrlich bin, will ich es nur hinter mich bringen. Du weißt, dass meine Mutter und ich ein eher angespanntes Verhältnis zueinander haben."

„Ja, Arne. Aber die Situation ist wirklich heikel. Sonst hätte ich dich nicht belästigt. Ich kann mir gut vorstellen, dass auch du in deiner Klinik nicht über zu wenig Arbeit klagen kannst."

„Schon gut." Doktor Lautental winkte ab. „Wie geht es ihr?"

„Den Umständen entsprechend."

„Bitte, Friedrich, nicht diese Floskel!"

„Du hast recht. Manchmal vergesse ich, dass wir Kollegen sind. Deine Mutter hat sich bei ihrem Sprung aus dem Fenster mehrere Rippen gebrochen. Gehirnerschütterung, Platzwunden im Gesicht, Hautabschürfungen und Hämatome am gesamten Körper, dazu eine Fraktur des linken Schienbeins."

„Hat sie starke Schmerzen?"

„Jetzt nicht mehr, sie bekommt Morphium."

„Das ist gut."

Arne brach ab und zögerte, als wäre er noch nicht sicher, ob er die Frage, die ihm auf der Zunge lag, stellen sollte. Er tat es.

„Hat sie nach mir gefragt?"

Doktor Heinemann nickte mit ernster Miene.

„Die ganze Zeit über."

Schweigen breitete sich aus, bis sich Doktor Heinemann geräuschvoll räusperte.

„Du kannst jetzt zu ihr."

Arne nickte und stand auf. Ihm graute vor der Begegnung.

Wahrscheinlich würde seine Mutter ihn wieder anflehen, sie nach Hause zu holen. Als er ihr bei seinem letzten Besuch unmissverständlich klargemacht hatte, dass es unmöglich war, hatte Susanna eine Überdosis Tabletten geschluckt. Jetzt war sie aus dem Fenster gesprungen.

Er ahnte, was sie vorhatte. Sie wollte ihn emotional erpressen. Für ihn gab es keinen Zweifel daran. Und das würde sie auch heute tun. Er atmete tief durch, bevor er die Tür zu Susannas Zimmer öffnete.

„Guten Tag, Mutter."

Wie immer begrüßte er Susanna schon an der Tür. So vermied er es, sie umarmen zu müssen oder ihr die Hand zu reichen. Jegliche körperliche Annäherung verursachte bei ihm Ekel. Von seiner einst so wunderschönen Mutter war nur ein Häufchen Elend zurückgeblieben, welches nicht einmal sein Mitgefühl erregte.

Arne schloss die Tür hinter sich. Er mochte es nicht, wenn das Personal mitbekam, wie er mit Susanna sprach. Häufig genug endeten die Gespräche in gegenseitigen Vorwürfen und Drohungen seiner Mutter.

„Mutter?", hakte er nach, als er keine Antwort bekam, und ging näher. Ihre Augen waren geschlossen. Offensichtlich schlief sie. Der Arzt zögerte und dachte kurz darüber nach, wieder zu gehen. Er hatte sie gesehen und damit seine Pflicht erfüllt. Wenn er einer der Schwestern Bescheid gäbe, könnte die Susanna Genesungswünsche übermitteln.

Bevor er seinen Plan jedoch in die Tat umsetzte, schaute er in ihr Gesicht, von dem nur Augen, Nase und Mund zu sehen waren. Der Rest wurde von einem Verband verborgen. Susanna sah blass aus, fast so, als wäre sie tot, dachte er und spürte, wie der Gedanke ihm gefiel. Dann würde er vielleicht endlich vergessen können, was sie ihm angetan hatte.

„Wenn du es wieder versuchst", flüsterte er ihr zu, „dann bring es auch zu Ende."

Er drehte sich um. Aber bevor er die Tür erreichte, hörte er seinen Namen.

„Arne? Bist du das?"

Die Stimme klang leise. So leise, dass er einfach tun könnte, als hätte er sie nicht gehört. Seine Hand ging zur Klinke.

„Arne, bitte bleib!"

Er holte tief Luft, hielt sie kurz an und stieß sie geräuschvoll aus, bevor er seine Hand zurückzog und sich seiner Mutter zuwandte. Sie versuchte zu lächeln, es gelang ihr nur kläglich.

„Wie geht es dir?", fragte er, um zumindest etwas von der Spannung zu nehmen.

„Gut."

Arne nickte. Unschlüssig stand er an ihrem Bett.

„Kann ich etwas für dich tun?"

„Ich möchte nach Hause, Arne. Bitte!"

Er sah das Flehen ihrer Augen und spürte gleichzeitig die altbekannte Wut in seinem Körper aufsteigen. Warum musste sie immer wieder damit anfangen? Sie wusste doch, dass er sie niemals in seine Familie aufnehmen würde.

„Das geht nicht, das weißt du", antwortete er. „Du bist krank, Mutter."

„Bist du dir da sicher?", fragte sie mit einem seltsamen Klang in der Stimme, den er nicht kannte. Misstrauisch sah er sie an.

„Was willst du damit sagen?"

„Vielleicht bist du es ja, der krank ist, Liebling. Du musstest viel durchmachen und ..."

„Weil du diesen Irren in unser Haus geholt hast", fiel er ihr aufgebracht ins Wort. „Jahrelang hast du schweigend zugesehen, wie er mich gequält hat. Wenn ich tatsächlich krank sein sollte, wie du behauptest, trägst du die Schuld daran, und nenn mich nicht Liebling!"

Er sah, wie sie unter seinen Vorwürfen zusammenzuckte. Aus ihren Augen lösten sich Tränen, die lautlos ihre Wangen hinabliefen. Es berührte ihn nicht. Schließlich hatten seine Tränen auch ihr Herz nicht erweichen können, als er es gebraucht hätte.

„Ich rede mit Doktor Heinemann“, sagte er, um das Gespräch zu beenden. „Es ist besser, wenn wir dich in eine andere Klinik verlegen.“

„In welche Klinik? Was hast du vor, Arne?“

Nun stand Angst in ihren Augen. Arne schüttelte den Kopf. Seine Mutter hatte diesem widerwärtigen Gärtner immer Liebe entgegengebracht, obwohl er sie erniedrigt und geschlagen hatte. Er hatte nicht ein einziges Mal erlebt, dass sie sich vor ihm fürchtete. Stattdessen hatte sie immer wieder Entschuldigungen für ihn gefunden. Vor ihm aber, ihrem eigenen Sohn, zeigte sie Angst.

„Es ist zu deiner eigenen Sicherheit“, klärte er sie auf. „Du bist aus dem Fenster gesprungen. Ich kann es nicht länger verantworten, dich deinen Gefühlsschwankungen auszusetzen.“

„Du willst mich einsperren?“

„Wenn du es so nennen willst.“ Er zuckte gleichgültig mit den Schultern. „Ich werde die Verlegung in eine geschlossene Anstalt befürworten. Das letzte Wort hat Doktor Heinemann.“

Arne, der erwartete, dass Susanna daraufhin weinen, ihn anschreien oder Vorwürfe machen würde, beobachtete überrascht, dass sie die Augen schloss. Ihr Atem ging gleichmäßig. Lediglich die Tränen flossen weiter.

In diesem Moment erinnerte sie ihn an früher. An die Zeit, als sein Vater noch lebte und sich von ihnen verabschiedet hatte, um an der Front zu dienen. Damals hatte Susanna auch kein Wort gesagt, sondern nur stumm geweint und dabei so verletzlich ausgesehen, dass es ihm fast das Herz gebrochen hätte.

Einem plötzlichen Impuls folgend nahm er ihre Hand. Sie fühlte sich kalt an.

„Ich gehe jetzt, Mutter", sagte er leise. Sie öffnete die Augen.

„Sag mir erst, wie es meiner Enkelin geht", bat sie.

„Gitta geht es gut."

Er zog die Hand weg. Der seltene Moment der Verbundenheit war vorüber. Er mochte es nicht, wenn Susanna nach seiner Familie fragte. Nicht einmal mit Worten wollte er eine Verbindung zwischen ihr und seinem jetzigen Leben zulassen. Seine Familie sollte unberührt von den Schatten der Vergangenheit sein.

„Überbringst du ihr Grüße von mir?", fragte Susanna zaghaft.

„Was sollte das bringen? Sie kennt dich nicht."

„Was nicht an mir liegt, Arne. Ich würde sie gerne kennenlernen."

„Du kennst meine Bedingung."

Susanna nickte. Sie wusste genau, wovon er sprach. Sie sollte ihm verraten, was aus Herbert geworden war, nachdem der Anwalt ihn aus dem Haus geworfen hatte. Arne war nur zufällig dahintergekommen, dass der ehemalige Gärtner seine Mutter in der Klinik besuchte. Hätte Doktor Heinemann ihm nicht erzählt, dass Susanna förmlich aufblühte, nachdem sie mit einem fremden Mann im Park spazieren gewesen war, hätte er es wohl nie erfahren. Die Beschreibung hatte eindeutig zu Herbert gepasst.

„Ich weiß nicht, wo er ist", sagte Susanna. Doch Arne entging nicht, wie ihre Augenlider flatterten.

„Du lügst, Mutter", antwortete er. „Du hast immer gelogen."

„Das ist nicht wahr“, rechtfertigte sie sich. Aber ihr Sohn winkte ab.

„Wir wissen es beide. Weißt du noch, wie du behauptet hast, meinen Vater zu lieben? Aber kaum war er tot, hattest du diesen Irren in deinem Bett. Du ...“

„Ich war einsam und ...“

„Genug! Ich werde jetzt gehen. Doktor Heinemann wird sich um alles Weitere kümmern.“

Susanna antwortete nicht, sondern sah ihn nur an. Er wich diesen Blicken aus und ging zur Tür. Als sie hinter ihm ins Schloss fiel, atmete er auf.

„Der Arzt hat seine Mutter weggesperrt?“, fragte ich Noel, der daraufhin nickte.

„Ja, sieht ganz danach aus. Ich habe mit mehreren Leuten gesprochen, einige alte Unterlagen durchgesehen und die Informationen zusammengefügt. So in etwa muss es gewesen sein. Letztendlich kann uns aber nur Hilde Edelmann bestätigen, ob es sich tatsächlich so zugetragen hat.“

„Die aber nicht mit uns reden möchte. In ihren Augen ist Arne Lautental das Opfer.“

„Womit sie nicht ganz unrecht hat. Der Junge musste in seiner Kindheit einiges ertragen. Es wundert mich nicht, dass er über die Jahre tiefen Hass gegenüber geistig Behinderten entwickelt hat.“

„Aber das rechtfertigt doch nicht, dass er diese Menschen quälte. Wenn ich mir vorstelle, wie dieser Junge im Keller gelitten haben muss. Dabei trug er überhaupt keine Schuld an der grausamen Kindheit des Arztes.“

„Ich weiß, was du meinst, und vielleicht irre ich mich auch und interpretiere die angeblichen Fakten falsch. Fest steht, dass wir mit der Hauswirtschafterin reden müssen, wenn wir mehr erfahren wollen. Ich habe im Heim angerufen. Sie ist bereit zu einem Gespräch. Allerdings nur, wenn wir versprechen, nicht die Wahrheit zu verdrehen."

„Ihre Wahrheit?", fragte ich spöttisch.

„Wahrscheinlich schon. Offenbar hat diese Frau aus Zuneigung zu ihrem Schützling über all die Jahre ihre Augen verschlossen. Möglicherweise ahnt sie bis heute nicht, zu was ihr Junge fähig war. Wir werden es herausfinden."

„Wann?"

„Am Wochenende, Marie. Max will mit Jonah zum Fußball gehen und wir haben genügend Zeit."

„Du verzichtest auf das Spiel?"

„Es wird noch viele Spiele geben. Außerdem glaube ich, es Jonah und Elias schuldig zu sein. Die Menschen, egal ob Juden, Behinderte oder anderweitig Ausgegrenzte dieser Zeit, dürfen nicht vergessen werden."

11

„Was ist denn da los?“, fragte mich Maja, als wir gemeinsam vom Parkplatz zur Klinik gingen. Ausnahmsweise hatten wir wieder einmal zusammen Dienst. Ich freute mich darauf. Majas gute Laune war einfach ansteckend und würde mich vom Grübeln abhalten. Mir ging nicht nur Doktor Lautentals Geschichte im Kopf herum. Mich beschäftigte vor allem Karsten, mein Halbbruder, der mich am Abend zuvor angerufen hatte.

Obwohl sich inzwischen ein warmes Gefühl in mir breitmachte, wenn ich daran dachte, plötzlich einen Bruder zu haben, fiel es mir immer noch schwer, dies zu zeigen. Karsten hingegen ging völlig ungezwungen mit mir um. Er hatte sich nach Noel und Jonah erkundigt und ich herausgehört, dass er meine Familie gerne kennenlernen würde.

„Marie?“, riss mich Maja aus den Gedanken. „Was hat der Trubel zu bedeuten?“

„Keine Ahnung.“

Ich schaute genauer hin. Am Eingang des Krankenhauses hatte sich eine Menschentraube gebildet. Ich erkannte Doktor Werner, der heute ebenfalls mit uns Dienst hatte. Ein junger aufdringlicher Mann, der eine Kamera in der Hand hielt, hinderte ihn am Weitergehen.

„Nur ein paar Informationen“, hörten wir ihn rufen. „Wie steht es um Adrian Scheffer? Stimmt es, dass seine Freundin ihn verlassen hat?“

„Lassen Sie mich durch! Ich muss arbeiten.“

Doktor Werner schüttelte die fremde Hand an seinem Arm ab. Ich sah, wie verärgert er über diesen Überfall war. Auf seiner Stirn bildete sich eine tiefe Falte.

„Es geht also um Adrian“, stellte Maja fest. „Mein Gott, wie ich diese Aasgeier hasse. Bei Claudia Mehring lief es damals ähnlich ab.“

„Ich weiß. Aber es ging auch ziemlich schnell vorbei, wenn du dich erinnerst. Sobald sie merken, dass es nichts Neues gibt, verschwinden sie und suchen sich ein anderes Opfer. Komm! Lass es uns hinter uns bringen. Irgendwie müssen wir da reinkommen.“

Maja folgte mir. Aber sobald wir uns den Reportern näherten, versperrten sie auch uns den Weg und bedrängten uns mit Fragen. Dabei konnten sie uns doch gar nicht ansehen, ob wir zu den Angestellten der Klinik gehörten, oder doch?

Fest stand, dass sie wohl glaubten, wir würden eher bereit sein, Details über unseren Patienten auszuplaudern als Doktor Werner.

„Können Sie uns etwas über den Zustand von Adrian sagen? Wie geht es ihm? Wird er wieder gesund?“

Die Fragen prasselten auf uns hernieder, während wir versuchten, endlich zur Tür zu gelangen. Ich bemerkte, wie angespannt Maja war, und betete, dass sie nicht die Nerven verlor.

„Was ist mit Adrians Freundin? Sind die beiden noch zusammen? Ist sie an seiner Seite?“

Maja blieb ruckartig stehen. Ich versuchte noch, sie am

Arm zu packen und mitzuziehen, doch es war zu spät. Wütend drehte sie sich zu den Reportern um.

„Wollen Sie wissen, was Adrians Freundin ist?“, fragte sie in die Menge. Augenblicklich hoben die Reporter ihre Kameras. Blitzlichtgewitter brach los.

„Sie ist ein Miststück. Ein verwöhntes, herzloses Püppchen, das ihr Spielzeug wegwirft, wenn es nicht mehr funktioniert. Hinter ihrer schönen Fassade steckt ein selbstsüchtiger hässlicher Mensch. Reicht das?“

Maja stieß die Tür auf und betrat die Klinik. Fast fluchtartig lief sie zum Fahrstuhl. Ich hatte Mühe, mit ihr Schritt zu halten.

„Musste das sein?“, fragte ich, als wir im Fahrstuhl standen und sich die Tür schloss. „Ich befürchte, der Klinikleitung wird dein öffentliches Statement nicht gefallen. Du kennst doch die Anweisungen: kein Wort zur Presse.“

„Und wenn schon.“ Maja zuckte mit den Schultern. Sie war noch immer aufgebracht. „Diese sensationslüsternen Reporter werden so oder so über Adrian schreiben. Dann sollen sie wenigstens die Wahrheit über seine angebliche Freundin erfahren.“

„Ach, Maja.“ Ich nahm sie in den Arm. „Wenn Adrian wüsste, wie du dich für ihn starkmachst, würde er sich bestimmt freuen. Sag Bescheid, wenn du Ärger bekommen solltest. Ich werde bezeugen, dass die Presse uns unter Druck gesetzt hat.“

„Danke, Marie.“

Maja drückte auf den Schalter, die Tür öffnete sich. Ohne ein weiteres Wort betraten wir das Dienstzimmer, in dem uns Doktor Werner bereits erwartete.

„Kamen Sie unbehelligt in die Klinik?“, fragte er.

„Nicht ganz“, gab ich zur Antwort, während Maja die Lippen zusammenpresste.

„Und das heißt?“, mischte sich Schwester Elke ein.

„Es heißt, dass ich mich nicht beherrschen konnte", antwortete Maja. „Ich habe ihnen gesagt, dass Adrians Freundin ein herzloses Miststück ist. Wenn Sie mir nun eine Abmahnung geben wollen, nur zu! Ich würde es jederzeit wieder tun."

Ich bemerkte, wie die Stationsleiterin erschrocken den Mund öffnete. Doktor Werner hingegen versuchte krampfhaft, ein Grinsen zu verbergen.

„Ich werde mit der Klinikleitung reden", versprach er, als es ihm endlich gelang. „Schließlich musste ich selbst erleben, wie hartnäckig diese Meute ist. Sie haben einen Fehler gemacht, Maja. Aber das hätte jedem von uns passieren können."

„Danke", sagte Maja nun etwas kleinlaut.

„Aber mussten Sie Adrians Freundin wirklich Miststück nennen?"

„Das ist sie doch", rechtfertigte sich meine Freundin. „Er liegt nach einem Unfall im Koma und bräuchte gerade jetzt ihre Nähe. Stattdessen macht sie Schluss mit ihm. Miststück ist genau das richtige Wort für sie."

„Vielleicht drücken Sie sich beim nächsten Mal einfach etwas vorsichtiger aus", schlug Schwester Elke vor. „Oder Sie halten besser gleich den Mund. Aber nun vergessen wir mal den Vorfall. Es gibt genug zu tun. Kommen wir zu unseren Patienten."

Die Stationsleiterin begann mit der Übergabe. Dann teilte sie uns die Patienten zu. Adrian fiel in meinen Bereich, was Maja mit hochgezogenen Augenbrauen quittierte. Wir wussten beide, dass Schwester Elke offensichtlich vermeiden wollte, dass meine Freundin auf Angehörige, Bekannte und erst recht nicht auf Adrians Freundin traf. Ihre nächsten Worte bestätigten diesen Eindruck.

„Sollten Angehörige von Herrn Scheffer auftauchen,

halten Sie sich bitte zurück, Maja! Von einer Abmahnung sehe ich in diesem Fall ab."

„Danke, Schwester Elke."

Maja und ich verließen das Dienstzimmer.

„Sei froh, dass es so glimpflich ausgegangen ist", sagte ich zu ihr und rieb mir die Stirn. Ausgerechnet jetzt bekam ich Kopfschmerzen, was bestimmt an der Aufregung mit der Presse lag. „In ein paar Tagen ist Gras über die Sache gewachsen."

„Warten wir es ab. Lass uns arbeiten. Wir sehen uns in der Pause."

Maja ging in das nächste Zimmer. Ich sah ihr nach und seufzte. Mir war klar, dass sie sich noch immer ärgerte, vermutlich am meisten über sich selbst. Ich würde in der Pause noch einmal mit ihr reden. Vorher musste aber auch ich mich um meine Patienten kümmern.

„Guten Morgen, Christa", begrüßte ich meine erste Patientin. „Wie war die Nacht?"

Ich fuhr das Bett nach oben und strich der Sechzigjährigen eine Haarsträhne aus der Stirn.

„Gut? Das freut mich. Dann werde ich dich jetzt frischmachen, wenn du einverstanden bist."

Ich ging in das angrenzende Badezimmer und holte die entsprechenden Utensilien. Danach kleidete ich die Patientin aus und begann, ihr Gesicht und den Oberkörper zu waschen. Dabei erzählte ich ihr von Jonah. Aus der Krankenakte hatte ich erfahren, dass Christa einen Enkel im gleichen Alter besaß.

„Er ist ganz verrückt nach Fußball", verriet ich ihr. „Du müsstest ihn sehen, wenn er mit Max im Stadion steht und die Mannschaft anfeuert. Die beiden sind ganz besessen davon."

Ich cremte ihr Gesicht ein. Dabei bemerkte ich, wie ihre

Augen meinen Bewegungen folgten. Gerührt hielt ich inne und sah sie an.

„Du hörst mich, nicht wahr, Christa? Du kannst es nur nicht zeigen."

Ich bekam natürlich keine Antwort, auch wenn ich nach all den Jahren, in denen ich auf dieser Station arbeitete, noch immer hoffte, einer der Patienten würde auf meine Fragen reagieren. Ein kleines Zeichen nur, das Zwinkern mit den Augen würde genügen. Nur ein winziger Beweis, dass sie am Leben teilnahmen, obwohl sie regungslos in ihren Kissen lagen.

Das Zeichen blieb aus und ich tat meine Arbeit. Als ich fertig war, auch den Zugang des Ernährungssystems überprüft und den Verband gewechselt hatte, deckte ich die Patientin zu.

„Bis später, Christa", sagte ich zum Abschied. „Und vergiss nicht, am Wochenende die Daumen für Jonahs Mannschaft zu drücken, okay?"

Der nächste Patient, um den ich mich kümmern musste, war Adrian. Als ich vor seiner Tür stand, spürte ich plötzlich ein heftiges Ziehen in meinem Kopf. Ich schnappte nach Luft, es fühlte sich an, als läge ein Stein auf meiner Brust. Die Tür vor meinen Augen verschwamm. Panisch versuchte ich, mich festzuhalten. Die Klinke musste doch irgendwo sein. Ich atmete auf, als ich sie fand.

Im Krankenzimmer angekommen, ließ ich mich mit letzter Kraft auf den Stuhl an Adrians Bett fallen. Ich atmete tief durch, der Schwindel ließ nach. Dennoch blieb ich sitzen und hoffte, dass nicht ausgerechnet Maja ins Zimmer kam. Meine Freundin würde sofort Doktor Werner rufen, so viel stand fest. Aber das wollte ich auf jeden Fall vermeiden.

„Es ist nur ein kleiner Schwächeanfall", sagte ich in Richtung des Patienten. „Es geht mir gleich besser."

Tatsächlich fühlte ich mich kurz danach wieder gut,

sodass ich mich um Adrian kümmern konnte. Als ich eine halbe Stunde später sein Krankenzimmer verließ, hatte ich meinen Schwächeanfall schon fast vergessen. Maja, die ich im Flur traf, bemerkte allerdings, dass ich ziemlich blass war.

„Alles in Ordnung mit dir?“, fragte sie besorgt. „Du siehst aus, als könntest du eine Pause vertragen. Du bist weiß wie die Wand.“

„Ich habe nur zu wenig getrunken“, wich ich aus und hoffte, dass sie sich damit zufriedengab. „Ich gehe kurz ins Dienstzimmer und hole das nach.“

„Tu das!“

Maja nickte. Ich steuerte unser Büro an und traf dort auf Schwester Elke und meine neue Nachbarin.

„Einstellungsgespräch?“, fragte ich überrascht.

„Ja, Stefanie war so nett und kam spontan vorbei. Ich habe sie angerufen. Du weißt selbst, was bei uns los ist. Wir können jede Verstärkung gebrauchen, und das so schnell wie möglich.“

„Das heißt, du fängst früher als geplant an?“

„Nächste Woche.“

Stefanie strahlte. Schwester Elke strahlte noch mehr. Wir wussten alle, wie schwer medizinisches Personal zu finden war.

„Marie wird dich einarbeiten“, verkündete die Stationsleiterin. „Zeigst du unserer neuen Kollegin schon mal die Station? Dann bekommt sie einen Eindruck, was sie erwarten wird.“

„Gerne.“ Ich trank mein Glas aus und stand auf. „Dann komm mal mit! Ich stelle dir unsere Patienten vor.“

Stefanie folgte mir. Gemeinsam gingen wir von Zimmer zu Zimmer, bis wir bei Adrian ankamen. Ich klärte sie über seinen Zustand auf und erwähnte auch, dass die Presseleute, die noch immer am Eingang der Klinik lauerten, auf seine Kappe gingen. Stefanie hörte zu und nickte von Zeit zu Zeit.

„Sie sind also Adrian Scheffer“, sprach sie den Patienten an, als ich fertig war. „Ich bin Stefanie, Adrian. In Zukunft werden wir uns wohl häufiger über den Weg laufen.“

„Du redest mit den Patienten?“, fragte ich erstaunt.

„Ja, warum nicht? Sie sind ja nicht tot, sondern schlafen nur.“

„Du hast recht.“

Wie es aussah, würde ich in Zukunft nicht mehr die Einzige sein, die von den anderen Kollegen belächelt wurde. Zufrieden führte ich Stefanie zurück zum Büro und verabschiedete mich von ihr.

„Also dann, auf gute Zusammenarbeit.“

„Danke, Marie. Ach, bevor ich es vergesse. Könntest du nach der Arbeit kurz bei mir vorbeischauen? Ich würde dir gerne etwas zeigen.“

„Ja, natürlich. Um was geht es denn? Hat es wieder mit Doktor Lautental zu tun?“

Stefanie nickte.

„Du musst es dir ansehen, Marie. Bis nachher.“

Ich brannte vor Neugier, als ich durch den Garten zu Stefanies Haus ging. Während des ganzen Tages hatte mich der Gedanke daran nicht losgelassen. Ich fragte mich ständig, auf was meine neue Kollegin und Nachbarin wohl gestoßen sein könnte. Gab es etwa weitere Dokumente oder Beweismittel, dass der Arzt am sogenannten Gnadenprogramm der Nazis teilgenommen hatte?

„Komm rein!“, begrüßte Stefanie mich, die scheinbar nur darauf gewartet hatte, dass ich endlich kam. „Ich bin gespannt, was du dazu sagst.“

Anstatt mich, wie ich erwartet hatte, ins Wohnzimmer zu bitten, ging sie zu der Tür, die offenbar in den Keller führte.

Als Stefanie sie öffnete, gab sie ein knarrendes Geräusch von sich. Ohne es zu wollen, stellten sich die feinen Haare auf meinen Unterarmen auf.

„In den Keller?", fragte ich. „Muss das sein?"

„Ja, keine Angst, es gibt Licht."

Sie ging mir voraus. Eine alte Holztreppe führte uns nach unten. Dort schaltete Stefanie das Licht an. Ich sah mich um und entdeckte eine Menge Regale, in denen Hausrat und Gerümpel lagen. In unseren eigenen Kellerräumen sah es ähnlich aus.

„Hier! Das ist es."

Stefanie ging zu einem der Regale und zeigte auf mehrere Einmachgläser, die geordnet und beschriftet in einem der Fächer standen. Ich bemerkte, dass der Inhalt längst verdorben war, was mich nicht wunderte. Wer wusste schon, wie lange diese Gläser hier lagerten?

„Du hast mich nicht hergebeten, um mir vergammeltes Obst zu zeigen?", fragte ich und zog die Augenbrauen hoch. Stefanie schüttelte ihren Kopf.

„Schau genauer hin, Marie! Es ist kein Obst."

„Was soll es dann sein?"

Ich nahm ein Glas heraus und wischte den Staub daran ab. Eine weißliche verquollene Masse kam zum Vorschein. Ich konnte beim besten Willen nicht erkennen, um was es sich handelte. Deshalb schaute ich nach dem Etikett. Die Schrift darauf war kaum noch leserlich. Nur mit Mühe konnte ich die wenigen Buchstaben entziffern.

„Kurt", presste ich heraus, während mir ein Schauer über den Rücken lief. Meine Finger begannen zu zittern. Schnell stellte ich das Glas zurück, bevor es mir aus der Hand gefallen wäre.

„Ist es das, wonach es aussieht?", fragte ich Stefanie entsetzt.

„Ich denke schon, Marie. In einigen der Gläser ist es deutlicher zu erkennen."

Sie brach kurz ab und warf mir einen entschuldigenden Blick zu.

„Ich hätte dich vorwarnen sollen."

„Ja, das hättest du."

Ich nickte. Vielleicht hätte es geholfen. Allerdings hätte es das Grauen nicht verhindern können, welches ich in diesem Moment empfand.

„Wie viele?", presste ich hervor.

„Achtzehn. Möglicherweise finden wir noch mehr."

„Achtzehn Gehirne von Menschen?"

Ich konnte es nicht fassen. Ungläubig starrte ich die Gläser an, während ich mich an den Jungen aus der Klinik erinnerte, den Doktor Lautental eingesperrt hatte. Seine ehemalige Hauswirtschafterin hatte uns von ihm erzählt. Sein Name war Kurt.

„Ich muss hier raus", stieß ich hervor und stieg fast panisch die Treppe nach oben. Stefanie folgte mir. Sie sagte kein Wort, als ich die Haustür aufriss und nach frischer Luft rang. Es dauerte einige Minuten, bis ich mich gefasst hatte.

„Weißt du, was dein Fund bedeutet?", fragte ich sie. Stefanie schüttelte ihren Kopf.

„Es heißt, dass Doktor Lautental diese Kinder umgebracht und vermutlich vorher an ihnen herumexperimentiert hat. Dieser Mann war ein Sadist, Stefanie."

„Kinder? Wie kommst du darauf, dass es die Gehirne von Kindern sein könnten?"

„Er war Arzt in einer psychiatrischen Anstalt, in der überwiegend Kinder untergebracht waren. Außerdem habe ich inzwischen herausgefunden, dass es sich bei Kurt um einen vierzehnjährigen Jungen handelte."

„Oh Gott!"

Stefanie riss die Augen auf. Ich konnte ihre Reaktion gut

nachvollziehen. Im Gegensatz zu mir wurde sie zum ersten Mal mit den grausamen Details konfrontiert. Allerdings entsetzte es mich nicht weniger. Nach Jonah, Clara und Max hatte ich geglaubt, dass ich nichts Furchtbareres mehr hören oder zu Gesicht bekommen würde. Die Gläser im Keller meiner Nachbarin bewiesen gerade das Gegenteil.

„Und jetzt?“, fragte Stefanie. „Was geschieht damit? Ich möchte die Gläser auf keinen Fall länger im Haus haben.“

„Das verstehe ich.“ Ich dachte kurz nach. „Ich rufe einen Freund an. Er ist Anwalt. Vielleicht weiß er, was zu tun ist.“

„Danke, Marie.“ Meine Nachbarin atmete tief durch. „Damit würdest du mir einen großen Gefallen tun.“

„Ich melde mich, sobald ich ihn erreicht habe.“

„Gut. Möchtest du vielleicht einen Kaffee?“

„Nein, danke. Ich kann jetzt nichts zu mir nehmen. Wir sehen uns später.“

Ich verließ ihr Grundstück und ging in unseren Garten. Dort ließ ich mich auf eine der Gartenliegen fallen und schloss die Augen. Leider ließen sich die Bilder in meinem Kopf auch damit nicht vertreiben. Ich sah einen Jungen vor mir, der dem skrupellosen Arzt hilflos ausgeliefert war.

Welche Ängste musste er durchgestanden haben? Wie verzweifelt musste er gewesen sein? Die schlimmste aller Fragen war jedoch: Wie war Doktor Lautental an das Gehirn des Jungen gekommen? Hatte Kurt noch gelebt, als man ihm die Schädeldecke entfernte?

12

Am darauffolgenden Wochenende machten Noel und ich uns auf den Weg zu Hilde Edelmann. Inzwischen hatte unser Anwalt dafür gesorgt, dass sämtliche Fundstücke im Keller unserer Nachbarn gesichert worden waren. Sogar die Polizei rückte an, und leider war es nicht bei den achtzehn grausigen Einmachgläsern geblieben. Insgesamt fanden die Behörden weit über fünfzig davon.

Damit gab es kaum noch Zweifel daran, dass Arne Lautental sich des Verbrechens an unzähligen hilflosen Kindern und Heranwachsenden schuldig gemacht hatte. Noel und ich waren gespannt, wie seine ehemalige Hauswirtschafterin reagieren würde, wenn wir sie mit der Wahrheit konfrontierten.

„Versprich mir, sie nicht zu sehr unter Druck zu setzen", bat mich Noel, als wir den Weg durch den Park gingen, der zum Eingang der Einrichtung führte. „Sie hat gezögert, als ich ein weiteres Gespräch vorschlug. Ich nehme an, dass die ganze Sache auch an ihr nicht spurlos vorübergeht."

„Ich werde mich zurückhalten", versprach ich. „Glaubst du, sie wusste davon?"

„Von seinen Experimenten?"

„Ja."

„Keine Ahnung, ich denke aber eher nicht. Ich kann mir kaum vorstellen, dass er es außerhalb der Klinik an die große Glocke hing. Ich glaube, sie hat immer nur den Jungen in ihm gesehen, der unter dem neuen Mann an der Seite seiner Mutter gelitten hat."

„Ich bin mir da nicht so sicher", sagte ich und erinnerte mich daran, wie sie von der Saat des Bösen gesprochen hatte. „Schließlich lebte sie bei ihm im Haus. Wie hätte er sein Tun vor ihr verbergen sollen? Die Gläser standen im Keller, Noel. Sie muss sie gesehen haben."

„Wir wissen nicht, ob sie immer dort aufbewahrt wurden. Es kann genauso gut sein, dass er sie erst später dort versteckte. Warten wir einfach ab, Schatz."

Wir betraten das Altenheim. Ich bemerkte, dass eine der Schwestern, die an uns vorübergingen, mir einen strengen Blick zuwarf. Es war dieselbe Angestellte, die bei meinem letzten Besuch ins Zimmer gestürmt kam. Offensichtlich hatte sie nicht vergessen, dass ich für die Aufregung verantwortlich gewesen war.

„Keine Sorge", sprach ich sie an. „Wir wollen nur mit Frau Edelmann reden."

„Das wollten Sie beim letzten Mal auch", antwortete sie unbeeindruckt. Aber dann rang sie sich doch noch ein freundliches Lächeln ab. „Ich bin in der Nähe, falls Sie etwas brauchen", bot sie an und ging ins nächste Zimmer.

„Was so viel bedeutet, dass sie uns im Auge behält", flüsterte ich meinem Mann zu, der daraufhin mit den Schultern zuckte, bevor er an die Tür klopfte, hinter der uns Frau Edelmann bereits erwartete. Ich sah überrascht, wie sie Noel entgegenlächelte.

„Herr Reichenbaum?", begrüßte sie ihn. „Haben wir telefoniert?"

„Ja, Frau Edelmann." Noel drückte ihre Hand. „Vielen Dank, dass wir Sie besuchen dürfen."

„Ich bin es, die sich freut. Es kommt ja sonst niemand. Nehmen Sie doch Platz."

Die alte Dame zeigte auf einen Stuhl. Mich schien sie überhaupt nicht wahrzunehmen. Sie hatte nur Augen für meinen Mann, der mir den Stuhl hinschob und sich auf das kleine Sofa setzte.

„Das heißt, Sie haben keine Angehörigen?", fragte er dann. Frau Edelmann schüttelte traurig den Kopf.

„Nein, mein Mann starb kurz nach Kriegsende. Wir hatten keine Kinder. Deshalb habe ich mich um den lieben Jungen gekümmert."

Den lieben Jungen? Sie meinte Doktor Lautental. Ich sog scharf die Luft ein und dachte an die verstaubten Einmachgläser, die zum Teil komplette oder scheibchenweise Gehirne von Kindern enthielten. Lieb war so ziemlich die letzte Beschreibung, die mir im Zusammenhang mit dem Arzt einfiel.

„Was wurde eigentlich aus der Familie Ihres Schützlings?", fragte Noel, bevor ich etwas sagen konnte. „War er nicht verheiratet? Kinder?"

„Seine Familie?", wiederholte die alte Dame scharf. „Sie meinen den Teil, der sich nicht von ihm abwandte?"

„Ich verstehe nicht. Von wem reden Sie?"

„Von Klaus, seinem Sohn. Der Junge ging früh aus dem Haus und lebte in einem Internat. Er kam nur selten nach Hause. Den Grund dafür habe ich nie erfahren."

„Was war mit seiner Frau?"

„Seine Frau hat ihn verlassen, von heute auf morgen. Ich habe es nie verstanden. Dabei hat er sich so rührend um Gitta gekümmert."

„War das ihr Name?"

„Nein." Hilde Edelmann schüttelte ihren Kopf. „Seine

Frau hieß Ruth. Gitta war seine Tochter, ein reizendes Mädchen. Sie vergötterte ihren Vater. Als sie krank wurde, wich er nicht von ihrer Seite."

„Seine Tochter wurde krank?"

„Ja, sie bekam plötzlich eine Hirnhautentzündung. Arne hat sie natürlich sofort zu den besten Ärzten gebracht. Aber niemand konnte ihr helfen. Danach war sie ein anderer Mensch. Er hat es nie verwunden, sie so zu sehen."

„Wie zu sehen?"

Ich horchte auf. Schließlich kannte ich die möglichen Folgen dieser Erkrankung.

„Das Mädchen hatte einen Schaden genommen. Sie konnte nicht mehr zur Schule gehen und starrte stumpfsinnig vor sich hin. Man erkannte sie kaum wieder."

„Sie trug eine geistige Behinderung davon?", fragte ich, um sicherzugehen, dass ich mit meiner Vermutung richtiglag.

„Wenn Sie es so nennen wollen", antwortete mir Hilde, schaute dabei jedoch unentwegt Noel an. Langsam, aber sicher wurde ich das Gefühl nicht los, dass sie etwas in meinem Mann sah, was sie zu ihm hinzog. Erinnerte er sie vielleicht an Arne? Ihren lieben, kleinen Schützling, für den sie sich ihr Leben lang aufgeopfert hatte?

„Wissen Sie, was aus Gitta wurde?", fragte ich und betete, dass ich in die völlig falsche Richtung dachte. Dennoch war da diese Ahnung in mir, die sich hoffentlich nicht bestätigen würde.

„Ihre Mutter und sie sind weggezogen. Ich habe sie nie wiedergesehen."

Wir schwiegen. Noel nahm meine Hand und drückte sie. Offenbar ahnte er, was in mir vorging.

„Das muss nichts bedeuten", flüsterte er mir zu. Es klang nicht sehr überzeugend.

„Sie mochten Arne sehr, nicht wahr?", fragte er in Richtung der alten Dame.

„Ich habe ihn wie einen Sohn geliebt“, bestätigte sie. Noch während sie sprach, lief eine Träne über ihre faltige Wange.

„Erzählen Sie uns doch ein wenig über ihn“, bat Noel. „Ich würde gerne mehr über ihn erfahren.“

Obwohl ich bei meinem letzten Besuch ganz ähnlich gefragt hatte, reagierte Hilde nun völlig anders. Sie strahlte Noel regelrecht an, als sie ihm antwortete.

„Sie sind ihm sehr ähnlich, wissen Sie das? Ich habe es sofort bemerkt.“

Na also, dachte ich. Zumindest kannte ich jetzt den Grund dafür, dass sie mir gegenüber so abweisend reagierte und Noel wohl sofort ins Herz geschlossen hatte. Unmerklich schüttelte ich meinen Kopf. Diese beiden Männer miteinander zu vergleichen grenzte für mich ans Unmögliche. Aber woher sollte die ehemalige Hauswirtschafterin das wissen?

„Sie würden dem Jungen doch nicht schaden, oder?“, fragte die alte Dame Noel und vergaß offensichtlich, dass ihr Junge längst tot war. Ich war drauf und dran, ihr ins Gesicht zu sagen, dass es nichts, aber auch gar nichts Gutes an ihrem Schützling gab. Doch Noel hielt mich zurück.

„Ich würde nichts tun, was die Wahrheit verleugnet“, wich er aus. Hilde schien es zu genügen. Wieder einmal musste ich feststellen, dass sie tatsächlich daran glaubte, was sie sagte. Für sie würde der Arzt immer der liebenswerte Junge bleiben, der Schutz bei ihr suchte.

„Ich vertraue Ihnen“, antwortete sie Noel. „Deshalb verrate ich Ihnen, wo Sie alles finden können. Ich kann nicht viel über Arnes Arbeit berichten. Davon weiß ich zu wenig. Er wollte die unangenehmen Dinge immer von mir fernhalten. Deshalb haben wir nur selten über die Anstalt gesprochen. Ich weiß aber, dass er alles aufgeschrieben hat. Er war da sehr genau.“

„Es gibt Unterlagen?“, rutschte es mir heraus. Sofort traf mich ein unterkühlter Blick.

„Die gibt es“, kam die spröde Antwort. „Aber ich verrate das Versteck nur Ihnen“, wandte sie sich an Noel. Mein Mann nickte. Ich selbst hielt es vor Anspannung kaum noch aus und verzichtete darauf, der alten Dame zu erklären, dass mein Mann und ich keine Geheimnisse voreinander hatten.

„Schauen Sie oben in der Kammer am Ende des Flurs. Dort hat Arne übernachtet, wenn er vor dem Gärtner geflüchtet ist. Später wurde es sein Arbeitszimmer. Unter der Diele am Fenster finden Sie einen Koffer.“

„Sie wissen, was darin ist?“

„Ja.“

Hilde Edelmann nickte. Eine flüchtige Röte bedeckte nun ihre Wangen und zerstörte auch den letzten Zweifel, dass die grausamen Taten des Arztes vor ihr verborgen geblieben waren. Ich hatte keine Ahnung, ob sie die Wahrheit nicht sehen wollte oder es einfach nicht konnte. Fest stand, dass sie ihn mit ihrem Verhalten gedeckt hatte.

Ich stand auf und schaute zu Noel. Er verstand mich.

„Danke, dass Sie so offen waren, Frau Edelmann“, verabschiedete er sich.

Die alte Frau sah ihn überrascht an.

„Sie wollen schon gehen?“, fragte sie verstört.

„Wir müssen leider. Alles Gute für Sie.“

„Und was ist mit dem Koffer?“

„Wir werden ihn suchen“, erwiderte ich. In diesem Moment war es mir gleichgültig, ob sie sich verraten fühlte. Ich konnte einfach kein Mitleid für sie empfinden. Dafür hatte sich der Anblick der Einmachgläser zu sehr in meinem Kopf eingebrannt.

„Warten Sie! Ich habe noch eine Bitte“, rief sie uns nach, bevor wir aus der Tür waren.

„Natürlich“, antwortete Noel und schaute sich zu ihr um.

„Vergessen Sie nicht, dass er ein guter Junge war", flehte sie. Wieder sah sie über mich hinweg zu Noel. Über ihre Wangen liefen nun ungehemmt Tränen.

„Sie irren sich, Frau Edelmann", kam ich Noel zuvor. Ich konnte mich nicht länger beherrschen. Ihre und meine Blicke trafen sich. Ich glaubte, in ihren Augen Wut zu erkennen, war mir aber nicht sicher.

„Was wollen Sie damit sagen?", fragte sie leise. „Arne war mein Kind und er war ein hervorragender Arzt."

„Nein, Frau Edelmann. Das war er nicht. Arne Lautental war ein Monster, und Sie wissen es."

Ich sah noch, wie die alte Dame heftig den Kopf schüttelte und den Mund öffnete. Dann schloss ich die Tür.

„War das wirklich nötig, Marie?", fragte Noel, als wir die Einrichtung verlassen hatten und auf einer Bank im Park saßen. „Sie ist alt und vergöttert ihn."

„Eben", antwortete ich. „Hast du nicht bemerkt, wie sie mich angesehen hat? Sie weiß genau, was er getan hat, glaub mir. Hätte sie den Mund aufgemacht, wäre ihr kleiner Arne zur Rechenschaft gezogen worden für seine Verbrechen. So aber konnte er in Frieden in der hübschen Villa leben und so tun, als wäre nichts gewesen. Er hat Kinder getötet, Noel. Kinder, die sich nicht wehren konnten."

„Noch ist nichts bewiesen, Marie."

„Nicht? Woher kommen dann die Überreste in den Gläsern? Auf einem stand Kurts Name. Denkst du wirklich, er hat die Schädel seiner Patienten erst nach deren Tod geöffnet? Hast du vergessen, was Eli angetan wurde?"

Noel schüttelte den Kopf.

„Es tut mir leid", sagte ich. „Du hast dich von ihrem Äußeren blenden lassen. Eine alte, gebrechliche Frau, die dich anstrahlt. Ich verstehe es sogar. Aber du weißt wie ich, dass es damals nicht anders war. Die Leute haben sich blenden lassen und damit den Mord an unschuldigen Männern, Frauen und Kindern in Kauf genommen."

„Du hast recht."

Noel nahm mich in den Arm und drückte mich an sich. Es machte einiges von dem gut, was mir gerade im Kopf herumspukte. Seine Nähe würde mir auch die Kraft geben, mich mit dem Inhalt des Koffers auseinanderzusetzen, von dem Hilde Edelmann gesprochen hatte. Wenn es ihn überhaupt gab. Ich war mir da nicht so sicher.

„Lass uns gehen", bat ich Noel. „Ich halte es vor Neugier kaum aus."

„Der Koffer?"

„Ja. Was denkst du, erwartet uns?"

„Ehrlich gesagt hoffe ich, dass es sich nur um harmlose Unterlagen handelt. Aber ..."

„... du glaubst nicht daran", vollendete ich seinen Satz. Er nickte. Dann machten wir uns auf den Heimweg und steuerten zu Hause angekommen die Villa der Nachbarn an. Ein junger Mann öffnete die Tür und sah uns fragend an.

„Kann ich Ihnen helfen?"

„Ja, wir sind die Nachbarn und ..."

„Das ist Marie, von der ich dir erzählt habe", wurde ich unterbrochen. Stefanie kam zur Tür und strahlte uns an. Sie schien sich darüber zu freuen, dass sie nun auch Noel kennenlernen durfte. „Und das ist mein Mann, Torsten. Kommt doch rein!"

„Gerne."

Wir folgten ihr ins Wohnzimmer. Natürlich vermuteten Stefanie und ihr Mann einen normalen Besuch. Deshalb konnte ich auch nicht einfach mit der Tür ins Haus fallen. Stattdessen stellten sich die Männer untereinander vor und waren wenig später in ein Gespräch vertieft, während

Stefanie und ich in die Küche gingen, um Kaffee zu machen.

„Schön, dass ihr spontan vorbeikommt. Dein Mann ist sehr nett", stellte sie fest.

„Deiner auch." Ich lächelte. „Allerdings ist unser Besuch nicht ganz so spontan, wie du annimmst."

„Geht es immer noch um den Fund im Keller?"

„Nein, dieses Mal hat es mit einem Koffer zu tun. Er liegt unter den Dielen."

„Hier bei uns?" Stefanie drehte sich zu mir. „Bitte, Marie! Sag jetzt nicht, wir finden noch mehr Körperteile! Wenn das so weitergeht, kann ich hier unmöglich wohnen. So langsam fürchte ich, wir haben ein Horrorhaus gekauft."

„Keine Sorge", beruhigte ich sie. „In dem Koffer befinden sich nur Unterlagen. Zumindest nehme ich das an. Aber sie könnten dazu beitragen, die ganze Sache aufzuklären."

„Dann lass uns nachschauen. Je eher, desto besser. Worauf warten wir?"

Stefanie zog mich am Arm zur Treppe. Ich bekam den Eindruck, dass sie es so schnell wie möglich hinter sich bringen wollte. Ich verstand sie. Es war sicher kein schönes Gefühl, ständig auf irgendetwas zu stoßen, was einem regelrecht Angst machte. Sie war sichtlich nervös, ich bemerkte es.

Dennoch zögerte ich. Ich hatte vor, Noel mit nach oben zu nehmen, ließ es dann aber, als ich hörte, wie die Männer aus dem Wohnzimmer lachten. Ich konnte ihm die Unterlagen später immer noch zeigen.

„Hat sie von dem Zimmer gesprochen?", fragte Stefanie im oberen Flur und zeigte auf eine der Türen. Ich nickte.

„Ja, ich glaube schon."

„Wo genau soll das Versteck sein?"

„Unter dem Fenster."

Ich ging näher und schaute zu Boden. Die Dielen sahen alle gleich aus.

„Bist du sicher?“ Stefanies Augen folgten meinem Blick.

„Nein.“ Ich schüttelte meinen Kopf. „Genauso gut kann es sein, dass sich die damalige Hauswirtschafterin geirrt hat, oder es gab dieses Versteck irgendwann, aber heute nicht mehr. Ich weiß es nicht. Vielleicht sollten wir die Männer dazuholen.“

„Moment!“

Stefanie ging auf die Knie und klopfte jedes Brett einzeln ab. Bei einem hörten wir, dass sich darunter ein Hohlraum befinden musste.

„Reich mir mal die Schere!“, forderte meine Nachbarin mich auf. „Sie liegt dort im Regal.“

Keine fünf Minuten später hatte sie das Brett gelöst. Nun war es einfach, auch die anderen daneben zu lockern. Angespannt wartete ich, bis sie auch das letzte herauszog. Ich erschrak, als sich plötzlich eine Hand auf meine Schulter legte.

„Noel! Musst du dich so anschleichen?“

„Wir sind ganz normal die Treppe nach oben gekommen“, rechtfertigte er sich. „Aber ihr beiden seid so vertieft, dass ihr nicht einmal hören würdet, wenn eine Bombe im Flur explodierte.“

„Da hat er nicht ganz unrecht“, schlug sich Stefanie auf seine Seite. „Aber jetzt lasst uns erst einmal den Koffer hier herausziehen.“

„Warte!“

Ihr Mann half ihr und hielt wenig später eine Tasche in der Hand. Das Leder war abgewetzt und voller Staub. Ein Arztkoffer, wie er damals benutzt worden war.

„Nun macht schon auf!“, sagte ich. „Ich möchte endlich wissen, was drin ist.“

„Oh nein“, wehrte Stefanie ab. „Ich habe im Keller genug gesehen. Hier!“

Sie reichte mir die Tasche. Ihr Mann nickte.

„Macht damit, was ihr wollt“, sagte er. „Wir möchten nichts damit zu tun haben.“

„Ihr seid nicht neugierig auf den Inhalt?“, fragte ich ungläubig.

„Nein.“ Stefanie schien sichtlich erleichtert, als ich ihr den Koffer aus der Hand nahm. „Wir wollen nur, dass endlich auch der letzte Besitz dieses Arztes verschwindet und dass wir in einem hübschen Haus wohnen können, in dem wir uns nicht gruseln müssen. Das ist alles.“

„Okay. Dann vielen Dank für den Kaffee“, sagte Noel und reichte den beiden die Hand. „Beim nächsten Mal sind wir an der Reihe.“

„Gerne. Wir sehen uns in der Klinik, Marie.“

Das Ehepaar sah uns nach. Torsten hatte seinen Arm um Stefanies Schulter gelegt. In diesem Moment hoffte ich wie sie, dass wir wirklich nicht noch weitere Überreste der grausigen Vergangenheit des Arztes finden würden.

13

„Viel Spaß in der Schule, Schatz“, rief ich Jonah zwei Tage später nach, als er Noel nach draußen folgte. Bevor er in das Auto einstieg, winkte er mir zu. Ich winkte vom Fenster aus zurück und stellte wieder einmal fest, wie groß unser Sohn geworden war. Die Zeit verging viel zu schnell, dachte ich wehmütig, bevor ich in die Küche ging und einen Brunch vorbereitete.

Ich zweifelte noch immer, ob es eine gute Idee war, Ines von Doktor Lautental und unseren Recherchen zu erzählen. Es handelte sich um Noels Vorschlag, den er, gleich nachdem wir den Inhalt des Koffers besprochen hatten, gemacht hatte.

„Wir haben die Geschichten von Jonah, Clara und Max veröffentlicht. Warum sollten wir es nicht auch mit der des Arztes tun? Das Thema Euthanasie wird viel zu wenig beachtet. Dabei ist es einer der furchtbarsten Teile der Geschichte“, hatte er gesagt. Max, der uns am Abend besucht und mit uns gegessen hatte, war der gleichen Meinung gewesen. Also hatte ich nach kurzem Zögern zugestimmt.

Nachdenklich deckte ich den Tisch auf der Terrasse. Die Sonne schien schon jetzt ziemlich kräftig und passte irgendwie so gar nicht zu dem, was ich mit Ines besprechen wollte. Mein Blick fiel auf die Unterlagen, die wir in einem Ordner abgeheftet hatten. Ein unscheinbarer Ordner, wie er in jedem Büro zu finden war, und doch enthielt er so grausame Details.

Die Klingel riss mich aus meinen Gedanken. Ich atmete tief durch und ging zur Tür. Ines fiel mir förmlich um den Hals, als wir uns gegenüberstanden.

„Ich wusste es", stellte sie aufgeregt fest. „Du hast keine Ahnung, wie neugierig ich bin."

„Mir wäre es lieber, wir wären auf keine neue Geschichte gestoßen", antwortete ich. „Komm rein, Ines! Ich habe den Tisch auf der Terrasse gedeckt."

„Hübsch", stellte Ines fest. Ich wusste, dass sie es nur der Höflichkeit wegen tat. Ginge es nach ihr, hätte ich mir die Mühe sparen und ihr einfach erzählen können, auf was wir gestoßen waren. Ich konnte mir gut vorstellen, dass Ines bereits mit der Autorin geredet hatte, die unsere Romane umsetzte.

„Also gut", sagte ich, nachdem ich uns Kaffee eingeschenkt hatte. Ich konnte Ines nicht länger auf die Folter spannen. „Es geht um den Arzt, der im Haus nebenan wohnte. Ich habe dir ja bereits davon erzählt. Offensichtlich war er an der Tötung unzähliger geistig und körperlich behinderter Menschen beteiligt."

„Gibt es Beweise?"

Ich nickte.

„Im Keller standen Gläser mit Körperteilen, unter anderem Gehirne. Außerdem sind wir im Besitz von Unterlagen."

„Darf ich fragen, wie ihr da rangekommen seid?"

Ines' Interesse war eindeutig geweckt. Sie hatte den Kaffee vor sich nicht einmal angerührt.

„Vor Kurzem sind neue Nachbarn eingezogen. Wir haben uns angefreundet. Stefanie ist Krankenschwester und fängt bei mir in der Klinik an. Sie war es, die auf dem Dachboden Dokumente entdeckte. Später kamen die Gläser dazu und gestern fanden wir einen Koffer, nachdem uns die ehemalige Haushälterin des Arztes einen Hinweis gegeben hatte."

„Die Frau aus München?", fragte Ines überrascht.

„Ja, sie lebt in einem Altenheim. Ihr Name ist Hilde Edelmann. Sie hat den Jungen praktisch großgezogen und …"

Ich erzählte Ines von Susanna und dem Gärtner, der Arne Lautental vermutlich zu dem Monster gemacht hatte, das er irgendwann wurde. Ines hörte zu. Einige Male riss sie entsetzt die Augen auf. Besonders in dem Moment, in dem ich ihr von Kurt berichtete. Dennoch unterbrach sie mich kein einziges Mal, sondern saß schweigend auf ihrem Stuhl, bis ich zu dem Inhalt des Koffers kam.

Obwohl Noel mich gedrängt hatte, endlich ins Bett zu gehen, hatte ich in der letzten Nacht nicht lockergelassen und sämtliche Akten und Einträge durchforstet. Akribisch hatte ich aufgelistet, wann die Patienten in die Anstalt eingeliefert wurden, wer sie untersuchte, welche Diagnosen gestellt wurden und wann sie starben. Das Ergebnis teilte ich Ines nun mit.

~

„Das ist also dein neues Wirkungsfeld, Arne", sagte Erwin Möhring zufrieden und klopfte Doktor Lautental auf die Schultern. „Du hast völlig freie Hand, mein Freund."

Der Arzt nickte und warf einen Blick zu dem Schlossgebäude. In den letzten Monaten waren dort Wohn- und Verwaltungsräume eingerichtet worden. Auf dem umliegenden Gelände standen Holzbaracken mit jeweils 100 Betten. Außerdem waren ein Krematorium und ein Vergasungsschuppen gebaut worden.

Er selbst hatte die Arbeiten überwacht und währenddessen Personal rekrutiert. Büroangestellte, Pflegepersonal, Ärzte, aber auch Hausmädchen und Leichenbrenner mussten ausgesucht werden. Inzwischen hatten alle Auserwählten Einzug im Schloss gehalten. Es konnte losgehen.

„Wann kommt der erste Bus?“, fragte Möhring.

„Er müsste längst da sein“, gab Lautental zur Antwort und schaute auf die Uhr. „Es handelt sich um fünfzig Patienten aus der Heil- und Pflegeanstalt Eglfing-Haar.“

„Ist das Gas geliefert worden?“

„Ja. Die IG Farbenindustrie hat pünktlich geliefert. Keine Sorge, es ist alles, wie es sein soll.“

„Das beruhigt mich. Du weißt, dass das Projekt dem Führer besonders am Herzen liegt. Dann erwarte ich in ein paar Tagen deinen ersten Bericht. Ich werde ihn an den Reichsausschuss zur wissenschaftlichen Erfassung von erb- und anlagebedingten Leiden weitergeben.“

„Natürlich.“

Die Männer schüttelten sich die Hände, bevor Möhring zu seinem Auto ging. Arne drehte sich um und war gerade im Begriff, zum Gebäude zu gehen, als er Motorengeräusch hörte. Da er den Bus mit den Patienten erwartete, blieb er stehen. Doch statt eines Busses fuhr ein dunkler Wagen die Allee entlang und stoppte vor dem Eingang. Der Chauffeur stieg aus, lief um das Auto herum und öffnete die Tür.

„Ruth?“

Der Arzt erstarrte, als er seine Frau erkannte, die eines ihrer besten Kleider trug. Ihr folgte Gitta, ebenfalls herausgeputzt. Sie strahlte, als sie auf ihren Vater zulief. Der reagierte jedoch alles andere als erfreut.

„Was macht ihr hier?“, fuhr er seine Frau an und warf einen Blick zum Krematorium, in dem der Ofen gerade angeheizt wurde. Aus dem Schornstein quoll dicker Rauch.

„Wir wollten dich überraschen“, antwortete Ruth völlig arglos. „Du sollst diesen besonderen Tag doch nicht ohne deine Familie feiern. Außerdem dachte ich, du zeigst uns deine neue Klinik."

„Auf gar keinen Fall", kam die heftige Antwort. „Ich habe zu tun, Ruth. Bring Gitta nach Hause! Ihr habt hier nichts verloren."

„Was ist denn los mit dir, Arne?"

Ruth sah ihren Mann gekränkt an. In ihrem Gesicht stand deutlich geschrieben, dass sie eine freundlichere Begrüßung erwartet hatte. Stattdessen reagierte ihr Mann ungewohnt ablehnend.

„Was soll los sein? Ich möchte einfach nicht, dass unsere Tochter mit den Kranken in Kontakt kommt. Ist das so schwer zu verstehen?"

„Aber früher war sie doch auch ..."

Bevor Ruth den Satz beenden konnte, fuhren mehrere Busse auf den Hof. Als sich die Türen öffneten, stiegen zuerst Männer in Uniform aus. Sie wurden von Pflegern begleitet, die ebenfalls die Armbinde mit dem Hakenkreuz trugen.

„Fahrt nach Hause! Sofort!", forderte Arne Lautental seine Frau auf, bevor er auf den einzigen Arzt zuging, der ihm die Hand entgegenstreckte.

„Doktor Holzmann?"

„Ja, ich bringe die erste Lieferung. Ist alles vorbereitet?"

Doktor Lautental nickte. Dann warf er einen Blick zu seiner Familie. Ruth stand noch immer wie angewurzelt an der Treppe, während Gitta aufgeregt zu den grauen Bussen lief.

„Raus! Aussteigen!", wurden die Insassen aufgefordert.

Erschöpfte Gestalten in weißen Hemden verließen den Bus. Ein Mann, dessen Gesicht grotesk verzerrt war, gestikulierte wild mit den Armen. Aus seinem Mundwinkel lief Speichel. Ein Mädchen, nicht viel älter als Gitta, lachte hingegen und klatschte permanent in die Hände, bis einer der Pfleger es anschrie, damit aufzuhören. Daraufhin begann es zu weinen und drückte eine schmutzige Puppe an sich.

Bevor Doktor Lautental reagieren konnte, rannte seine Tochter zu dem Mädchen hin und reichte ihm ihr Taschentuch. Das Mädchen stutzte kurz und sah Gitta misstrauisch an. Dann legte es seine Arme um die Arzttochter und drückte sich an sie. Dabei gab es seltsame Laute von sich.

„Lass sie los!"

Der Arzt stürzte auf die Patientin zu und riss an deren Armen. Allerdings hatte er die Kraft des Mädchens unterschätzt. Nun klammerte es sich noch mehr an Gitta. Wutentbrannt rief der Arzt einer Pflegerin einen Befehl zu. Es dauerte nur Minuten, bis diese mit einer Spritze in der Hand neben ihm stand. Ohne zu zögern stieß er sie in den Arm der Patientin, die ängstlich aufschrie und gleich darauf zusammensackte. Zwei männliche Pfleger schleiften sie in eine der Baracken.

„Siehst du jetzt, was ich meine?", schrie der Arzt seine Frau an. „Diese Menschen sind gefährlich. Die Patientin hätte Gitta etwas antun können. Du …"

„Sie hat nichts getan", mischte sich seine Tochter ein. „Warum hast du ihr die Spritze gegeben? Ist sie tot?"

„Unsinn." Der Arzt riss sich zusammen. Er bereute längst, sich nicht beherrscht zu haben. „Sie schläft nur, bis sie sich beruhigt hat, und du fährst jetzt mit deiner Mutter nach Hause."

„Aber …"

„Kein Aber! Sei ein braves Kind, Gitta!"

Er strich ihr übers Haar. Seine Tochter nickte, während Ruth sie an die Hand nahm und zum Wagen ging. Sie wehrte ihren Mann ab, als der sie zum Abschied umarmen wollte.

„Wir reden zu Hause", sagte sie kühl und stieg ein.

Der Arzt atmete erleichtert auf, als das Auto endlich davonfuhr.

„Fangen wir an", sagte Doktor Lautental und seufzte. Er wusste schon jetzt, dass es schwer werden würde, Ruth zu besänftigen. „Kommen Sie in mein Büro!", forderte er den Arzt auf, bevor er sich den Pflegern zuwandte.

„Bringt die Kranken in die Baracken und stellt sie ruhig!"

Dann ging er Doktor Holzmann voraus in sein Arbeitszimmer, welches auf seinen Wunsch hin mit dunklen schweren Möbeln eingerichtet worden war. Allein der Schreibtisch, hinter dem er Platz nahm, hatte ein Vermögen gekostet.

„Was können Sie mir über den Zustand der Patienten sagen?", fragte er seinen Kollegen, nachdem Frida ihnen Tee gebracht hatte. Sie war die einzige seiner ehemaligen Angestellten, die er in die neue Anstalt mitgenommen hatte.

„Eine erste Einschätzung ist bereits durch den Amtsarzt erfolgt. Über sechzig Prozent haben nur eine wenig hoffnungsvolle Prognose bescheinigt bekommen. Sehen Sie selbst!"

Er reichte Arne eine Liste mit Namen, Alter und Diagnosen.

„Bildungsunfähig, aussichtsloser Fall, geistig minderwertig, unheilbare Idiotie", las er laut, bis er plötzlich erstarrte und seine Augen sich weiteten. Seine Finger, die nach der Tasse griffen, zitterten. Wie ein Verdurstender trank er von dem Tee, der noch heiß war und ihm die Kehle verbrannte. Aber genau das lag in seiner Absicht. Der Schmerz löste seine Erstarrung. Als sein Kollege ihn erschrocken fragte, ob alles in Ordnung sei, konnte er schon wieder nicken.

„Ich denke, dann haben wir alles besprochen. Die weiteren Untersuchungen führe ich durch. Mein Bericht geht direkt an den Reichsausschuss."

„Ich bin informiert."

„Dann ist alles gesagt, auf Wiedersehen, Kollege."

Doktor Holzmann stand auf und reichte ihm die Hand.

„Irgendwie habe ich das Gefühl, dass Sie mich loswerden wollen. Aber ich verstehe Sie. Je eher wir damit beginnen, diese lebensunwerten Geschöpfe von ihrem Leiden zu befreien, umso besser."

„Ich bin ganz Ihrer Meinung."

Doktor Lautental brachte den Kollegen zur Tür. Erst nachdem er sie geschlossen hatte, atmete er heftig. Die Gedanken in seinem Kopf überschlugen sich. Noch einmal nahm er die Liste zur Hand. Plötzlich befürchtete er, sich geirrt zu haben. Panisch glitt sein Blick über die Namen, bis er fand, was er suchte.

Er hatte sich nicht geirrt.

Mit einem Lächeln im Gesicht lehnte er sich in seinem Sessel zurück. Die Aufregung in seinem Inneren verschwand. Stattdessen machte sich ein triumphierendes Gefühl in ihm breit, welches er bis in die letzte Zelle seines Körpers auszukosten gedachte.

Langsam streifte er den Ärmel seines Kittels nach oben. Seine Finger strichen über die dicke, wulstige Narbe, die bis zur Schulter verlief. Ein Andenken daran, dass er versucht hatte, seiner Mutter die Pillen wegzunehmen, die sie zu diesem Zeitpunkt fast völlig unzurechnungsfähig gemacht hatten. Herbert, der ihn dabei ertappt hatte, war außer sich gewesen.

Noch mehr, als Arne sich zum ersten Mal zur Wehr gesetzt hatte. Es war ihm sogar gelungen, dem Mann seiner Mutter einen Haken zu verpassen. Leider hatte er das Messer in dessen Hand übersehen. Wäre Hilde damals nicht gewesen, wäre er vermutlich verblutet.

Er atmete tief durch und ersetzte den aufkommenden Hass mit dem Gefühl der Genugtuung. Jahrelang hatte er nach dem ehemaligen Gärtner gesucht, der wie vom Erdboden verschwunden schien.

Keine Drohung hatte Susanna dazu bringen können, dessen Versteck preiszugeben. Er hatte seine Mutter in eine geschlossene Psychiatrie eingewiesen, wo sie mit lauter Irren zusammenleben musste. Aber auch das hatte keine Wirkung gezeigt. Inzwischen unterschied sie nichts von den anderen Insassen. Möglicherweise war sie auch schon dem Gnadenprogramm zum Opfer gefallen. Arne wusste es nicht. Er hatte jeglichen Kontakt abgebrochen.

Dennoch hatte er die Hoffnung nie aufgegeben. Er konnte nicht vergessen, was dieser Mann ihm angetan hatte. Jeder Schlag von ihm, jede Schmähung saß tief in ihm verankert und verlangte nach Rache. Und nun führte das Schicksal diesen Mann völlig unerwartet ausgerechnet in seine Anstalt. Der Arzt konnte es kaum glauben.

„Frida?", rief er laut. Augenblicklich kam seine Sekretärin in das Büro.

„Ja, Doktor?"

„Sagen Sie den Pflegern, dass wir beginnen können. Sie sollen die Neuankömmlinge ins Untersuchungszimmer führen, einen nach dem anderen."

„Sofort, Doktor Lautental." Die Sekretärin nickte. „Kann ich sonst noch etwas für Sie tun?" Sie brach ab und senkte verlegen den Blick. „Ich könnte Ihnen ein paar Blumen besorgen."

„Blumen?", fragte Arne und krauste die Stirn.

„Für Ihre Frau. Ich bin sicher, sie würde sich darüber freuen. Aber …"

„Ach Frida." Der Arzt lachte auf. „Was würde ich nur ohne Sie tun? Sie haben recht, besorgen Sie Blumen! Aber vorher sagen Sie den Pflegern Bescheid. Heute nur die Kinder, ich werde etwas früher nach Hause gehen."

„Natürlich."

Frida strahlte ihn an, bevor sie gemeinsam das Büro verließen. Während sie sich auf den Weg zu den Baracken machte, ging Doktor Lautental zum Untersuchungsraum und bereitete die notwendigen Unterlagen vor. Ihm blieben vier bis sechs Wochen nach der Aufnahme Zeit, um das Krankheitsbild endgültig zu klären. Dann würde der Reichsausschuss schriftlich die Ermächtigung erteilen, den jeweiligen Insassen weiterzubehandeln oder seinen Tod zu beschleunigen. Für die Fälle, bei denen das Urteil bereits feststand, hatte er freie Hand.

Die Tür öffnete sich. Ein Junge betrat den Raum. Er sah den Arzt nicht an. Seine Augäpfel rollten unkontrolliert in den Höhlen. Auf der Einweisung stand der Hinweis: geistig minderwertig.

Doktor Lautental sah das genauso und verzichtete auf eine Untersuchung. Stattdessen widmete er sich sofort der zweiten notwendigen Beurteilung, die den volkswirtschaftlichen Wert des Insassen umfasste. Nach einem kurzen Blick auf den Jungen stand sein Urteil fest.

„Wertlos, eine längere Beobachtung ist nicht notwendig“, teilte er dem Pfleger mit. „Machen Sie eine Fotoaufnahme und bringen Sie ihn zur Weiterbehandlung.“

Das nächste Kind kam an die Reihe. Inzwischen war der Arzt dazu übergegangen, mehrere gleichzeitig zu begutachten. Er ließ sie von den Pflegern ausziehen und entschied anhand seiner Liste, wie mit ihnen verfahren werden sollte. Mit seinen Gedanken war er ganz woanders.

Er wäre nur allzu gerne in die Baracke gegangen und hätte in Köhlers Augen geschaut. Er wusste, dass er Angst darin finden würde, wenn der Moment des Erkennens vorüber war. Dann kam gewöhnlich das Flehen und Bitten, was ihn gelegentlich berauschte, ein anderes Mal wieder anwiderte.

Bei Köhler hingegen konnte er es kaum erwarten. Er

wollte jede Sekunde davon genießen. Aber nicht heute, er würde sich Zeit für den ehemaligen Gärtner nehmen.

Er widmete sich seinen Patienten. Ein Lächeln lag in seinem Gesicht, als er ein besonders hübsches Mädchen untersuchte, das scheu zu ihm aufsah. Auf den ersten Blick konnte er keine Behinderung feststellen.

„Wie heißt du, mein Kind?", fragte er freundlich. Die Antwort blieb aus. Die Kleine sah ihn nur mit großen Augen an.

„Willst du mir nicht deinen Namen verraten?", versuchte er es noch einmal. Das Mädchen erinnerte ihn an Gitta. Es besaß die gleichen strohblonden Zöpfe.

„Sie ist taubstumm", klärte ein Pfleger ihn auf, woraufhin der Arzt nachdenklich ihr Kinn anhob. Er zögerte. Dann überwog die Freude in ihm, Herbert Köhler endlich gefunden zu haben.

„Wir werden ihre Entwicklungsmöglichkeiten beobachten und psychologische Tests durchführen. Bitte dokumentieren Sie das in dem Führungsbericht. Möglicherweise fehlen ihr geistige Entwicklungstendenzen. Das heißt nicht, dass sie keine praktischen Fähigkeiten besitzt. Wir werden sehen, wie hoch die Pflegeintensität ist."

„Was wird aus den anderen?"

Mit dem Mädchen standen nur acht weitere Kinder abseits, die der Arzt zunächst verschonte. Der größere Teil stand auf der anderen Seite im Raum.

„Ich schreibe die Totenscheine." Er wandte sich Frida zu. „Benachrichtigen Sie die Angehörigen!"

„Selbstverständlich, Doktor."

Die alte Frau nickte und wartete, bis die Kinder den Raum verlassen hatten. Dann setzte sie sich hinter ihren Schreibtisch, um seinem Wunsch nachzukommen. Vorher reichte sie ihm einen Strauß roter Rosen. Sie verlor kein Wort darüber, wo sie ihn aufgetrieben hatte, was sicher nicht einfach gewesen war.

„Danke, Frida, Sie sind die Beste", schmeichelte Arne ihr und beobachtete belustigt, wie sie errötete. Er wusste, dass sie ihm treu ergeben war, hielt es aber dennoch für nötig, ein paar Worte mit ihr zu wechseln, bevor er ging.

„Sie wissen, dass Sie niemals über das reden dürfen, was hier passiert, Frida? Sämtliche Vorfälle unterliegen strengstem Stillschweigen."

„Selbstverständlich, Doktor Lautental, was denken Sie? Zweifeln Sie etwa an mir?"

Die Sekretärin war sichtlich gekränkt.

„Nein, das würde ich nie tun. Wie lange kennen wir uns jetzt schon?"

„Ich würde sagen eine Ewigkeit."

„Stimmt, entschuldigen Sie, dass ich überhaupt damit angefangen habe. Sie sehen ja selbst, was für armselige Geschöpfe in unsere Obhut gegeben werden. Man kann ihnen nicht helfen, so gerne ich es tun würde. Wir können sie nur erlösen, Frida."

„Natürlich, ich habe nie an Ihrer Arbeit gezweifelt."

„Danke für Ihr Vertrauen."

Der Arzt stand auf. Bevor er zur Tür ging, zog er eine Rose aus dem Strauß und reichte sie Frida, die vor Verlegenheit kein Wort herausbrachte. Dann ging er die Treppe nach unten, um den unangenehmen Teil seiner Arbeit zu erledigen.

Durch ein kleines Fenster in der Wand konnte er ins Innere der Kammer schauen, in der etwa zwanzig Kinder eingezwängt waren. Sie hielten sich gegenseitig fest und klammerten ihre Körper aneinander. Die meisten von ihnen starrten stumpfsinnig vor sich hin. Nur ein paar wenige schrien oder weinten.

Doktor Lautental ging in den kleinen Nebenraum und

betätigte den Gashahn. Für den Rest war ein Assistenzarzt zuständig, der stumm neben ihm stand und auf Anweisungen wartete.

„Stoppen Sie die Gaszufuhr, wenn Sie annehmen, dass alle erlöst sind!"

„Wie Sie wünschen, Doktor Lautental. Schönen Feierabend."

„Danke, den werde ich haben", antwortete der Arzt und begab sich nach oben. Später würden die Leichenbrenner die ineinander verkrampften Körper aus der Gaskammer in den Selektionsraum bringen, wo ihnen zu wissenschaftlichen Forschungszwecken die Gehirne entnommen wurden. Erst danach wurden die Überreste zu dem Krematorium transportiert. Aber das war Aufgabe der Angestellten.

„Schrecklich, nicht wahr?", fragte ich und sah zu Ines, die stumm in ihrem Stuhl saß. Als sie aufschaute, bemerkte ich die Tränen in ihren Augen.

„Ja, das ist es", antwortete sie leise. „Immer wieder aufs Neue, Marie."

„Im Keller der Villa haben wir konservierte Präparate gefunden. Ich nehme an, der Arzt konnte sich von einigen nicht trennen. Es handelt sich dabei um Teile von den Gehirnen der Menschen, die nach dem Vergasen in den Selektionsraum gebracht wurden."

„Furchtbar, und so etwas hat sich Arzt genannt."

Ines schüttelte ihren Kopf. Ich hatte sie selten so ergriffen erlebt. Dabei kannte sie nicht einmal die Hälfte der Geschichte. Genauso wenig wie ich. Die Aufzeichnungen hatten abrupt geendet.

„Was geschah weiter?", fragte Ines.

„Ich weiß es nicht", gab ich ehrlich zu. „Die Unterlagen sind unvollständig."

„Dann musst du noch einmal mit der Haushälterin reden. Sie weiß sicher mehr, als sie zugibt."

„Das denke ich auch. Aber mit mir redet sie bestimmt nicht mehr. Ich habe ihren Schützling als Monster bezeichnet. Du hättest den Blick sehen sollen, den sie mir danach zuwarf. Sie wird mich nicht einmal in ihr Zimmer lassen."

„Hm ..." Ines schenkte sich Kaffee ein. Hinter ihrer Stirn arbeitete es. Sie suchte nach einer Möglichkeit, die ganze Geschichte zu erfahren, und wie ich sie kannte, würde ihr das auch gelingen. Ines ließ sich die Chance, einen neuen Roman zu verfassen, bestimmt nicht entgehen.

„Vielleicht kann Noel noch einmal mit ihr reden. Sie schien ihn gemocht zu haben."

„Ja, vielleicht", antwortete Ines und wechselte zu meinem Erstaunen ziemlich abrupt das Thema. „Wie geht es Max?"

„Gut. Er trifft sich heute mit Julius. Sie wollen Wilhelms ehemaliges Grab besuchen."

Ines trank ihren Kaffee aus. Dann stand sie auf.

„Grüß ihn von mir und Noel und Jonah natürlich auch", sagte sie und umarmte mich.

„Du willst schon gehen?", fragte ich verwundert.

„Ja, auf mich wartet eine Menge Arbeit. Wir telefonieren, okay?"

„Okay." Ich sah ihr forschend ins Gesicht. „Hat dein plötzlicher Aufbruch etwas mit Hilde Edelmann zu tun?"

„Wer weiß." Ines lächelte geheimnisvoll, bevor sie zur Tür ging. „Ich rufe dich an, wenn ich mehr herausbekommen habe."

„Wie willst du das anstellen?"

„Später, Marie."

Ines ließ mich stehen. Minuten danach hörte ich, wie die Räder ihres Wagens durchdrehten und sie davonraste. Es war typisch Ines. Sie würde nichts unversucht lassen, jedes noch so winzige Detail über Lautental zu erfahren. Da war ich mir sicher.

Nachdem Ines gegangen war, räumte ich den Tisch ab. Wir hatten kaum etwas zu uns genommen. Dabei hatte ich mir so eine Mühe gegeben. Nun musste ich alles in Vorratsdosen verpacken und hoffen, dass Noel und Jonah die Köstlichkeiten zu schätzen wussten, die ich extra für Ines besorgt hatte.

Ich seufzte, nahm die unbenutzten Teller und trug sie zur Küche. Plötzlich spürte ich wieder dieses Stechen im Kopf. Viel heftiger als beim letzten Mal in der Klinik. Benommen blieb ich stehen. Der Boden vor mir schwankte.

Ohne es verhindern zu können, fielen mir die Teller aus der Hand. Bei dem Versuch, sie zu greifen, taumelte ich. Nun gab es da nur noch diesen unbändigen Schmerz, der meinen Kopf zu zerreißen schien. Lautlos brach ich zusammen.

14

„Hallo, Maja."

Ich hörte eine Stimme. Sie drang wie durch einen Nebel zu mir, ich verstand die Worte nicht. Dazu schmerzte mein Kopf zu sehr. Überhaupt hatte ich das Gefühl, als würde ich in einer riesigen Luftblase gefangen sein, die es mir unmöglich machte, auch nur einen klaren Gedanken zu fassen.

„Wie geht es Marie heute?", hörte ich nun deutlicher und erkannte, dass die Stimme zu Ines gehörte. Plötzlich fiel mir ein, dass wir auf der Terrasse gesessen hatten. Ines war gegangen und ich hatte plötzlich diesen Schmerz im Kopf gespürt. An mehr konnte ich mich nicht erinnern.

„Unverändert, sie schläft. Doktor Werner hat gestern die Medikamente reduziert und die Aufwachphase eingeleitet. Ich hoffe, sie wacht endlich auf."

„Das wird sie. Wenn es jemand schafft, dann Marie."

Inzwischen verstand ich die Worte, begriff aber deren Sinn nicht. Unterhielten Ines und Maja sich gerade über mich? Was war passiert?

„Du hast recht", sagte Maja. „Wenn ich daran denke, wie sie hier eingeliefert wurde. Nachdem der Notarzt Marie in die

Klinik gebracht hatte, war plötzlich das Gerücht herumgegangen, es würde sich um eine Angestellte des Krankenhauses handeln. Ich habe keine einzige Sekunde darüber nachgedacht, dass es Marie sein könnte, die auf der Intensivstation um ihr Leben kämpft. Erst als Doktor Werner alle Kollegen der Station zusammenrief, war mir mulmig geworden. Daraufhin habe ich vergeblich versucht, Marie zu Hause zu erreichen."

„Zum Glück wurde sie rechtzeitig gefunden, Maja. Es hätte schlimmer ausgehen können. Noel hat mir gesagt, dass Doktor Werner und seine Kollegen mit dem Ergebnis der Operation sehr zufrieden sind und nichts dagegenspricht, dass Marie ins Leben zurückkehrt. Sie wurde nur zu ihrem eigenen Schutz ins Koma gelegt."

„Ich weiß, und bald wird sie wieder bei uns sein", antwortete Maja.

Gleich darauf öffnete sich die Tür zu meinem Zimmer. Ines trat ein und schob sich den Stuhl ans Bett. Bevor sie sich setzte, drückte sie mir einen Kuss auf die Stirn.

„Hallo, Marie. Ich bin's. Sag Bescheid, wenn ich dir auf die Nerven gehe, okay?"

Ines setzte sich. Ich schaute in ihr blasses Gesicht. Es war so vertraut und gleichzeitig so weit weg. Ich wollte etwas sagen, brachte aber keinen Ton heraus.

„Ich würde dich viel lieber zuquatschen, wenn ich wüsste, dass du mich hörst", sagte Ines in diesem Moment. Nur mühsam unterdrückte sie die Tränen und atmete tief durch.

„Entschuldige, mein Fehler. Du hörst mich, nicht wahr? Wie konnte ich das vergessen? Trotzdem wäre es mir lieber, du würdest es mir zeigen. Ich werde so lange zu dir kommen, bis du endlich wieder aufwachst."

Ich blinzelte, zumindest versuchte ich es. Meine Lider fühlten sich furchtbar schwer an. Ich wollte Ines ein Zeichen geben, irgendetwas tun, damit sie bemerkte, dass ich wach war. Es schien mir nicht zu gelingen. Mein Körper war offensichtlich nicht in der Lage, das umzusetzen, was ich vorhatte. Dazu kam diese Müdigkeit, die mich auch jetzt wieder überfiel. Sie lähmte mich regelrecht und vielleicht war ich das ja. Gelähmt!

Bevor ich weiter darüber nachdenken konnte, redete Ines erneut auf mich ein. Ich ließ es geschehen. Was sollte ich auch sonst tun? Außerdem tat es gut, ihre Stimme zu hören.

„Also gut", sagte sie. „Dann erzähle ich dir jetzt, wie weit ich mit meiner Recherche gekommen bin. Ich habe es tatsächlich geschafft, zu Hilde Edelmann durchzudringen. Da staunst du, nicht wahr? Ich musste aber auch eine Menge Zeit investieren. Die alte Dame ist ziemlich clever. Ich kann mich nicht erinnern, wann ich zum letzten Mal so viel spazieren gegangen bin wie mit ihr. Sie rückt nämlich nur häppchenweise mit der Sprache heraus."

Ines strich über meinen Arm.

„Willst du hören, was ich erfahren habe?"

Ja, das wollte ich. Leider konnte ich es nicht aussprechen. Aber Ines schien zu ahnen, was ich fühlte. Irgendwann würde ich ihr sagen, wie viel es mir in diesem Moment bedeutete, dass sie das tat, was ich bei meinen Patienten voraussetzte. Sie verhielt sich, als gäbe es keinen Zweifel daran, dass ich sie verstand.

„Natürlich willst du es hören", fuhr sie fort. „Was für eine blöde Frage. Also hör zu, Marie!"

~

Als Doktor Lautental an diesem Tag nach Hause kam, war der große Tisch im Salon nicht wie üblich gedeckt und kein Abendessen vorbereitet. Er seufzte. Das konnte nur bedeuten, dass Ruth ihm aufgrund seines abweisenden Verhaltens böse war. Umso dankbarer war er Frida, dass sie an die Blumen gedacht hatte. Damit würde er seine Frau besänftigen können. Ruth mochte Rosen, die sie viel zu selten von ihm bekam.

„Ruth?", rief er laut und zog seinen Mantel aus. Als er keine Antwort erhielt, ging er die Treppe nach oben zum gemeinsamen Schlafzimmer. Möglicherweise litt seine Frau auch unter Migräne, was ziemlich häufig vorkam, und hatte sich hingelegt.

Leise öffnete er die Tür. Der Raum war leer und das Bett unbenutzt. Blieb nur das Kinderzimmer übrig. Tatsächlich fand er Ruth an Gittas Bett. Die Kleine schlief bereits, als er das Zimmer betrat. Ruth legte ihren Zeigefinger auf die Lippen, als er näher kam.

„Was ist mit ihr?", fragte Arne, nachdem sie den Raum verlassen hatten und nach unten gingen.

„Nichts worüber du dir Sorgen machen musst." Der Ton seiner Frau verriet, dass sie noch immer gekränkt war. „Gitta war nur müde. Der Tag war anstrengend."

„Nicht nur für euch", rutschte es dem Arzt heraus, er bereute es aber sogleich.

„Das kann ich mir vorstellen", antwortete Ruth spitz. „Aber du möchtest uns ja nicht daran teilhaben lassen."

„Unsinn."

Arne schüttelte seinen Kopf. Dann ging er in den Flur, wo er die Rosen abgelegt hatte. Mit dem Strauß in der Hand kehrte er zu seiner Frau zurück und lächelte sie entwaffnend an.

„Verzeih mir, dass ich so abweisend war. Ich habe es nur gut gemeint. Wer weiß, welche Krankheiten diese Patienten mit sich schleppen. Ich möchte euch doch nur beschützen."

Er sah, wie seine Frau zögerte. Offensichtlich dachte sie darüber nach.

„Sind die für mich?", fragte sie, während sich ihre Mundwinkel leicht hoben.

„Natürlich, für wen sonst?“

Sie nahm die Rosen entgegen und senkte ihr Gesicht in die Blüten. Als es wenig später auftauchte, lächelte sie.

„Sei beim nächsten Mal einfach etwas freundlicher. Du hast Gitta erschreckt. Und mich auch“, fügte sie hinzu. „Komm! Ich mache dir dein Essen.“

Sie gingen in die Küche. Nachdem Ruth die Rosen in eine Vase gestellt hatte, bereitete sie das Abendessen vor. Arne, der sich gewöhnlich nicht daran beteiligte, half dabei.

„Ist irgendetwas?“ Ruth schaute ihn misstrauisch an. „Erst die Blumen und nun hilfst du mir in der Küche? Für mich sieht das nach einem schlechten Gewissen aus. Was verschweigst du mir, Arne?“

Der Arzt lachte auf. Ruth kannte ihn wie kaum jemand anderes. Nur Hilde wusste noch mehr über ihn. Wobei ihm einfiel, dass er die ehemalige Hauswirtschafterin unbedingt besuchen und ihr von den neuesten Ereignissen berichten musste. Es war Wochen her, seit er bei ihr gewesen war.

„Erinnerst du dich daran, dass du mir vorgeschlagen hast, Hilde zu uns zu holen?“, fragte er.

„Natürlich.“ Ruth nickte. „Du hast dich dagegen entschieden und ihr die Stelle bei deinem Kollegen besorgt. Gefällt es ihr dort nicht mehr?“

„Doch, zumindest nehme ich es an. Allerdings hätte ich auch nichts dagegen, wenn sie bei uns wohnen würde. Sie könnte dir im Haushalt unter die Arme greifen.“

„So plötzlich? Aber gut, ich denke darüber nach, wenn du das möchtest. Ist das alles? Bist du deshalb so gut gelaunt?“

„Nein.“ Arne schüttelte seinen Kopf. „Es gibt noch einen Grund. Ich habe ihn endlich gefunden.“

„Du hast ihn gefunden?“, wiederholte Ruth. „Wen?“

Das Messer, welches sie in der Hand gehalten hatte, fiel klirrend auf die Arbeitsplatte. Seine Frau riss die Augen auf.

„Willst du damit sagen, du hast IHN gefunden?“

„Ja, Ruth."

Der Arzt nickte. Plötzlich fühlte er wieder den Triumph durch seine Adern strömen. Er genoss es, die Überraschung in den Augen seiner Frau zu sehen. Es gab ihm das Gefühl von Macht, Genugtuung und Stolz. In diesem Moment erkannte er, dass Ruth nie daran geglaubt hatte, dass der Tag, an dem er Köhler erneut gegenüberstand, kommen würde. Er hingegen hatte immer daran geglaubt.

„Und nun?", fragte Ruth. „Was passiert jetzt mit ihm?"

„Er ist mein Patient", erwiderte der Arzt, der seiner Frau nie die Wahrheit über seine Arbeit gesagt hatte. Ruth würde entsetzt sein, wenn sie erfuhr, dass er Menschen in die Gaskammer schickte oder verhungern ließ. Sie glaubte, dass er seine Patienten heilte und nicht tötete.

„Ich werde ihn dementsprechend behandeln."

„Dass du das kannst. Nach allem, was er dir angetan hat." Ruth sah bewundernd zu ihm auf.

„Es gibt nur wenige Menschen, die so großmütig handeln würden, Arne."

Großmütig, dachte der Arzt am nächsten Morgen, als er in der Pflegeanstalt ankam. Ruth hatte das passende Wort gefunden. Er würde sehr großmütig sein und dem ehemaligen Gärtner eine ganz besondere Behandlung zukommen lassen. Sein Großmut ging sogar so weit, dass er Köhler nicht sofort in die Gaskammer schicken würde. Vorerst!

„Guten Morgen, Frida", begrüßte er seine Sekretärin fröhlich. „Meine Frau hat sich sehr über die Rosen gefreut."

„Sie haben ihr hoffentlich nichts davon gesagt, dass es mein Vorschlag war?"

„Keine Sorge, Frida. Ruth hat nicht nachgefragt. Ich stehe in Ihrer Schuld."

„Um Gottes willen, Doktor Lautental“, wehrte sie ab. „Ich habe es gerne getan. Möchten Sie jetzt einen Tee?“

„Kaffee wäre mir ehrlich gesagt lieber. Ich will heute konzentriert sein.“

„Aber das sind Sie doch immer. Ich bringe Ihnen Kaffee.“

Der Arzt nickte und verschwand in sein Arbeitszimmer. Auf dem Schreibtisch fand er die Dokumente, die ihm sein Assistenzarzt vorbereitet hatte. Er setzte seine Unterschrift darunter und steckte sie zusammen mit den Totenscheinen in einen Umschlag, den Frida später für den Reichsausschuss fertig machen konnte.

Er selbst musste nun die Weiterbehandlung der verbliebenen Kinder planen. Natürlich stand bereits fest, dass auch sie diese Anstalt niemals wieder verlassen würden. Allerdings gab es ein Hindernis, welches er nicht außer Acht lassen durfte.

Die Schädigungen der Auserwählten waren bei Weitem nicht so ausgeprägt, dass er den plötzlichen Tod hätte erklären können. Vor allem nicht den Eltern, die das Recht besaßen, ihre Kinder zu besuchen. Er musste unter allen Umständen dafür sorgen, dass der Zweck seiner Anstalt verborgen blieb und nichts an die Öffentlichkeit drang. Als sein Assistenzarzt das Arbeitszimmer betrat, hatte sich Arne entschieden.

„Wir werden Luminal verwenden“, ordnete er an. „Dadurch beschleunigen wir den Vorgang. Verwenden Sie keine tödlichen Dosen. Die Eltern der Kinder werden sonst Fragen stellen. Geben wir ihnen zunächst die Gelegenheit, ihre Nachkommen lebendig zu sehen. Niemand darf auch nur den geringsten Verdacht schöpfen. Es muss aussehen wie ein allmählich schleichender Krankheitsverlauf, der letztendlich zum Tode führt. Haben Sie verstanden?“

„Verstanden, Doktor Lautental.“

„Gut, dann können Sie jetzt gehen.“

Doktor Lautental nickte dem Assistenzarzt zu, der ohne ein weiteres Wort sein Büro verließ. Er seufzte zufrieden. Das war es auch, was er an seiner neuen Position als Leiter der Anstalt mochte. Niemand widersprach ihm. Seine Anweisungen wurden ohne zu zögern befolgt. Es gab niemanden, der von oben auf ihn herabsah, im Gegenteil.

„Ich beginne mit den Untersuchungen", teilte er Frida mit, die eifrig auf ihrer Schreibmaschine tippte, bevor er nach draußen in den Hof ging. Für einen kurzen Moment blieb er stehen und hielt sein Gesicht der Sonne entgegen, die strahlend vom Himmel schien. Doch dann mahnte er sich zur Eile. Schon in ein paar Tagen würden weitere graue Busse eintreffen. Bis dahin musste er Platz in den Baracken geschaffen haben.

Mit großen Schritten steuerte er auf die erste Baracke zu. Der Pfleger, der ihn in Empfang nahm, reichte ihm die Liste. Doktor Lautental überflog die Namen und stellte fest, dass Herbert Köhler nicht darin verzeichnet war.

Daraufhin setzte er sich an den provisorisch aufgestellten Schreibtisch und ließ sich einen nach dem anderen der Insassen vorführen. Bei einigen entschied er, sie in der Klinik unterzubringen. Bei anderen fällte er das Urteil ziemlich schnell.

Schließlich wusste er, dass niemand seine Entscheidungen infrage stellen würde. Letztendlich beruhten sie nur auf seinem persönlichen Empfinden. Für ihn waren alle Patienten, die zu ihm kamen, lebensunwerte Geschöpfe. Wer von ihnen sofort erlöst und wer auserkoren wurde, Teil seiner Experimente zu werden, spielte bis auf wenige für ihn interessante Fälle kaum eine Rolle.

Bis zum Mittag war er damit beschäftigt, seine Beurteilungen zu verfassen. Sie fielen zum großen Teil negativ aus. Das spiegelte sich auch in seinen Meldungen an den Reichsausschuss wider. Auf den Bögen wurde nach Krankheitsbild,

Geburtsverlauf und Familienanamnese gefragt. Im zweiten Abschnitt sollten Angaben zu Prognosen hinsichtlich Entwicklungsmöglichkeiten und voraussichtlicher Lebenserwartung sowie zur bisherigen körperlichen und geistigen Entwicklung gemacht werden.

Die prognostischen Aussagen waren für das weitere Schicksal der Kinder von eminenter Bedeutung. Insbesondere die Beantwortung der Frage, ob nach ärztlicher Ansicht eine Besserung oder Heilung zu erwarten wäre.

Der Arzt schrieb durchweg die Bemerkung: dauernde Pflegebedürftigkeit vorhanden, ohne Aussicht auf Besserung und die Möglichkeit des Arbeitseinsatzes.

Sein Rücken schmerzte, als er endlich fertig war und eine Pause einlegte. Er entschied sich für einen kurzen Spaziergang durch das parkähnliche Gelände. Nach dem Anblick der teilweise entstellten Kreaturen brauchte er dringend die Schönheit der Natur. Er atmete tief durch, während er langsam den Weg entlangging.

Seine Gedanken wanderten zu Gitta, die am Morgen leichtes Fieber gehabt hatte. Er sorgte sich um seine Tochter, die noch nie ernsthaft krank gewesen war. Deshalb hatte er Ruth auch angewiesen, den Hausarzt der Familie zu benachrichtigen. Doktor Reinhard würde Gitta untersuchen und ihr etwas gegen das Fieber geben. In ein paar Tagen konnte seine Tochter sicher wieder durch das Haus rennen.

Arne nahm den Weg zurück. Als er vor der Baracke stand, war jeder Gedanke an seine Familie ausgelöscht. In diesem Moment gab es nur die Vergangenheit. Gleich würde er dem Mann gegenüberstehen, den er hasste wie keinen anderen. Er versuchte, sich vorzustellen, wie Köhler wohl auf ihn reagierte, wenn er vor ihm stand.

Würde er erschrecken, Angst zeigen oder ihn sogar bedrohen wollen wie früher? Hoffte er vielleicht darauf, seine Einschüchterungsmethoden könnten noch heute Wirkung zeigen? Oder war er nur ein Haufen Elend, der um sein Leben bettelte?

Arne hatte keine Ahnung. Was ihn nicht wunderte. Der Mann war krank, ein Irrer, der unberechenbare Verhaltenszüge besaß. Er erinnerte sich daran, wie er sich als Junge oft genug dazu gezwungen hatte, bis in die Nacht wachzubleiben aus Angst, der Gärtner könnte ihn im Schlaf etwas antun. Zitternd hatte er sich in sein Bett gekauert und gefleht, dass die gefürchteten Schritte im Flur ausbleiben würden. Aber viel zu häufig waren seine Gebete unerhört geblieben.

Heute endlich konnte er zumindest etwas davon gutmachen und die Wunden, die dieser Mann gerissen hatte, auf den Schritt der Heilung vorbereiten. Er wusste, dass sie nie ganz verschwinden würden. Nicht nur die Narbe an seinem Oberarm würde bleiben. Aber der Schmerz würde nachlassen. Da war er sich sicher.

Entschlossen betrat er die Baracke. Inzwischen hatten die Pfleger dafür gesorgt, dass die Patienten nackt in Reihen standen. Arnes Blick glitt über die hilflosen Gestalten. Er suchte das eine Gesicht, konnte es jedoch nicht entdecken. Panisch begann er von vorn und dachte erst in diesem Moment an die Möglichkeit, dass er sich völlig umsonst Hoffnung gemacht haben könnte. Nicht eine einzige Sekunde hatte er daran gezweifelt, dass der Name auf der Liste zu dem Gärtner gehören könnte. Aber wer sagte denn, dass es sich nicht nur um eine Namensgleichheit handelte?

Enttäuscht untersuchte er den ersten Patienten, einen hübschen blonden Mann, der allein vom Aussehen her perfekt ins Bild der arischen Rasse gepasst hätte, wenn er nicht diese gurgelnden Laute von sich gegeben hätte. Arne sparte sich die Untersuchung. Stattdessen versuchte er der Wut in seinem Körper Herr zu werden. Er hatte zu lange auf diesen Tag gewartet, als dass er nun einfach zur Tagesordnung übergehen konnte.

„Negativ", sagte er zu seinem Assistenzarzt, der den Patienten daraufhin grob zur Seite stieß. Eine Frau trat an seine Stelle. Verwundert schaute Arne auf ihren dicken Leib.

„Sie ist schwanger", klärte der Assistenzarzt ihn auf. „Hat es mit einem Juden getrieben."

„Welche Erkrankung liegt der Einweisung zugrunde?"

„Keine." Der Assistenzarzt zuckte unbeeindruckt die Schultern. „Offenbar ging der Amtsarzt davon aus, dass dieses Balg in ihrem Bauch unmöglich gesund sein kann."

„Also gut, negativ."

Doktor Lautental notierte ein paar erklärende Worte neben dem Namen auf der Liste. Als der Assistenzarzt sich nicht rührte, sah er auf. „Gibt's ein Problem?"

„Gilt diese Beurteilung für das Kind?", fragte der Jüngere.

„Sie meinen einen herbeigeführten Abbruch?"

„Ja. Sie sagten doch negativ."

„Ich weiß, was ich gesagt habe. Was glauben Sie, wo wir hier sind? In einer Privatklinik? Das Urteil gilt für beide, für das Kind und die Frau. Schließlich ist es ein Aufwasch. Machen Sie schon, der Nächste!"

Die folgenden Begutachtungen ergaben immer dasselbe Ergebnis. Doktor Lautental schaute kaum noch auf. Er wollte es endlich hinter sich bringen und dann nach Hause, wo er sich seiner Enttäuschung hingeben konnte.

„Ausgeprägte Psychose mit einem enormen Gewaltpotenzial. Der Mann hat einen Unterscharführer auf der Straße angegriffen."

„Ein brutaler Irrer also", bemerkte der Arzt und warf einen kurzen Blick in das Gesicht des Mannes. „Negativ!"

Sein Assistenzarzt schob den Patienten zur Seite. Währenddessen begann Arnes Herz schneller zu klopfen. Da war etwas in den Augen dieses Mannes.

„Warten Sie!"

Er stand auf und ging zu der Seite der Baracke, auf der die

Selektierten warteten. Nun hielt der Patient den Kopf gesenkt. Arne wusste nicht, ob er es absichtlich tat oder einfach nur erschöpft war. Ihm konnte es gleichgültig sein. Selbst wenn Herbert Köhler versuchte, sein Gesicht vor ihm zu verbergen, war es dafür zu spät. Er hatte ihn erkannt.

Langsam nahm er das Lineal vom Tisch und ging auf ihn zu. Dann zwang er ihn damit, den Kopf zu heben. Der Patient sträubte sich. Es gefiel Arne, dem nie deutlicher bewusst gewesen war, dass er hier die Macht besaß.

„Du hast dich verändert", sagte er leise. Das linke Augenlid des ehemaligen Gärtners begann zu zucken. Es rang Arne ein triumphierendes Lächeln ab.

„Weißt du, wie lange ich auf diesen Tag gewartet habe?"

Der Patient antwortete nicht. Doch Arne sah, wie sich dessen Brustkorb schneller hob und senkte. Für den Anfang genügte das.

„Ich wusste immer, dass ich dich wiedersehe", stellte er mit ruhiger Stimme fest. „Bist du froh, dass ich mich jetzt um dich kümmere? Dass ich dir zurückgeben kann, was du mir gegeben hast. Weißt du noch, wie ich dich Vater nannte?"

Köhler nickte und schaute endlich auf. Arne erkannte die Hoffnung in seinen Augen. Offenbar glaubte dieser Bastard tatsächlich, dass er in ihm eine Art Vaterfigur sah. Was für ein Trottel, dachte der Arzt. In diesem Moment fragte er sich, wie er überhaupt jemals Angst vor dieser erbärmlichen Kreatur haben konnte. Der Geruch von kaltem Angstschweiß kroch in seine Nase. Angewidert drehte er sich weg und wandte sich dem Assistenzarzt zu.

„Positiv. Bringen Sie den Mann in den Untersuchungsraum. Er wird Objekt meiner Forschungsarbeiten."

„Er hat ihn gefunden, Marie. Den Mann, der ihn jahrelang

quälte. Jetzt wissen wir, woher sein Hass auf psychisch Kranke kam. Ich bin gar nicht sicher, ob ich erfahren möchte, wie die Geschichte weitergeht."

Ines seufzte.

„Aber du kennst mich. Dieser Roman wird geschrieben, es muss sein. Die Menschen sollen erfahren, wozu diese sogenannten Ärzte damals fähig waren."

Sie brach ab. Ich hörte, wie der Stuhl gerückt wurde.

„Ich muss gehen, Marie. Es ist schon spät. Morgen besuche ich dich wieder. Bis dahin bist du hoffentlich erwacht. Versprich es mir!"

Obwohl ich nicht glaubte, dass ich dazu in der Lage war, schien Ines mein regloses Verhalten als Zustimmung zu deuten. Sie umarmte mich.

„Gut so, ich wusste, dass ich mich auf dich verlassen kann", sagte sie.

Wenig später schloss sich die Tür. Stille breitete sich aus und nahm mich gefangen.

Als ich beim nächsten Mal erwachte, fühlte ich mich schon viel besser. Zumindest hatte ich nicht mehr das Gefühl, in Watte gepackt zu sein. Nur der Durst war geblieben. Meine Kehle fühlte sich rau an, ausgetrocknet.

„Marie? Bist du wach?"

„Ja." Ich zuckte zusammen. Das Schlucken fiel mir unwahrscheinlich schwer. „Ich habe Durst."

„Natürlich, hier!"

Noel reichte mir das Glas an die Lippen. Ich sah, dass er weinte.

„Was ist passiert?", fragte ich erschöpft.

„Du bist operiert worden, Schatz, nachdem du vor dem Haus zusammengebrochen bist. Zum Glück hat Max dich gefunden und sofort den Notarzt verständigt. Gerade noch rechtzeitig, du hattest ein Aneurysma im Kopf, welches jederzeit hätte platzen können. Kannst du dich überhaupt nicht erinnern?“

„Nein. Wie lange ist das her? Lag ich im Koma? Wie viel Zeit ist vergangen, Noel? Bitte sag mir die Wahrheit!“

„Ganz ruhig, Schatz, nur zwei Tage. Es ist alles gut. Doktor Werner hat dich vorhin untersucht. Du hast keinerlei Schäden davongetragen.“

„Gut. Wo ist Jonah?“

„Bei Max, ich hielt es für das Beste, wenn er mit ihm zu dem Spiel geht. Er hat die letzten zwei Tage mit mir an deinem Bett gesessen. Du glaubst nicht, wie glücklich er war, als du aufgewacht bist. Wir befürchteten schon ...“

Noel brach ab. Aber ich wusste, was er ausdrücken wollte. Genauso gut hätte ich, wenn Komplikationen aufgetreten wären, Wochen, Monate oder sogar Jahre in diesem Zustand verharren können.

„Ines hat mich besucht, nicht wahr?“, wechselte ich das Thema.

„Stimmt, sie war jeden Abend hier, und sie war nicht die Einzige. Dein Bruder ist sofort zur Stelle gewesen und Mark hat ebenfalls stundenlang auf dich eingeredet, dir ein Beispiel an ihm zu nehmen.“

Ich nickte. Es tat gut, solche Freunde und meine Familie um mich zu haben.

„Hat Ines dir erzählt, wie weit sie mit den Recherchen vorangekommen ist?“

„Ich glaube schon. Genau kann ich mich allerdings nicht erinnern, wenn du das meinst.“

„Das macht nichts. Es gibt bereits ein halb fertiges Manuskript. Ines hat es mir mitgegeben für den Fall, dass es dir gut genug geht und du es lesen möchtest. Aber versprich mir, dir nicht zu viel zuzumuten. Hinter dir liegt eine schwierige Operation.“

„Versprochen.“

Ich schloss die Augen. Das Gespräch hatte mich erschöpft.

„Gut, dann lasse ich dich jetzt schlafen, Marie. Ich muss mich auch dringend um die Stiftung kümmern. In den letzten Tagen war ich nur sporadisch dort."

„Meinetwegen! Es tut mir leid, Noel."

„Unsinn." Mein Mann stand auf, beugte sich über mich und gab mir einen Kuss.

„Ich bin so froh, dass ich dich wiederhabe. Ich liebe dich."

Ich liebe dich auch, war mein letzter Gedanke, bevor ich wieder einschlief.

15

Am nächsten Tag wurde ich auf die normale Station verlegt. Erst beim Verlassen des Raums bemerkte ich, dass ich in Marks ehemaligem Krankenzimmer untergebracht gewesen war. Ich fragte Doktor Werner, ob es sich dabei um einen Zufall handelte, aber eigentlich kannte ich die Antwort vorher.

„Ihre Kollegen und Mark haben darauf bestanden", sagte er lächelnd. „Vor allem Maja hat mich regelrecht bedrängt. Mir blieb keine Wahl, und wie man sieht, hat es seinen Zweck erfüllt."

Ich nickte, außerstande etwas zu sagen. Vor Rührung schnürte es mir die Kehle zu. Sie hatten sich alle so lieb um mich gekümmert. Wenn ich mir vorstellte, dass Mark an meinem Bett gesessen hatte, obwohl er ursprünglich diese Station eigentlich nie wieder betreten wollte, kamen mir fast die Tränen. Zum Glück schien Doktor Werner es nicht zu bemerken.

„Ich bin froh, dass es Ihnen besser geht, Marie", sagte er und lächelte mich an. „Wir brauchen Sie hier. Mir ist es bedeutend lieber, Sie reden auf unsere Patienten ein als umgekehrt. Und jetzt bringe ich Sie in Ihr Zimmer. Doktor Klausner wird Sie übernehmen."

„Danke."

Der Arzt nickte und schob mein Bett in das Krankenzimmer. Dann ließ er mich allein. Ich genoss die plötzliche Stille, die jedoch nicht lange anhielt. Kaum hatte ich mich ins Kissen zurückgelehnt, klopfte es an der Tür. Ohne eine Antwort abzuwarten, stürmte Ines herein.

„Du glaubst nicht, was ich herausgefunden habe", platzte es aus ihr heraus. Ihre Tasche landete auf dem Boden neben meinem Bett. Dann umarmte sie mich, bevor sie sich auf den Stuhl setzte und mich erwartungsvoll ansah.

„Bist du nicht neugierig?"

„Doch, Ines. Aber ich wurde gerade erst verlegt."

„Dann hast du das Manuskript noch gar nicht gelesen?", fragte sie enttäuscht.

„Ich habe begonnen. Aber es fällt mir noch schwer. Ich kann mich einfach nicht konzentrieren und werde sehr schnell müde."

„Das wird schon wieder. Hauptsache du kannst hören. Dann erzähle ich dir eben alles noch einmal." Sie stockte. Ihre Hand griff nach meiner.

„Ich bin so froh, dass du aufgewacht bist, Marie. Du hast mir einen furchtbaren Schrecken eingejagt, weißt du das?"

„Ja, ich weiß es."

Wir schwiegen. Ines wischte sich unauffällig über die Wangen. Ich sah die Tränen dennoch. Wieder einmal wurde mir klar, dass sie ein unheimlich großes Herz hinter ihrer robusten Art verbarg.

„Was hast du herausgefunden, Ines?", versuchte ich die Spannung, die im Raum lag, zu vertreiben. „Geht es um den ehemaligen Gärtner?"

„Nein, oder nicht nur. Doktor Lautental hatte eine Tochter, sie hieß Gitta."

„Ich weiß, Hilde Edelmann hat ihren Namen während des Gesprächs mit Noel und mir erwähnt. War das schon alles?“

„Natürlich nicht. Stell dir vor! Sie wurde zum Opfer ihres eigenen Vaters.“

„Willst du damit sagen, er hat seine Tochter getötet? Woher weißt du das überhaupt?“

„Von ihrem Bruder, von Klaus Lautental. Er lebt, Marie, und ich habe ihn besucht. Hör zu! Dann erzähle ich es dir von Anfang an.“

~

Doktor Lautental war gerade auf dem Weg ins Labor, als Frida ihn aufgeregt rief. Als er sich umschaute, bemerkte er, wie sie ihm keuchend nachlief und sichtlich erleichtert aufatmete, als er endlich stehen blieb.

„Was gibt es, Frida? Haben Sie mich gesucht?“

„Ja, Doktor. Es ist wichtig. Ihre Frau hat angerufen. Gitta geht es nicht gut.“

„Was heißt nicht gut?“

Der Arzt erschrak und erinnerte sich, wie seine Tochter am Morgen schweißgebadet in den Kissen gelegen hatte. Er machte sich Vorwürfe. Hätte er nicht doch lieber zu Hause bleiben und sich selbst ein Bild über ihren Krankheitsverlauf machen sollen? Warum hatte er angenommen, es würde sich nur um eine harmlose Grippe handeln?

„Was genau hat Ruth denn gesagt?“, hakte er nach und hoffte, dass Ruth einfach nur überbesorgt reagiert und die Situation dramatisiert hätte.

„Ihre Frau war sehr aufgeregt. Aber ich glaube, sie sagte, dass es ernst sei. Sie mögen bitte sofort kommen.“

„Danke, Frida. Ich werde augenblicklich fahren. Bitte informieren Sie meinen Assistenzarzt. Er soll die Leitung in meiner Abwesenheit übernehmen.“

„Natürlich. Gehen Sie nur, Doktor Lautental. Ich bete für Ihre Kleine."

Der Arzt nickte und ging den Flur zurück Richtung Treppe. Auf halber Strecke drehte er sich zu Frida um.

„Bevor ich es vergesse, Herbert Köhler wird von jeglicher Behandlung ausgeschlossen. Er soll für die nächsten Tage isoliert werden. Später werde ich mich persönlich um ihn kümmern. Richten Sie das Doktor Wagner bitte aus!"

Frida nickte noch einmal. Währenddessen beschleunigte der Arzt seine Schritte. Dankbar stieg er in den Wagen, den Frida schon hatte vorfahren lassen. Als Leiter der Pflegeanstalt besaß er sogar das Privileg, einen eigenen Chauffeur zu haben. Nicht nur einmal hatte er sich darüber lustig gemacht und den Mann auf den Beifahrersitz verwiesen. Heute war er froh, nicht fahren zu müssen.

„Fahren Sie schneller, Rudolf", forderte er den Chauffeur mehrfach auf, der das Gaspedal durchtrat und in einem Höllentempo zur Stadt raste. Als sie vor der Villa ankamen, rannte Arne die Stufen der Treppe hinauf und öffnete die Tür.

„Ruth?", rief er laut. Er bekam keine Antwort. Daraufhin ging er nach oben und fand seine Frau weinend am Bett ihrer Tochter. Als sie ihn bemerkte, sprang sie auf und warf sich in seine Arme.

„Gott sei Dank, dass du da bist, Arne. Ich hatte solche Angst."

„Was ist mit ihr? Geht es ihr schlechter?"

Die Sorge um seine einzige Tochter war deutlich herauszuhören. Er liebte Gitta und fühlte sich geschmeichelt, dass die Kleine ihn bewunderte. Im Moment jedoch lag sie fast leblos im Bett. Nur ein gelegentliches Stöhnen ließ erkennen, dass sie noch lebte.

„Heute Morgen hat Gitta nur über Schmerzen im Hals und Husten geklagt. Ich nahm wie du an, dass sie sich erkältet hat. Aber kaum warst du weg, kamen starke Kopfschmerzen hinzu. Sie wollte nichts trinken und hat plötzlich Krämpfe bekommen. Seitdem liegt sie teilnahmslos im Bett und reagiert nicht."

„Was hast du unternommen? War ein Arzt da?"

„Nein, sie schlief ja gleich ein und ich nahm an, dass der Schlaf ihr guttut. Sie schien keine Schmerzen mehr zu haben."

„Ruf den Krankenwagen!", forderte Arne. „Sie muss sofort in die Klinik."

Ruth rannte los. Eine Straße weiter gab es eine Telefonzelle. Ohne auf den Verkehr zu achten, überquerte sie die Straße und bekam nicht mit, wie ein Wagen scharf bremste und der Fahrer verärgert hupte. Sie atmete auf, als die Stimme am anderen Ende der Leitung ihr versprach, dass der Rettungswagen sich sofort auf den Weg machen würde.

Als sie zurück zum Haus kam, stand Arne mit ihrer Tochter auf dem Arm schon an der Straße. Er hatte sie in eine Decke gewickelt und sah seiner Frau ungeduldig entgegen. Es war offensichtlich, dass er keine Zeit verlieren wollte.

„Was ist denn mit ihr, Arne?", fragte Ruth verzweifelt. „Sie wird doch nicht sterben?"

„Wir müssen die Untersuchungen abwarten. Mehr kann ich jetzt nicht sagen. Es könnte sich um eine Meningitis handeln. Die Symptome sprechen dafür."

„Eine Meningitis? Was ist das?"

„Eine Hirnhautentzündung, ich vermute bakteriell. Die Symptome treten in diesem Fall zwei bis fünf Tage nach Ansteckung auf. Zuerst sind es unspezifische grippeartige Beschwerden, die sich aber im Verlauf von Stunden zu einem hochakuten Krankheitsbild entwickeln können. Hat Gitta etwas über ihren Nacken gesagt?"

„Ja." Ruth nickte. „Sie sagte, dass er steif wäre, und konnte ihn nicht strecken."

Bevor ihr Mann antworten konnte, ertönte das Martinshorn. Der Rettungswagen kam um die Ecke geschossen und machte vor der Villa halt. Ein Arzt stieg aus, in der Hand hielt er seinen Koffer.

„Ist das die Kleine?“, fragte er und zeigte auf Gitta in Arnes Arm.

„Ja, das ist Gitta, meine Tochter. Ich bin Arzt und kenne die Symptome. Es handelt sich um eine Meningitis. Sie muss sofort behandelt werden.“

„Dann gleich auf die Trage!“ Der Notarzt schien nicht an Doktor Lautentals Diagnose zu zweifeln. „Sie können vorn mitfahren.“

„Danke.“

Arne bettete Gitta in den Wagen. Ein Sanitäter, der ihm kurz zunickte, setzte sich neben sie. Dann stieg er nach vorn auf den Beifahrersitz. Erst jetzt fiel ihm Ruth ein, die wie versteinert auf dem Bürgersteig stand.

„Ich hole dich später nach“, versprach er, war sich jedoch nicht sicher, ob die Worte zu ihr durchdrangen. „Es wird schon alles gut werden“, fügte er hinzu, bevor er die Tür schloss.

Es war bereits dunkel, als Doktor Lautental endlich heimkehrte. Mit gesenktem Kopf lief er durch die Straßen. Wenn ihn jemand ansprach, grüßte er kurz, ging aber sofort weiter. Bis er irgendwann von einer Menschenmenge gestoppt wurde, die ihm den Weg versperrte.

Die Schaulustigen hatten sich eingefunden, weil in der Straße eine Razzia durchgeführt wurde. Der Arzt hörte, wie jemand neben ihm aufgeregt erzählte, dass die SS ein Judenversteck ausfindig gemacht hatte. Monatelang hätten Frauen und Kinder in dem Keller der alten Schule gehaust, bis ihnen jemand auf die Spur kam.

„Sie werden auf einen Transport geschickt", sagte ein junger Mann zu Arne und zuckte mit den Schultern. Der Arzt antwortete nicht. Was gingen ihn die Juden an? Er hatte ganz andere Sorgen. Ungeduldig drängte er sich durch. Als ein Junge, der völlig verängstigt schien, auf ihn zustolperte, stieß er ihn grob zur Seite und ging weiter.

„Halt!", rief plötzlich eine Stimme. Gleichzeitig packte ihn jemand am Arm und zwang ihn auf die Art, stehen zu bleiben. „Was tun Sie hier?"

Als Arne sich umschaute, sah er in misstrauische Augen eines jungen SS-Unteroffiziers. Offenbar glaubte er, dass der Arzt etwas mit den Juden zu tun hatte, weil er nicht wie die anderen Leute stehen blieb und gaffte. Stattdessen wollte er raus aus der Menge. Was anscheinend genügte, um die Aufmerksamkeit der SS auf sich zu ziehen.

„Ich will nach Hause", klärte er den jungen Mann auf, den er unter anderen Umständen sicher barsch zurechtgewiesen hätte. Heute fühlte er sich nicht mehr imstande dazu.

„Warum so eilig? Haben Sie etwas zu verbergen?"

„Was? Nein! Hören Sie mir überhaupt zu? Mich interessiert Ihr Spektakel nicht. Ich will nur hier durch und zu meiner Frau nach Hause gehen. Verstehen Sie das?"

Arnes Stimme klang scharf. Schließlich war er es gewohnt, dass man seinen Anweisungen folgte. Der junge Mann hingegen fühlte sich in seiner Ehre gekränkt und hatte nicht vor, sich von dem Arzt herablassend behandeln zu lassen.

„Ihre Papiere bitte!"

„Was soll das? Wollen Sie mich etwa kontrollieren?"

„Ihre Papiere! Sofort!"

„Lass ihn!", mischte sich in diesem Moment ein Kamerad ein. Er nickte dem Arzt zu.

„Verzeihen Sie, Doktor Lautental. Es handelt sich um ein Missverständnis. Gehen Sie ruhig."

Arne lief weiter. Er hörte noch, wie sich die Männer kurz unterhielten und der ältere den jüngeren aufklärte, dass er sich gerade mit dem Leiter der Pflegeanstalt angelegt hatte, der bekanntermaßen ein ranghohes Parteimitglied war und wertvolle Arbeit leistete.

An jedem anderen Tag hätte er sich sicher geschmeichelt gefühlt. Aber nicht heute. Seine Gedanken kehrten zu Gitta zurück, die er nur ungern alleine im Krankenhaus gelassen hatte. Seine Tochter war nicht zu sich gekommen. Das Fieber hatte sich sogar verstärkt. Sie bekam jetzt eine Antibiose verabreicht. Nun musste man abwarten.

Die Sorge war allerdings nicht das Einzige, was ihn plagte. Auf dem Weg ins Krankenhaus hatte er sich an den Vorfall im Hof der Anstalt erinnert. Gitta war auf dieses Mädchen zugelaufen und hatte es angefasst. Arne war sich sicher, dass sie sich dort angesteckt hatte.

Zu Hause angekommen, fand er Ruth am Küchentisch sitzen. Sie hatte den Kopf in beide Arme gestützt und weinte. Ihre Augen waren rot und verquollen, als sie aufsah.

„Endlich, Arne. Wie geht es ihr?"

„Nicht gut."

Er setzte sich zu seiner Frau an den Tisch. In seinem ganzen Leben hatte er sich noch nie so hilflos gefühlt. Ruth schien den gleichen Eindruck zu gewinnen.

„Warum kannst du ihr nicht helfen, Arne? Du bist Arzt. Tu doch etwas! Gitta darf nicht sterben, hörst du?"

Arne schluckte. Er wollte diesen Gedanken nicht zulassen und er glaubte, einen Vorwurf in den Worten seiner Frau zu hören. Wut stieg in ihm auf. Auf sich, weil er Gitta nicht gleich hatte untersuchen lassen, nachdem sie das kranke Mädchen angefasst hatte. Am meisten aber ärgerte er sich über Ruth, die seine Tochter der Gefahr erst ausgesetzt hatte.

„Was soll ich tun?“, schrie er sie an. „Ich bin kein Gott, Ruth. Warum musstest du sie auch in die Anstalt bringen?“

„Du denkst, sie hat sich dort angesteckt?“

„Wo sonst? Ich habe dir hundertmal gepredigt, dass ihr dort nichts verloren habt und die Patienten gefährlich sind. Aber du konntest ja nicht hören.“

„Was willst du damit sagen?“

Ruth schaute ihren Mann ungläubig an. Sämtliche Farbe war aus ihrem Gesicht gewichen. Arne hingegen sprang auf. Der Stuhl, auf dem er gesessen hatte, fiel polternd zu Boden.

„Wenn Gitta etwas zustößt, trägst du die Verantwortung dafür. Wenn unsere Tochter stirbt, bist du schuld, Ruth.“

Arne ging zur Tür. Er musste raus hier. Obwohl er gerade erst gekommen war, verließ er das Haus. Ziellos lief er durch die Straßen, bis er sich nach Stunden vor der Anstalt wiederfand. Er wusste, dass es nur eine Möglichkeit gab, seine Wut loszuwerden. Minutenlang verharrte er vor dem Gebäude und schaute auf das Licht hinter den Fenstern, bevor er die Treppe nach oben stieg.

„Doktor Lautental?“, empfing ihn der Assistenzarzt, der sichtlich überrascht war, ihn zu sehen.

„Guten Abend, Doktor Wagner.“

„Ihre Sekretärin sagte, dass Sie sich ein paar Tage freinehmen und mir die Leitung übertragen haben?“

„Dem ist auch so. Lassen Sie sich von mir nicht stören. Ich werde mich meinen Experimenten widmen.“

„Um diese Uhrzeit?“

„Haben Sie etwas dagegen einzuwenden, Doktor Wagner?“

Er sah den Assistenzarzt streng an, der daraufhin verlegen den Kopf schüttelte.

„Natürlich nicht. Wenn ich etwas für Sie tun kann, geben Sie mir Bescheid!“

„Das können Sie. Bringen Sie einen Patienten zu mir! Er befindet sich in Isolation, Herbert Köhler."

„Sofort, bin schon auf dem Weg."

„Danke."

Der Assistenzarzt ging. Doktor Lautental öffnete die Tür seines Labors. Es war alles vorbereitet. Er spürte schon jetzt, wie die Anspannung in ihm nachließ. Er holte die Unterlagen hervor, die er in den letzten Tagen ausgefüllt hatte. Doktor Wagner hatte sie vervollständigt. Sein Blick glitt über die Diagnosen, bis er fand, was er vermutete. Meningitis bei einer elfjährigen Patientin, Gudrun Meier. Er hatte es gewusst.

Es klopfte. Doktor Wagner brachte Köhler.

„Moment!", rief Arne und schaute schnell nach der vorgeschlagenen Therapie des Mädchens. Er stellte fest, dass er selbst vorerst nur Luminal zur Weiterbehandlung angeordnet hatte. Ohne zu zögern strich er diesen Eintrag und ersetzte ihn durch einen anderen. Die Kleine würde genauso leiden müssen, wie er es aus Sorge um Gitta tat. Ein schneller Tod blieb dem Mädchen verwehrt, es sollte langsam krepieren. Er wollte dabei zuschauen, wie sie qualvoll verendete.

„Herein!", rief er laut und legte die Unterlagen zurück auf den Schreibtisch. Jetzt war er bereit für Köhler. Für diesen Moment geriet sogar Gitta in Vergessenheit. Arne fühlte sich um Jahre zurückversetzt, als Köhler vor ihm stand.

„Sie können gehen!", forderte er den Assistenzarzt auf, der zögerte.

„Sind Sie sich sicher?"

„Das bin ich. Keine Sorge, ich weiß, was ich tue."

Der Arzt nickte und verschwand nach einem letzten Blick auf Köhler. Im Raum breitete sich Schweigen aus. Während Arne jede kleinste Bewegung Köhlers registrierte, war dessen Blick auf das Glas gerichtet, welches auf dem Schreibtisch stand.

„Durst?", fragte Arne. Köhler nickte. Es lief alles nach

Plan. Nicht umsonst hatte er den Entzug von Nahrung und Wasser in der Isolation angeordnet. Mit einem Lächeln im Gesicht reichte er seinem ehemaligen Peiniger das Glas. Köhler reagierte misstrauisch. Er hatte nicht damit gerechnet, wirklich trinken zu dürfen. Doch nach einem kurzen Zögern griff er nach dem Glas und trank es gierig aus.

„Auf den Stuhl!", befahl Arne. Der Patient reagierte nicht. Nun, nachdem der erste Durst gestillt war, fühlte er sich dem Arzt offenbar gewachsen. Der alte Trotz flammte in seinen Augen auf, es dem verwöhnten Bengel zu zeigen. So, wie er es immer getan hatte.

„Was willst du?"

„Das fragst du?"

Köhler wagte es tatsächlich zu nicken. Die Vorfreude in Arnes Körper nahm zu.

„Ich will dich leiden sehen, das ist alles."

„Versuch es, du Bastard! Es ist dir damals schon nicht gelungen."

„Weil ich ein Kind war, du elendiger Feigling. Heute wirst du erleben, was es bedeutet, wenn man wehrlos ausgeliefert ist. Na, wie fühlt sich das an? Spürst du schon, wie deine Beine ihre Kraft verlieren?"

Tatsächlich schwankte Köhler und sank in die Knie. Keuchend versuchte er, sich aufzurichten. Es gelang ihm nicht. Sein Körper schien nicht mehr ihm zu gehören.

„Es war das Wasser", klärte Arne ihn auf und legte ihm in aller Seelenruhe die Ventilzellen an. Dabei bemerkte er das Entsetzen in Köhlers Augen. Dessen Arme wollten nach ihm schlagen, versagten aber ihren Dienst. In diesem Moment traf ihn der erste Stromstoß. Köhler schrie auf, krümmte sich und fiel zu Boden, wo er zuckend liegen blieb.

Arne wartete und ließ ihm Zeit. Während Köhler nach Atem rang, zog er seine Jacke aus und schob den Ärmel seines Hemdes hoch. Als der ehemalige Gärtner aufschaute, zeigte der Arzt auf seine wulstige Narbe.

„Erinnerst du dich?“ Er erhielt keine Antwort. Aber er erwartete auch keine. „Natürlich erinnerst du dich. Ich weiß noch, wie viel Freude es dir bereitet hat, mich zu quälen. Und alles nur, weil du nicht ertragen konntest, dass du nie zu uns gehören würdest, wenn du meine Mutter nicht mit diesen Pillen betäubt hättest.“

Er brach ab und schaute auf Köhler hinunter.

„Willst du immer noch zu uns gehören? Gut, dann helfe ich dir dabei. Du wirst die gleiche Narbe wie ich bekommen. Wie findest du das? Ist das nicht äußerst großzügig von mir?“

Unbeeindruckt von Köhlers Stöhnen nahm er das Messer, welches auf dem Tisch lag. Er verzichtete auf ein Skalpell. Alles sollte wie damals sein. Grob packte er Köhlers Arm, der schlaff in seiner Hand lag. Das Messer drang lautlos in das Fleisch, tiefer und tiefer, bis es auf Widerstand stieß. Währenddessen schrie Köhler vor Schmerz. Der Arzt hatte alles bedacht und nur seine Muskeln ruhiggestellt. Den Schmerz sollte Köhler spüren.

Allerdings sollte sein Patient nicht die halbe Anstalt zusammenbrüllen. Er versetzte ihm einen weiteren Stromschlag, der ihn zum Schweigen brachte. Dann nahm er in seinem Sessel Platz und beobachtete, wie das Blut langsam aus Köhlers Arm lief und eine Lache auf dem Boden hinterließ.

Er genoss den Moment. Aber noch mehr hatte er die Furcht in Köhlers Augen genossen, die nun leider trüb vor sich hin starrten. Er hätte sich denken können, dass dieser Feigling nicht lange durchhalten würde.

Ein Blick zur Uhr verriet ihm, dass bereits eine Stunde vergangen war. Ihm blieb nicht mehr viel Zeit, wenn er noch ein wenig schlafen wollte, bevor er Gitta im Krankenhaus aufsuchen würde. Trotzdem musste er es zu Ende bringen. Erst dann würde er vollends zufrieden sein.

„Gut, dass Sie kommen“, sagte er zu seinem Assistenzarzt, der den Kopf zur Tür reinsteckte und fragte, ob alles in Ordnung sei. Er hatte die Schreie gehört und befürchtete wohl, der Arzt könnte von dem irren Patienten angefallen worden sein.

„Ich werde operieren. Helfen Sie mir, ihn auf den Seziertisch zu legen!“

Wagner gehorchte und stellte keine weiteren Fragen. Mit geübten Handgriffen bereitete er den Äther vor, um ihn dem Patienten zu verabreichen.

„Nicht nötig, ich operiere so“, unterbrach ihn Doktor Lautental und ignorierte den überraschten Blick des Assistenzarztes. Ohne eine Erklärung fixierte er Köhler und nahm die Knochensäge zur Hand. Dann öffnete er den Schädel. Schäumendes Blut trat aus, während er Nerven zertrennte und die Knochen mit der Säge bearbeitete, bis das Gehirn offen vor ihm lag. Er entnahm es und legte es in Formaldehyd.

Seelenruhig wusch er danach seine Hände, bevor er sich erneut an den Assistenzarzt wandte.

„Machen Sie hier sauber! Die Überreste gehen morgen mit in die Gaskammer.“

„Was passiert mit dem Gehirn?“

„Es wird der wissenschaftlichen medizinischen Forschung zugänglich gemacht, sodass Ergebnisse erwartet werden dürfen, die für die Volkshygiene und auch für die Erforschung kriminalistischer Zusammenhänge von ganz besonderer Bedeutung sind. Durch die Zusammenarbeit des Hirnforschungsinstituts und der Pflegeanstalten werden sich Möglichkeiten ergeben, wie sie bisher in Europa noch nicht vorhanden sind.

Wer weiß? Möglicherweise tragen auch sie dazu bei, dass

solche lebensunwerten Geschöpfe erst gar nicht geboren werden. Guten Abend, Wagner. Ich muss mich nun verabschieden."

Ohne auf eine Antwort zu warten, verließ er den Raum. In seiner Hand hielt er das Glas mit Köhlers Gehirn. Es fühlte sich wie eine Trophäe an, dachte Arne, während er zügig nach Hause ging.

~

Leider hielt das Gefühl, endlich für Gerechtigkeit gesorgt zu haben, nicht so lange an, wie Lautental gehofft hatte. Im Gegenteil, schon wenige Tage später bereute er, aus der Emotion heraus gehandelt zu haben. Es wäre besser gewesen, den ehemaligen Gärtner einen langsamen Tod sterben zu lassen.

Er hätte ihn verhungern lassen oder ihn mit Wundbrandbakterien infizieren können, wie er es in der Vergangenheit bei anderen Patienten erprobt hatte. Dann hätte er Tag für Tag dem Leiden zuschauen können. Aber dafür war es nun zu spät.

Sein Hass war geblieben und auch die Ohnmacht, die er am Krankenbett seiner Tochter spürte. Ihr Zustand hatte sich nicht verändert. Der behandelnde Arzt wollte zuversichtlich klingen, aber Arne, der selbst oft genug diese Worte benutzt hatte, die in ihrem Beruf Standard waren, ahnte längst, dass Gitta nie wieder sein kleines fröhliches Mädchen sein würde.

Nachdenklich fuhr er nach dem Besuch im Krankenhaus in die Anstalt. Er musste arbeiten und sich ablenken. Außerdem konnte er Ruth gerade nicht ertragen, die ihn mit diesen vorwurfsvollen Blicken bedachte, als sei er an allem schuld.

Seine Frau hatte ihn nicht einmal nach Köhler gefragt, dachte er, während er durch den Park ging. Dabei wusste sie, wie lange er mit seiner Vergangenheit gekämpft hatte. Er verstand ihre Sorge um Gitta, ihm ging es ja genauso, aber hätte sie nicht auch ein gutes Wort für ihn übrig haben können?

„Doktor Lautental?"

Er erschrak, als ihn plötzlich eine Stimme beim Namen rief, und setzte seine betont ablehnende Miene auf. Gleichgültig, wer etwas von ihm wollte, er sollte sich an seinen Assistenzarzt wenden.

„Ich bin außer Dienst", sagte er reserviert zu der Frau, die ihm nachgelaufen war. Sie wirkte aufgeregt und schien nicht einmal zu bemerken, dass sie ihn störte.

„Verzeihen Sie, aber das ist mir im Moment gleichgültig. Ich will wissen, was Sie mit meiner Tochter gemacht haben?"

„Ohne meine Unterlagen kann ich nichts dazu sagen. Wenden Sie sich bitte an Doktor Wagner. Er wird Ihnen gerne Auskunft geben."

„Das habe ich bereits getan. Er sagt, dass Gudrun plötzlich gestorben sei."

„Dann ist es so. Mein aufrichtiges Beileid."

Doktor Lautental wandte sich ab und ging weiter. Doch er hatte nicht mit der Hartnäckigkeit dieser Frau gerechnet, die den Tod ihrer Tochter nicht einfach so hinnehmen wollte.

„Ich habe mein Mädchen vor zwei Wochen besucht. Das war, bevor Gudrun zu Ihnen kam. Es ging ihr besser und ..."

„Was wollen Sie damit andeuten?", fragte der Arzt scharf, der sich plötzlich an den Namen erinnerte. Vor ihm stand die Mutter des Mädchens, welches Gitta angesteckt hatte. Er selbst hatte die Behandlung der Kleinen festgelegt. Kein Wasser, kein Essen, allmähliches Verhungern, was in ihrem Zustand den sicheren Tod bedeutete.

„Ich will damit sagen, dass Gudrun keines natürlichen Todes gestorben ist. Ich weiß nicht, was in dieser Pflegeanstalt passiert, aber sicher dient sie nicht der Genesung der

Patienten. Ich werde den Anwalt unserer Familie einschalten."

Doktor Lautental erschrak und erinnerte sich an Möhrings Worte, der dem Gesundheitsminister des Reiches direkt unterstellt war. Unter keinen Umständen durfte etwas an die Öffentlichkeit gelangen. Es konnte sie ihren Posten kosten, wenn nicht Schlimmeres. Das Projekt unterlag höchster Geheimhaltung. Entsprechend scharf wies er die Behauptung zurück.

„Ich verwahre mich energisch gegen Ihre Verdächtigungen. Ihrer Tochter wurde kein Haar gekrümmt. Ich ersuche Sie, derartige Anschuldigungen zu unterlassen. Erforderlichenfalls müsste ich gegen diese Gerüchte Strafanzeige erstatten."

Die Frau schwieg eingeschüchtert. Inzwischen liefen ihr Tränen über die Wangen. Unsicher schaute sie zu dem Arzt auf und fragte sich vermutlich gerade, ob er derart bestimmt auftreten würde, wenn ihr Verdacht der Wahrheit entspräche.

„Aber es kam so plötzlich", knickte sie ein. „Gudrun war so ein liebes Mädchen und hat niemandem etwas zuleide getan."

„Bestimmt nicht", erwiderte der Arzt mit erstarrter Mimik. Nur dass wegen dieses lieben Mädchens jetzt seine eigene Tochter mit dem Tod rang. Es fiel ihm schwer, sich zu beherrschen, als er hinzufügte.

„Ich muss arbeiten, entschuldigen Sie!"

Ohne ein weiteres Wort ging er zügigen Schrittes zurück zur Klinik und verschanzte sich in seinem Arbeitszimmer. Als seine Sekretärin die Tür öffnete und ihn, den Kopf in beide Arme gestützt, vorfand, reagierte sie sichtlich erschrocken und fragte, ob sie etwas für ihn tun könne. Der Arzt schickte sie ohne Begründung aus dem Zimmer und trug ihr auf, nicht gestört werden zu wollen. Entsprechend verärgert reagierte er, als Frida eine Stunde später erneut zu ihm kam.

„Ein wichtiger Anruf für Sie, Doktor. Es ist die Klinik, ich stelle Sie durch."

Seine Hand zitterte, als er den Hörer abnahm. Nachdem er sich gemeldet hatte, sagte er kein Wort mehr, sondern hörte nur zu. Frida, die in der Tür stand, sah besorgt zu ihm hin und zuckte zusammen, als er plötzlich aufsprang.

„Auf gar keinen Fall, hören Sie! Ich bin in einer halben Stunde da."

Er legte auf und nahm seine Jacke. Dann rannte er Frida beinahe um, als er aus dem Arbeitszimmer stürmte.

„Doktor Lautental?", rief sie ihm nach.

„Später, Frida. Ich muss zu Gitta ins Krankenhaus."

16

„Es tut mir leid, Kollege. Aber Sie kennen die Prozedur. Ich bin gezwungen, Ihre Tochter zu melden. Gitta ist verdächtig, schwere Leiden davongetragen zu haben. Ich kann keine Ausnahme machen.“

„Aber das ist doch überhaupt noch nicht sicher. Sie ist erst vor einer Stunde erwacht.“

Doktor Lautental lief aufgeregt im Büro des Kollegen auf und ab und schüttelte seinen Kopf. Dann machte er abrupt vor dem Schreibtisch des Klinikarztes Halt.

„Bitte lassen Sie uns noch ein paar Tage abwarten. Nur um sicherzugehen.“

„Für mich gibt es keinen Zweifel, dass ...“

Der Arzt brach ab, als er in das verzweifelte Gesicht des Kollegen sah. Außerdem war ihm bekannt, dass eine Koryphäe der Nervenheilkunde vor ihm stand. Er zögerte kurz.

„Bitte!“, hakte Arne Lautental nach, der es bemerkte.

„Also gut“, stimmte der behandelnde Arzt zu. „Ich gebe ihr fünf Tage. Wenn sich ihr Zustand bis dahin nicht gebessert hat, werde ich das Reichsministerium des Inneren zur frühzeitigen Erfassung informieren.“

Arne nickte. Nur widerwillig, schon der Gedanke

entsetzte ihn. Zumindest hatte er sich einen Aufschub erkämpft. Dankbar schüttelte er dem Kollegen die Hand, bevor er zu seiner Tochter ging. Gitta lag mit offenen Augen in ihrem Krankenbett. Ruth saß an ihrer Seite.

„Gitta, mein Liebling“, sagte Arne und umarmte seine Tochter, die nicht reagierte. Keine Regung in ihrem Gesicht ließ erkennen, ob sie ihn überhaupt bemerkte. Erst als er ihre Hand nahm, spürte er den Druck ihrer Finger.

„Hast du mit dem Arzt gesprochen?“, fragte Ruth und sah ihn ängstlich an. Er wusste, dass sie auf eine gute Prognose hoffte.

„Ja, das habe ich.“

„Und? Nun sag schon! Was ist mit ihrem Gesicht?“

„Gittas Gesichts- und Augenmuskeln sind gelähmt, eine Folge der Meningitis.“

„Aber das geht vorbei, nicht wahr, Arne? Sie wird doch wieder gesund?“

Ihr Mann antwortete nicht. Was sollte er auch sagen? Er hatte genug Patienten betreut, die unter den Spätfolgen einer Hirnhautentzündung gelitten hatten. Bei nur wenigen von ihnen hatte sich der alte Zustand wiederhergestellt. Die meisten von ihnen waren längst tot, nachdem er ihnen ihr Leben abgesprochen hatte.

Aber jetzt ging es um Gitta. Sie war seine Tochter. Er liebte sie. Das Mädchen mit den Kreaturen in der Anstalt zu vergleichen überstieg seine Kräfte.

„Gitta? Hörst du mich?“, fragte er, während er alles tat, um die Tränen zurückzuhalten. Seine Tochter öffnete den Mund und versuchte, ihm zu antworten. Doch es kam kein Laut über ihre Lippen. Er ahnte, was das bedeutete. Auch der Verlust der Sprachfähigkeit gehörte häufig zu den Folgen der Erkrankung.

„Schon gut, Liebling“, tröstete er sie, als er erkannte, wie sie verzweifelt versuchte, sich zu äußern. „Lass dir Zeit! Das wird schon wieder."

Er hörte selbst, wie wenig überzeugend er klang. Er wusste schließlich am besten, wie ihnen die Zeit davonlief. Wenn kein Wunder geschah und seine Tochter in den nächsten Tagen nicht erhebliche Fortschritte machte, würde die Klinik sie auf die Liste setzen, und er könnte nichts dagegen tun. Leider wusste er aber auch, wie selten Wunder geschahen.

Es musste eine andere Lösung geben. Ein Schlupfloch im System, durch welches er Gitta retten konnte. Er musste einen Weg finden.

„Ich komme später wieder", sagte er und stand auf. „Ruh dich aus, Liebling!"

Arne strich ihr übers Haar, nickte Ruth zu und verließ das Krankenzimmer. So gerne er bei seiner Tochter geblieben wäre, so wenig Zeit durfte er verlieren. Er fuhr auf schnellstem Wege zur Anstalt zurück. Dort ließ er sich von Frida den Runderlass des Reichsministeriums bringen, den er in der Vergangenheit nur zu häufig selbst ausgefüllt und damit das Schicksal anderer Kinder besiegelt hatte. Immer wieder las er den Text laut vor sich hin.

„Zur Klärung wissenschaftlicher Fragen auf dem Gebiete der angeborenen Missbildung und der geistigen Unterentwicklung ist eine möglichst frühzeitige Erfassung der einschlägigen Fälle notwendig.

Ich ordne daher an, dass die Hebamme, die bei der Geburt eines Kindes Beistand geleistet hat, eine Meldung an das zuständige Gesundheitsamt zu erstatten hat, falls das neugeborene Kind verdächtig ist, mit schweren angeborenen Leiden behaftet zu sein.

Der Runderlass gilt auch für behandelnde Ärzte, die erwähnte Beeinträchtigungen bei Patienten fortgeschrittenen Alters nach Operationen oder Erkrankungen feststellen. Die oben Genannten sollen nach Meldung zur Weiterbehandlung in Pflege- und Heilanstalten überführt werden.“

Das Papier flatterte aus seinen Händen. Fieberhaft kreisten seine Gedanken um das Gelesene.

Wo war die Lücke? Wie konnte er verhindern, dass Gitta gemeldet wurde?

Ines brach ab und atmete tief durch. Vom Flur her waren Stimmen zu hören. Schritte näherten sich, entfernten sich aber wenig später wieder.

„Hat er sie gerettet?“, fragte Marie, ahnte jedoch, dass ihre einstige Vermutung zutraf, die sich ihr schon bei dem Besuch bei Hilde Edelmann aufgedrängt hatte.

„Nein, er hat sie nicht gerettet“, antwortete Ines wie erwartet.

„Aber du hast doch gerade erzählt, wie verzweifelt er war.“

„Anfangs schon. Doch irgendwann änderte er seine Meinung. Als er erkannte, dass Gitta nie wieder so sein würde wie vor der Erkrankung, hielt er auch ihr Leben für nicht lebenswert. Möglicherweise wollte er sie erlösen, sein Sohn weiß es nicht. Er hat nie erfahren, was seinen Vater dazu bewog, sie letztendlich doch zu melden.

„Das heißt, er hat ihn nie wiedergesehen?“

„Doch, gezwungenermaßen. Nach Kriegsende kehrte sein Vater an seine alte Wirkungsstätte zurück und machte eine zweite beachtliche Karriere. Er leitete eine bekannte Klinik, die sich auf die Neurologie und deren Forschung beschränkte.

Lautental wurde zu einem der prominentesten Neurologen Deutschlands und genoss enormes gesellschaftliches Ansehen. Er erhielt sogar eine der größten Auszeichnungen für Medizin und Wissenschaft. Skrupellos forschte der ehemalige NS-Arzt ausgerechnet mit jener umfangreichen Gehirnsammlung, an deren Entstehung er im Krieg so tatkräftig mitgewirkt hatte. Die Öffentlichkeit ließ es zu."

„Und Klaus Lautental? Wie kam er damit klar, dass sein Vater nie zur Verantwortung gezogen wurde?"

„Er verstand es nicht. Schließlich hatten seine Nachforschungen ergeben, dass sein Vater unzählige Patienten auf dem Gewissen hatte. Nachdem er vom Tod seiner Schwester erfahren hatte, hielt er es für seine Pflicht, die Öffentlichkeit über die Gräueltaten seines Vaters aufzuklären.

Aber niemand wollte wahrhaben, dass dieser bekannte Arzt etwas mit der Euthanasie zu tun haben sollte. Schließlich hatten seine Forschungsprojekte einen wesentlichen Anteil an den medizinischen Fortschritten im Bereich der Neurologie. Klaus Lautental lief vor verschlossene Türen und sah nur noch einen Weg."

„Welchen Weg?"

„Das soll er dir am besten selbst erzählen." Ines grinste. „Er möchte dich kennenlernen, Marie. Nachdem er alle vier Romane gelesen hat, ließ er sich nicht mehr davon abbringen, sich in den Zug zu setzen und herzukommen. Er wohnt im Hotel und wird in einer Stunde hier sein."

„Wirklich?"

Wenn ich ehrlich war, ging mir das ein wenig zu schnell. Ich war auf diese Begegnung nicht im Geringsten vorbereitet. Das schien nun auch Ines zu bemerken.

„Soll ich ihm absagen? Du musst nicht mit ihm reden, Marie. Ich dachte nur …"

„Schon gut, Ines. Ich brauche nur ein paar Minuten, um klarzukommen. Ich konnte ja nicht ahnen, dass du Lautentals Sohn anschleppst."

„Vielleicht ist es besser, wir vergessen das Ganze", schlug Ines kleinlaut vor. „Doktor Werner hat mich auch schon ins

Gebet genommen. Ich musste ihm versprechen, dass du dich nicht aufregst. In diesem Fall schwer möglich, oder?“

„Ach, Ines.“ Ich lächelte und zuckte mit den Schultern. „Erinnerst du dich noch daran, wie du damals einfach so mitten in der Nacht bei Claudia hereingeplatzt bist? Du hast dich nicht verändert.“

„Wenn du das sagst. Was ist nun? Soll ich Klaus Lautental anrufen und ihm ausrichten, dass er dich besuchen darf?“

„Was sonst? Der Roman muss geschrieben werden“, wiederholte ich ihre Worte von zuvor.

„Danke, Marie. Du wirst es nicht bereuen. Lautentals Sohn ist ein toller Mensch, wie ich feststellen durfte, und er hat einiges zu erzählen.“

„Ich kann es kaum erwarten“, antwortete ich und sah Ines nach, die wenig später mein Zimmer verließ.

17

„Herein“, rief ich, als es eine Stunde später an die Tür klopfte. Ich rechnete mit Lautentals Sohn, doch es war Noel, der nach der Arbeit bei mir vorbeikam. Er hielt Blumen in der Hand, die er nun in die Vase tat und neben die anderen stellte, die auf der Fensterbank standen.

„Meinst du nicht, es sind langsam genug?“, fragte ich lächelnd.

„Noch fünf Sträuße, dann höre ich damit auf, versprochen.“

„Fünf? Warum gerade fünf?“

„Weil du dann nach Hause darfst. Ich habe gerade mit Doktor Werner gesprochen. Wenn du dich an seine Anweisungen hältst, kannst du die Klinik Montag verlassen.“

„Wirklich? Das sind gute Neuigkeiten. Inzwischen langweile ich mich hier zu Tode.“

„Falls du hoffst, zu Hause wird das anders, muss ich dich enttäuschen. Du sollst dich erholen, Marie. Es wird keine Recherchen geben, die Unterlagen sind für dich tabu. Wenn du wieder gesund bist, sehen wir weiter.“

„Bist du jetzt mein persönlicher Aufpasser?“

„Nenn es, wie du willst. Es ändert nichts daran, dass du dich schonen wirst. Es sei denn, du möchtest noch eine Weile hierbleiben. Zumindest kannst du dann keine Nachforschungen betreiben. Ich meine es ernst, Marie."

Ich nickte. Mir war klar, dass er es nur gut meinte. Umso schwerer fiel es mir, ihm den Besuch von Lautentals Sohn zu verheimlichen. Aber ich kannte meinen Mann. Er würde kein Problem damit haben, ihn höchstpersönlich aus meiner Nähe zu schaffen.

Ich spürte, wie ich nervös wurde. Klaus Lautental konnte jede Sekunde durch diese Tür kommen. Als ich einen Blick zur Uhr warf, erkannte ich, dass über eine Stunde vergangen war, seit Ines sich verabschiedet hatte. Wohl oder übel musste ich zu einem Notfallplan greifen.

Ich schloss die Augen und lehnte mich zurück. Noel reagierte, wie ich erwartet hatte.

„Du bist müde? Warum sagst du denn nichts? Ruh dich aus, Schatz! Ich verschwinde dann mal nach Hause. Wir telefonieren heute Abend, okay?"

„Okay", antwortete ich erleichtert und schämte mich gleichzeitig, ihm etwas vorzumachen. Allerdings ließ er mir auch keine Wahl. Ich atmete auf, als sich die Tür hinter ihm schloss. Tatsächlich war Noel kaum weg, als es erneut klopfte. Wenn es mein Besucher war, mussten er und mein Mann sich sogar auf dem Flur begegnet sein.

„Herein!"

„Guten Tag, ich bin Klaus Lautental. Frau Mahler sagte mir, dass ich Sie besuchen darf."

„Schön, Sie kennenzulernen, Herr Lautental. Setzen Sie sich doch! Die Stühle sind etwas unbequem, aber ich kann leider nichts anderes anbieten."

„Kein Problem." Er lächelte mich an und nahm Platz. „Wie geht es Ihnen? Ich habe von der Operation gehört."

„Inzwischen ganz gut. Und Ihnen? Wie geht es Ihnen?"

„Sie sprechen von Ihren Recherchen, nicht wahr?"

„Ja. Mit dem Roman wird Ines alles aufwühlen. Fühlen Sie sich dem gewachsen?"

„Ich habe auf diesen Tag gewartet. Glauben Sie mir, Marie! Endlich wird die Öffentlichkeit erfahren, was für ein Mensch mein Vater wirklich war."

„Es ist Ihnen sehr wichtig."

„Ich habe mein ganzes Leben damit verbracht, ihm den Heiligenschein, der ihm von Ärzten, Studenten und Universitäten verliehen wurde, zu nehmen. Ohne Erfolg, es scheint niemanden zu interessieren. Stattdessen werden seine Forschungsarbeiten als Lehrstoff genutzt. Keiner fragt, wie er zu den Ergebnissen kam. Die Euthanasie wird in vielen Medizingremien auch heute noch verleugnet oder totgeschwiegen."

Er schüttelte seinen Kopf, bevor er fortfuhr.

„Ich habe Ihre Bücher gelesen, auch das halb fertige Manuskript. Wenn Sie möchten, erzähle ich Ihnen, wie mein Vater mit Menschen umging, die in seinen Augen nicht der Norm entsprachen. Ich gehörte auch dazu."

„Sie?", fragte ich überrascht. „Ich dachte Ihre Schwester."

„Ich weiß, Frau Mahler war genauso überrascht wie Sie, und wenn es Sie beruhigt, ich war in keiner Anstalt, falls Sie das befürchten. Als mein vermeintlicher Makel auftrat, gab es diese Pflicht der Meldung noch nicht."

„Trotzdem hat Ihr Vater Sie nicht lieben können, nicht wahr?"

Plötzlich erinnerte ich mich an die Worte der Haushälterin. Lautentals Sohn war schön in frühem Alter in ein Internat gesteckt worden. Die Haushälterin wollte den Grund nicht gekannt haben und vielleicht war das tatsächlich so.

„Worin bestand Ihr Makel?", fragte ich.

„Es war nicht viel, ich begann zu stottern. Es fing kurz nach Gittas Geburt an. Mein Vater, der bis dahin immer stolz auf mich gewesen war, hatte einen Narren an der Kleinen gefressen. Mich beachtete er kaum noch. Heute weiß ich, dass mein Sprachproblem wohl psychischer Natur war. Ich wollte die Aufmerksamkeit zurück, die ich bis dahin genossen hatte."

„Aber er sah das anders?"

„Ja. Er reagierte regelrecht angewidert, was mein Stottern noch verstärkte. Ich konnte ihm nichts mehr recht machen. Ständig verglich er mich mit Gitta, die im Alter von drei Jahren besser sprach als ich. Bis er irgendwann entschied, dass er meinen Anblick nicht länger ertragen konnte."

„Hat Ihre Mutter etwa zugestimmt?"

„Anfangs war sie natürlich dagegen und versuchte, ihn umzustimmen. Als sie jedoch sah, wie sehr ich unter seiner Gefühlskälte litt, hielt sie es für das Beste, mich aus seiner Nähe zu bringen. Sie hoffte, dass ich fern von ihm meine alten Fähigkeiten zurückerlangen würde. Sie behielt recht, wie Sie hören."

„Leider ist ihr das bei Ihrer Schwester nicht gelungen. Wollen Sie mir erzählen, was mit ihr geschah?"

„Dafür bin ich gekommen." Er nickte und atmete tief durch, bevor er in die Vergangenheit abtauchte.

~

Die Stunden und Tage verstrichen, ohne dass sich Gittas Zustand besserte. Die ganze Zeit über suchte Doktor Lautental nach einem Ausweg. Er dachte sogar darüber nach, seine Tochter in der Anstalt zu verstecken, verwarf diesen Gedanken jedoch wieder. Was sollte aus seinem Mädchen werden, wenn sie nicht in die Schule ging und unter Gleichaltrigen aufwuchs?

Nachdem er sich dagegen entschieden hatte, schrieb er einen Brief an Möhring, in dem er die prekäre Lage schilderte, in der er sich befand. Er bettelte förmlich darum, dass sein Freund ihm half, eine Ausnahme zu erwirken, die es ihm gestattete, Gitta nach Hause zu holen und alles dafür zu tun, dass sie gesund wurde. Für ihn gab es keinen Zweifel daran. Er brauchte nur Zeit. Zeit, die ihm gerade unter den Fingern zerrann.

Umso erleichterter reagierte er, als Möhring persönlich zu ihm in die Anstalt kam, um sich selbst einen Eindruck von der Situation zu verschaffen. Doch schon bei der Begrüßung fiel Arne auf, dass Möhring sich zurückhaltender als gewöhnlich benahm. Stattdessen drängte er darauf, Gitta in der Klinik in Augenschein zu nehmen.

Sie sprachen kaum ein Wort, als sie ins Krankenhaus fuhren. Im Krankenzimmer angekommen, schaute das Mädchen ihnen mit emotionsloser Mimik entgegen. Entsetzt bemerkte Arne, wie Möhring das Gesicht verzog.

„Der Arzt hat ihr etwas gespritzt", versuchte er Gittas Zustand zu rechtfertigen. „Sie hat bereits Fortschritte gemacht. Gestern hat sie zum ersten Mal auf mich reagiert. Sie braucht Zeit, Erwin. Du siehst doch, dass sie nicht behindert ist."

Erwin Möhring reagierte nicht. Sein Gesicht jedoch drückte deutlich aus, dass er Lautentals verzweifelte Versuche, ihn zu überzeugen, für Vaterliebe hielt, die die Defizite seiner Tochter verfälschte. Er seufzte und schlug die Bettdecke zurück. Offenbar nahm sein Freund Arne nicht einmal den Gestank im Zimmer wahr.

„Was machst du? Willst du nicht ..."

Der Arzt brach ab und stöhnte auf. Gitta lag in ihren eigenen Exkrementen. Es stank furchtbar. Ihr schien es nicht das Geringste auszumachen.

„Tut mir leid, Arne", sagte Möhring und legte seine Hand auf dessen Arm. „Ich weiß, dass du deine Tochter liebst. Aber das Geschöpf hier ist nicht mehr Gitta. Wenn du sie mit den

Augen des Mediziners betrachtest, musst du mir recht geben."

„Was heißt das, Erwin?", fragte Arne resigniert.

„Sie kommt auf die Liste. Ich mache dir allerdings ein Zugeständnis. Sie kann in deine Anstalt überführt werden. Was du mit ihr anstellst, bleibt dir überlassen."

„Danke", brachte Lautental fast lautlos hervor und folgte Möhring nach draußen, wo der sich von ihm verabschiedete. Dann machte er sich auf den Weg nach Hause. Er musste Ruth von den neuesten Entwicklungen unterrichten und wusste schon jetzt, dass sie entsetzt sein würde. Aber auch seine Frau würde einsehen müssen, dass Gitta nicht mehr die Tochter war wie vor ihrer Erkrankung. Möhring hatte recht. Mit den Augen eines Mediziners betrachtet fiel die Einschätzung ihrer Lebensqualität negativ aus.

Ruth sah das hingegen völlig anders. Sie schrie ihn hysterisch an, als er ihr die Neuigkeiten überbrachte. Zum ersten Mal, seit er sie kannte, verlor sie total die Kontrolle.

„Du willst dein eigenes Kind in dieser Anstalt unterbringen? Bist du wahnsinnig, Arne? Wie kannst du auch nur einen einzigen Gedanken daran verschwenden?"

„Glaubst du, mir fällt es leicht? Ich habe Möhring doch nicht umsonst geschrieben. Ich wollte Gitta helfen. Aber als Möhring und ich in die Klinik kamen, lag sie in ihrem Kot. Es hat sie nicht einmal gestört."

„Weil sie krank ist und in einer völlig fremden Umgebung. Das müsstest du doch am besten wissen. Gitta ist nicht behindert. Ich lasse nicht zu, dass sie weggesperrt wird, hörst du?"

„Mir bleibt keine Wahl. Warum verstehst du das nicht? Der Erlass des Gesundheitsamtes erlaubt keine Ausnahmen, auch nicht für mich. Wir können von Glück reden, dass Möhring mir erlaubt, sie am Leben zu lassen."

„Was willst du damit sagen?"

Ruth erstarrte. Aus ihrem Gesicht war sämtliche Farbe gewichen. Aber auch Arne erschrak. In seiner Aufregung hatte er mehr preisgegeben als erlaubt war. Ruth durfte auf gar keinen Fall erfahren, welchem Zweck die Anstalt diente.

„Gitta lebt“, sagte er. „Reicht das nicht?“

„Nein.“ Seine Frau schüttelte ihren Kopf. „Wenn du glaubst, du könntest sie abschieben wie unseren Sohn, irrst du dich. Ich werde es kein zweites Mal zulassen.“

„Klaus lebt in einem Internat. Ich habe ihn nicht abgeschoben.“

„Nein? Wirklich nicht, Arne? Wann hast du ihn denn zum letzten Mal besucht? Wie lange ist es her? Fünf Jahre? Acht? Existiert unser Sohn überhaupt noch für dich?“

„Hör auf, Ruth!“, verlangte ihr Mann. „Es geht um Gitta, nicht um ihn.“

„Du irrst dich. Merkst du nicht selbst, dass du gerade im Begriff bist, auch unsere Tochter zu verlieren. Was ist mit dir los, Arne? Ich erkenne dich nicht wieder. Hat es etwas damit zu tun, dass Köhler aufgetaucht und nun dein Patient ist? Wird es dir doch zu viel? Sag es mir, damit ich dir helfen kann.“

„Meine Entscheidung, Gitta in der Anstalt unterzubringen, hat nichts mit Köhler zu tun. Er ist tot.“

„Was? Du hast kein Wort davon gesagt.“

„Du hast mich auch kein einziges Mal gefragt“, konterte der Arzt. „Die ganze Zeit ging es nur um Gitta. Wie es mir geht, hat dich nicht interessiert.“

„Das stimmt nicht, Arne.“

Ruth ging zu ihrem Mann und griff nach seiner Hand. Der Arzt atmete auf. Wenn sie Mitgefühl empfand, würde sie ihn nicht länger unter Druck setzen. Er war es leid, sich ständig rechtfertigen zu müssen.

„Ich bin müde“, sagte er und stand auf. „Lass uns später reden.“

Er ging zur Tür. Ruth hinderte ihn nicht daran. Erst als er die Klinke herabdrückte, rief sie ihn nochmals.

„Wie ist Köhler gestorben?", fragte sie. „Es kam ziemlich plötzlich, nicht wahr?"

„Morgen, Ruth", antwortete Arne erschöpft. „Morgen."

Noch am selben Abend ließ sich Ruth von dem Chauffeur ihres Mannes in die Anstalt fahren. Sie hatte gewartet, bis Arne eingeschlafen war, bevor sie sich aus dem Haus schlich. Ihr war bewusst, dass er einen Tobsuchtsanfall bekommen würde, wenn er erfuhr, was sie vorhatte. Aber darauf konnte sie im Moment keine Rücksicht nehmen. Sie musste den Verdacht ausräumen, der sich ihr aufdrängte, seit er von Köhlers Tod gesprochen hatte. Ansonsten würde sie keine Ruhe finden.

„Danke, Rudolf", sagte sie zu dem Chauffeur, als sie angekommen waren, und stieg aus.

„Soll ich Sie nicht lieber begleiten?", fragte er.

„Nicht nötig, ich komme zurecht. Warten Sie bitte hier!"

„Natürlich."

Ruth überquerte den Hof und stieg die Treppe nach oben. Kein Mensch begegnete ihr, als sie durch den langen Flur zu Arnes Arbeitszimmer ging. Ohne zu zögern zog sie den Schlüssel aus ihrer Tasche, den sie aus der Jacke ihres Mannes genommen hatte. Sie atmete auf, als sie unbemerkt in sein Büro gelangte und die Tür sich lautlos hinter ihr schloss.

Sofort begann sie, die Unterlagen auf Arnes Schreibtisch zu durchsuchen. Ihr blieb nicht viel Zeit. Sie musste zurück sein, bevor er aufwachte und womöglich nach ihr suchte. Zu ihrer Erleichterung fand sie in den Papieren nicht den geringsten Hinweis, der ihren Verdacht bestätigte. Sie spürte, wie ihr ein Stein vom Herzen fiel. Im Nachhinein verstand sie sich selbst nicht mehr. Wie hatte sie ihrem Mann auch nur eine Sekunde zutrauen können, dass er seine Patienten umbrachte? Arne war ein guter Arzt und kein Mörder.

Bevor sie ging, öffnete sie die Schubladen seines Schreibtischs. Ein Bericht fiel in ihre Hände. Darin war von einem gewollten Tod geistig und körperlich Behinderter und psychisch Kranker die Rede. Aufmerksam las sie die Zeilen, bis sie am Ende die Unterschrift des Verfassers erkannte. Ihre Finger, die das Papier hielten, begannen zu zittern. Doch so sehr sie es sich auch wünschte, es gab keinen Zweifel. Arne war der Unterzeichner dieses furchtbaren Dokuments. Er befürwortete den Tod seiner ihm anvertrauten Patienten.

Ruth schnappte nach Luft. Die Erkenntnis traf sie wie ein Schlag. Plötzlich fielen ihr all die kleinen Ungereimtheiten auf, die ihr Mann überspielte, wenn sie danach fragte. Sie erinnerte sich zum Beispiel daran, dass sie ihn gebeten hatte, Kurt ein Spielzeug mitzunehmen. Gitta hatte es ihm gekauft und Arne versprochen, es dem Jungen zu geben.

Irgendwann, Wochen später, hatte Ruth es unberührt in der Tasche ihres Mannes gefunden. Auf ihre Frage hin war er ausgewichen und hatte erst nach mehrmaligem Drängen zugegeben, dass der Junge während einer Operation verstorben sei. Dabei hatte er nie erzählt, dass Kurt etwas fehlte, außer seiner geistigen Beeinträchtigung.

In diesem Moment fragte sich Ruth, ob es die jemals gegeben hatte. Sie nahm eine Liste aus der Schublade und las mit erstarrter Miene die Namen darauf mit der jeweiligen Einschätzung des Arztes. Als sie erkannte, dass ihr Mann damit das Todesurteil für über dreißig Kinder gefällt hatte, brach sie in Tränen aus. Verzweifelt fragte sie sich, wie sie es hatte übersehen können, welches Monster an ihrer Seite lebte.

Völlig verstört schloss sie die Schubladen und ordnete die

Unterlagen auf dem Schreibtisch. Dann schlich sie sich genauso leise aus dem Raum, wie sie gekommen war. Doch dieses Mal blieb sie nicht unentdeckt. Gerade als sie die Tür schließen wollte, hörte sie Schritte. Ruth suchte nach einem Fluchtweg. Doch außer der Treppe, auf der sich jemand näherte, gab es keinen.

„Frau Lautental?"

Doktor Wagner, der Assistenzarzt ihres Mannes, kam auf sie zu, bevor sie erneut in dessen Arbeitszimmer verschwinden konnte. Ihr blieb nichts weiter übrig, als ein freundliches Gesicht aufzusetzen und ihm die Hand zu reichen.

„Guten Abend, Doktor Wagner", sagte sie so unbefangen wie möglich.

„Was machen Sie so spät hier? Wo ist Ihr Mann?"

„Zu Hause, er fühlt sich etwas unwohl und bat mich, einige Unterlagen zu holen."

„Die Sie nicht gefunden haben?"

Der junge Arzt sah auf ihre leeren Hände. In diesem Moment erkannte Ruth ihre Chance. Sie ergriff sie, ohne darüber nachzudenken.

„Sie haben recht, ich konnte sie nicht finden."

„Worum geht es denn?"

„Um Herbert Köhler. Sagt Ihnen der Name etwas?"

„Natürlich, Ihr Mann hat ihn operiert."

„Hat er das?", rutschte es Ruth heraus. Allerdings bemerkte sie ihren Fehler sofort. Wenn Wagner nicht misstrauisch werden sollte, musste sie sich zusammenreißen. Es genügte, dass er sie hier entdeckt hatte.

Ruth wusste, welche Konsequenzen sich für sie daraus ergaben. Sie konnte nicht zurück nach Hause. Wenn Arne erfuhr, dass sie die Wahrheit kannte, war auch sie in Gefahr. Wie ihre Tochter, die sie unbedingt retten musste, bevor ihr

Vater auch das Todesurteil über sie sprach. Aber vorher musste sie Gewissheit bekommen.

„Arne benötigt die Unterlagen dringend“, sagte sie nun völlig ruhig zu Wagner, obwohl sie alles andere als das war. Es gelang ihr sogar, ein freundliches Lächeln aufzusetzen.

„So spät am Abend?“, fragte Wagner misstrauisch.

„Ja, mein Mann arbeitet oft bis spät in die Nacht, und da ich gerade vom Krankenhaus auf dem Weg war, bat er mich, ihm die Dokumente zu holen. Aber ich verstehe natürlich, dass Sie vorsichtig sind. Dann wird er sich wohl bis morgen gedulden müssen. Gute Nacht, Doktor Wagner.“

Ruth drehte sich um. Ihr Körper war angespannt wie eine Feder. Sie hielt die Luft an und tatsächlich rief Wagner ihr nach.

„Warten Sie! Natürlich kümmere ich mich darum. Ich hole Ihnen die Papiere.“

Er öffnete das Arbeitszimmer und ging zielgerichtet zum Schreibtisch. Das unterste Fach war verschlossen. Er zog einen Schlüssel aus der Tasche und übergab ihr wenig später die Berichte.

„Ich hoffe, ich konnte Ihnen helfen“, sagte er zum Abschied.

„Das konnten Sie, vielen Dank, Doktor Wagner.“

Ruth drehte sich um. Sie musste so schnell wie möglich hier raus und zu Gitta ins Krankenhaus eilen. Von dort würde sie ihre Tochter in Sicherheit bringen. Noch wusste sie nicht, wie und wohin sie flüchten sollte. Aber eines stand fest. Gitta durfte keine Minute länger der Gefahr ausgesetzt sein, in dieser Anstalt zu enden.

„Steigen Sie ein!“, forderte sie Rudolf auf, der neben dem Wagen stand und eine Zigarette rauchte. Aber der Chauffeur rührte sich nicht. Sein Blick war starr auf etwas gerichtet, was Ruth in ihrer Aufregung nicht wahrgenommen hatte. Als sie nun ebenfalls in diese Richtung sah, erkannte sie einen Zug von Menschen, die lediglich dünne graue Hemden trugen. Barfuß bewegten sie sich fast lautlos auf ein Gebäude zu, dessen Tor weit offen stand.

Erschrocken presste sie ihre Hand vor den Mund, um nicht laut loszuschreien. Inzwischen hatte sie den dicken Rauch bemerkt, der aus dem Schornstein quoll. Entsetzen machte sich in ihr breit, als sie hörte, wie einer der Pfleger die Patienten antrieb.

„Rein mit euch! Macht schon! Gleich wird euch warm werden."

„Rudolf? Es ist nicht das, was ich denke, oder?", flüsterte sie dem Chauffeur zu.

„Ich befürchte doch", antwortete er. Starr vor Entsetzen sahen sie, wie einer der Pfleger das Tor verriegelte und das Schloss überprüfte.

„Es kann losgehen", rief er einem Kollegen zu, der sich an den Apparaturen zu schaffen machte, die außerhalb des Gebäudes angebracht waren.

„Steigen Sie ein!", forderte Ruth, die keinen klaren Gedanken mehr fassen konnte. „Schnell, Rudolf! Machen Sie schon!"

Der Chauffeur gehorchte. Schweigend fuhren sie vom Gelände, jeder für sich der Tatsache bewusst, dass sie gerade Zeugen eines unglaublichen Verbrechens geworden waren. Es gab keine Worte, die ausdrücken konnten, was sie gerade empfanden. Während Rudolf konzentriert auf den Weg schaute, wischte sich Ruth die Tränen aus den Augen.

„Ins Krankenhaus", forderte sie den Chauffeur auf, als sie die Straße erreichten.

18

Währenddessen war Doktor Lautental aufgewacht. Das Gespräch mit seiner Frau ließ ihn einfach nicht zur Ruhe kommen. Er musste noch einmal mit Ruth reden. Notfalls würde er Zugeständnisse machen, was Gitta betraf. Hauptsache es gelang ihm, seine Frau zu besänftigen, bevor sie weitere Fragen stellte.

„Ruth?", rief er laut und kroch aus dem Bett. Im Dunkeln stolperte er in den Flur und stellte verwundert fest, dass das Licht im Untergeschoss erloschen war. Er suchte den Lichtschalter und ging nach unten.

„Ruth?", rief er dort noch einmal. Aber seine Frau antwortete nicht.

„Verdammt, wo steckst du?", fragte Arne und schaute im Flur nach. Der Mantel seiner Frau hing nicht am Haken. Auch ihre Handtasche fehlte. Der Arzt spürte, wie es in ihm zu brodeln begann. Doch noch hoffte er, dass er sich irrte. Erst ein Griff in seine Jackentasche gab ihm Gewissheit.

„Wie kann man nur so blöd sein?", stieß er wütend aus und rannte nach oben, um sich anzuziehen. Er wusste, dass es ab jetzt ein Wettkampf gegen die Zeit war. Als er wenig später auf die Straße trat, vermisste er den Wagen. Da er sich nicht vorstellen konnte, dass Rudolf eigenmächtig gehandelt hatte, musste Ruth den Chauffeur in Beschlag genommen haben.

Arne zögerte. Sein Blick war auf zwei Uniformierte gerichtet, die auf der gegenüberliegenden Straßenseite ein jüdisches Mädchen bedrängten. Die Kleine, die den Stern am Mantel trug, wich in eine Hausecke zurück und schrie ängstlich, als die jungen Burschen sich ihr näherten. Damit tat sie das Falscheste, was sie tun konnte. In der Dunkelheit dieser Nische konnten die Männer mit ihr machen, was ihnen beliebte.

Arne war es gleichgültig. Er überlegte fieberhaft, welchen Weg seine Frau eingeschlagen hatte. Es gab nur zwei Möglichkeiten. Er entschied sich für Letztere und machte sich zu Fuß auf den Weg zum Krankenhaus. Dort angekommen, stellte er fest, dass ihn seine Ahnung nicht getrogen hatte. Gitta war allein in ihrem Zimmer und schlief.

Obwohl die Zeit drängte, blieb er minutenlang vor ihrem Bett stehen und schaute sie an. Die Krankheit hatte sie gezeichnet. Ihre Wangen waren eingefallen, aus ihrem Mund lief Speichel. Arne strich ihr über das blonde Haar. Sie reagierte nicht, obwohl ihre Augen geöffnet waren.

Er nickte und fühlte sich bestätigt.

Seine Tochter unterschied sich nicht von den Patienten der Anstalt. Sie würde nie wieder auf seinen Schoß klettern und ihn anstrahlen. Ihr Leben war es nicht wert, weitergeführt zu werden. Er bewahrte sie nur vor unnötigem Leiden.

Es fiel ihm nicht schwer, den schwachen Körper auf seine Arme zu nehmen. Das Mädchen hatte stark an Gewicht verloren. Arne spürte ihre spitzen Knochen an seiner Brust, als er das Zimmer mit ihr verließ und den Ausgang ansteuerte. Er würde die Klinik morgen darüber informieren, dass er Gitta in die Anstalt überführt hatte. Wenn das überhaupt nötig war. Lange dauerte es sicher nicht mehr, bis Ruth hier auftauchte.

Tatsächlich fuhr schon wenig später sein Wagen vor. Hinter dem Lenkrad saß Rudolf, wie der Arzt vermutet hatte. Im Schutz einer Baumgruppe wartete er, bis seine Frau ausgestiegen war und im Gebäude verschwand. Dann lief er schnurstracks zu seinem Chauffeur. Rudolf erschrak, als sich die Tür öffnete und Arne mit dem Mädchen einstieg.

„Fahren Sie los! Schnell!"

„Wohin?", stotterte der Chauffeur, der nicht wusste, wie ihm geschah.

„Zur Anstalt! Fahren Sie schon!"

Rudolf startete den Motor. Arne Lautental war sein Vorgesetzter. Er hatte zu tun, was der ihm sagte. Nach einem letzten Blick zum Eingang des Krankenhauses, hinter dem Frau Lautental verschwunden war, gab er Gas.

„Wohin haben Sie meine Frau gefahren?", fragte der Arzt ihn, als sie sich von der Klinik entfernten. „Ich nehme an zur Anstalt?"

Der Chauffeur nickte. Erst jetzt wurde ihm bewusst, dass er womöglich einen Fehler begangen haben könnte, als er dem Wunsch von Doktor Lautentals Ehefrau nachgekommen war.

„Wie lange hielt sie sich im Gebäude auf?"

Die Fragen kamen gezielt. Rudolf entging nicht der strenge Unterton.

„Eine halbe Stunde vielleicht", antwortete er wahrheitsgemäß. Unterdessen stöhnte das Mädchen auf. Er warf einen Blick zum Beifahrersitz. Die Kleine lag wie ein nasser Sack über den Beinen des Arztes.

„Hat meine Frau etwas mitgenommen aus der Anstalt? Reden Sie, Rudolf! Es ist wichtig. Wenn Sie mir nicht die Wahrheit sagen, könnten Sie eine Menge Probleme bekommen."

„Ich weiß es nicht." Der Chauffeur zuckte zusammen. „Sie hielt nichts in der Hand, wenn Sie das meinen."

Er brach kurz ab, entschied sich dann jedoch für die Wahrheit. Er brauchte seine Arbeit, um seine Familie zu ernähren, und Ruth Lautental konnte ihn bestimmt nicht beschäftigen.

„Wir wurden unfreiwillig Zeugen, wie Patienten in ein Gebäude gebracht wurden. Es sah so aus, als würden sie ..."

„Als würden sie was?", fragte der Arzt scharf, der ahnte, dass seine Frau hinter sein wohlgehütetes Geheimnis gekommen war. Ruth wusste nun, welchem Zweck die Anstalt diente. Deshalb war sie ohne Umwege zum Krankenhaus gefahren. Sie wollte Gitta vor ihm schützen. Wie gut, dass er vor ihr dort gewesen war. Seine Tochter war nicht mehr zu retten. Seine berufliche Karriere schon.

„Als würden sie getötet", setzte Rudolf den Satz leise fort und erwartete, dass der Arzt ihm widersprach. Vielleicht hatten er und dessen Frau auch etwas völlig Harmloses falsch gedeutet. Sie hatten schließlich nur beobachtet, wie die Patienten in ein Gebäude geführt wurden.

„Sie haben recht", erwiderte der Arzt stattdessen. „Einige unserer Patienten erfahren den Gnadentod, und wenn Sie diese Geschöpfe nur einmal über einen längeren Zeitraum beobachten würden, dann verständen sie die Richtigkeit dieses Handelns."

Rudolf trat hart auf die Bremse. Sie waren im Hof der Anstalt angekommen. Er stieg aus, ging um den Wagen herum und öffnete dem Arzt die Tür.

„Ich hoffe, Ihnen ist klar, dass kein Wort davon an die Öffentlichkeit dringen darf, Rudolf?"

Die Männer standen sich gegenüber. Arne sah seinem Chauffeur direkt in die Augen. Sein Blick war kalt und zu allem entschlossen.

„Natürlich, Doktor Lautental. Ich habe nichts gesehen und gehört. Sie können sich auf mich verlassen."

„Davon gehe ich aus. Und nun können Sie Feierabend machen. Fahren Sie, Rudolf, und vergessen Sie nicht, was ich gesagt habe!"

Völlig außer Atem kam Ruth im Krankenzimmer ihrer Tochter an. Sie schrie entsetzt auf, als sie das Bett verlassen vorfand. Einem ersten Impuls folgend wollte sie sich auf die Suche nach einem der Ärzte machen und fragen, wohin Gitta verschwunden war. Doch gleich darauf verwarf sie den Gedanken.

Sie wusste, wer ihre Tochter aus dem Bett geholt und entführt hatte.

Arne war ihr zuvorgekommen.

Fast ohnmächtig vor Angst rannte sie den Weg zurück, den sie vor wenigen Minuten gekommen war. Sie musste wieder in die Anstalt und ihren Mann aufhalten, bevor er etwas tat, was nicht rückgängig zu machen war.

Blind vor Tränen lief sie die Treppe hinab. Sie stolperte und fiel mehrere Stufen hinunter. Ihr Knie begann zu schmerzen. Doch Ruth achtete nicht darauf und rappelte sich hoch. Sie dankte Gott dafür, dass sie Rudolf gebeten hatte, auf sie zu warten. So konnte sie in zehn Minuten in der Anstalt sein.

Umso mehr erschrak sie, als der Wagen mitsamt dem Chauffeur verschwunden war. Geschockt stand sie vor dem Krankenhaus und brauchte ein paar Minuten, um zu begreifen, dass sie nun zu Fuß gehen musste. Was wiederum viel zu lange dauern würde. Was, wenn Arne bis sie ankam schon …?

Sie wollte diesen Gedanken nicht zu Ende denken. Stattdessen rannte sie los. In ihrem Kopf herrschte reines Chaos.

Sie wusste nur eines. Sie musste ihre Tochter vor dem Gebäude retten, aus dessen Schornstein dunkler Rauch gequollen war.

Ihre Ahnung, dass ihr Mann Gitta in die Anstalt gebracht hatte, bestätigte sich, als ihr der Wagen auf der Straße entgegenkam, den Rudolf lenkte. Ruth winkte ihm zu, damit er anhielte. Doch der Chauffeur tat, als würde er sie nicht bemerken und brauste an ihr vorbei. Von diesem Moment an wusste Ruth, dass nicht nur Gitta in Gefahr schwebte. So wie Rudolf sich benahm, hatte er Arne in allen Einzelheiten verraten, was sie getan und gesehen hatte, während er schlief.

Damit war ihr spontan gefasster Plan, sie könne ihrem Mann etwas von einem Spaziergang erzählen, hinfällig. Ihre Hand griff zu den Dokumenten, die sie unter dem Mantel verbarg. Sie würden beweisen, wozu ihr Mann fähig war. Sie durfte sie unter keinen Umständen verlieren. Es war ihr einziges Druckmittel, um Gitta zu befreien.

Der Mond schien leuchtend klar vom Himmel, als sie endlich ankam. Ihr Blick wanderte zu dem gefürchteten Gebäude. Sie atmete erleichtert auf, als sie bemerkte, dass sich niemand dort aufhielt. Langsam ging sie näher.

Die Tür war geschlossen, aber sie erkannte ein Fenster an der Seite. Sie streckte sich und schaute ins Innere. Was sie sah, raubte ihr den Atem. Keuchend sank sie in die Knie, während ihr die Tränen ungehemmt über die Wangen liefen. Sie wollte schreien und dem Grauen, das sich in ihrem Körper festsetzte, Raum geben. Aber mehr als ein gequältes Stöhnen brachte sie nicht heraus.

Sie hatte noch niemals etwas Schrecklicheres zu Gesicht bekommen. In dem Gebäude lagen Männer, Frauen und Kinder mit aufgerissenen Augen und offenen Mündern am Boden. Sie hatten vergeblich nach Atem gerungen. Andere wiederum klammerten sich aneinander, als wollten sie sich gegenseitig schützen. Was in dieser Anstalt offenbar unmöglich war.

Arne hatte sie jahrelang belogen. Diese ungeheuerliche Erkenntnis traf sie wie ein Blitz. Er war nicht der fürsorgende Arzt, für den sie ihn gehalten hatte. Möglicherweise war er es anfangs gewesen, aber auch das bezweifelte Ruth. Vermutlich hatte sie nur die Augen vor dem verschlossen, was wirklich hinter seiner Fassade schlummerte. Susanna war doch der beste Beweis dafür. Es hatte ihn kaum interessiert, als sie sich das Leben nehmen wollte. Er würde auch vor seiner Tochter keinen Halt machen, da war sie sich sicher.

Langsam ging sie die Treppe nach oben. Sie hatte hinter dem Fenster seines Arbeitszimmers Licht gesehen. Ruth hatte nicht die geringste Ahnung, was sie erwartete, und sie hatte Angst davor. Sie wusste aber auch, dass sie keine Zeit mehr verlieren durfte.

Ohne anzuklopfen öffnete sie die Tür. Arne saß hinter seinem Schreibtisch und schaute ihr entgegen, als hätte er sie erwartet. Nichts in seinem Gesicht ließ erkennen, dass er überrascht war. Er lächelte sogar, als wäre nichts gewesen.

„Ruth, wie schön, dass du kommst“, sagte er freundlich. Doch Ruth entging nicht die Kälte in seiner Stimme. Sie durfte sich von ihm nicht täuschen lassen. Seine Freundlichkeit war nur aufgesetzt.

„Wo ist Gitta? Wohin hast du unsere Tochter gebracht?“, fragte sie mit zitternder Stimme und versuchte, nicht an die ineinander verkrampften Körper hinter dem Fenster zu denken. Als ihr Mann ihr nicht antwortete, schaute sie sich um. Sie schrie auf, als sie ihr Mädchen auf einer Liege im Nebenzimmer sah, dessen Tür offen stand.

„Sie schläft?“

„Ja, Ruth. Sie schläft“

Ihr Mann nickte und plötzlich fiel alles von ihr ab. Ohne

ein weiteres Wort ging sie auf ihn zu und umarmte ihn. Er ließ es geschehen und streichelte ihr über den Rücken.

„Danke, Arne“, sagte sie immer wieder. „Verzeih mir, dass ich an dir gezweifelt habe.“

„Hast du das?“, fragte er und schob sie etwas von sich. Ruth sah das Misstrauen in seinen Augen und schämte sich. Sie dachte an die Listen, die sie mitgenommen hatte und unter ihrem Kleid versteckt hielt. Wahrscheinlich gab es eine ganz einfache Erklärung dafür. Sie hätte ihren Mann nur danach fragen müssen, anstatt gleich das Schlimmste anzunehmen.

„Gibt es etwas, was ich wissen sollte?“, fragte Arne in diesem Moment. Ruth hörte die Anspannung in seiner Stimme, und da war noch etwas. Ein gefährlicher Unterton schwang mit. Als würde er auf der Lauer liegen.

„Nein, ich weiß nicht, was du meinst“, log sie, obwohl sie gerade im Begriff gewesen war, ihm die Dokumente auszuhändigen. Ihr Blick wanderte zu Gitta. Plötzlich fiel ihr auf, dass ihre Tochter noch kein einziges Geräusch von sich gegeben hatte. Weder ein Stöhnen noch einen schweren Atemzug. Sie lag völlig still, als wäre sie ...

„Nein!“, schrie Ruth auf, die in diesem Moment begriff. „Nein! Bitte!“

Blind vor Tränen stürzte sie auf ihre Tochter zu. Sie fühlte den Puls, fand ihn jedoch nicht. Daraufhin rüttelte sie den zarten Körper, der schlaff in ihren Armen lag. Bis sie die Spritze und eine leere Ampulle auf dem Tisch neben der Liege sah.

„Du hast sie umgebracht!“, schrie sie ihren Mann an und schlug nach ihm. Er ließ es zu, ohne sich zu wehren. Dennoch hatte Ruth das Gefühl, ihre Schläge prallten ohne Wirkung an ihm ab. Kraftlos sackten ihre erhobenen Fäuste nach unten.

„Was bist du nur für ein Mensch?“, fragte sie und schaute

ihn an, als würde sie ihn zum ersten Mal sehen. Arne hingegen zuckte mit keiner Wimper. Daraufhin ging Ruth zu ihrer Tochter zurück, nahm den Leichnam in den Arm und drückte ihn bebend kurz an sich, bevor sie wie versteinert wortlos zur Tür ging.

„Wo willst du hin?“, rief Arne ihr nach. „Was hast du vor, Ruth?“

„Dich verlassen, was sonst? Ich kann nicht mit einem Mörder unter einem Dach leben.“

Sie drehte sich zu ihm um. Über ihr Gesicht liefen Tränen.

„Weißt du noch, wie du mir von eurem Gärtner erzählt hast? Diesem Sadisten, der Vergnügen daran fand, dich zu quälen?“

Ihr Mann nickte. Seine Lippen pressten sich zu einem Strich zusammen.

„Du bist schlimmer als er, Arne. Du bist so viel schlimmer.“

Die Tür schloss sich.

19

Mein Besucher schüttelte unmerklich seinen Kopf, bevor er fortfuhr.

„Verstehen Sie nun, warum mir Ihr Buch so wichtig ist? Die Welt muss endlich erfahren, wozu diese Ärzte damals fähig waren. Mein Vater war kein Gott in Weiß, wie viele auch heute noch glauben."

„Er ist tot, Klaus."

„Stimmt." Klaus Lautental nickte. „Aber ich lebe."

Wir schwiegen, aber es fühlte sich alles andere als unangenehm an. Unangenehm waren nur die Erinnerungen, obwohl dieses Wort der grausigen Geschichte nicht annähernd gerecht wurde. Ich wollte mir nicht einmal vorstellen, was Klaus Lautental gefühlt haben musste, als er erfuhr, dass sein eigener Vater die Schwester getötet hatte.

Aber hatte ich nicht Ähnliches erlebt? Ich wusste doch, wie es sich anfühlte, einen Mörder zum Vater zu haben. Im Moment jedoch kam mir Onkel Fred nicht halb so kaltblütig vor wie Lautental, der nicht im Affekt, sondern mit vollem Bewusstsein gehandelt hatte.

„Was haben Sie nun vor?", durchbrach ich das Schweigen und erwartete, dass er mit den Schultern zuckte, wie es so viele Opfer im Nachhinein getan hatten. Es gab keinen Frieden und keine Gerechtigkeit, die etwas von dem gutmachen konnten, was damals geschehen war. Zu meinem Erstaunen schien mein Besucher das anders zu sehen.

„In acht Wochen findet an der Universität, in der mein Vater einst studierte, eine Ehrung statt. Der große Arne Lautental soll für sein Lebenswerk ausgezeichnet werden. Sein Lebenswerk!"

Er lachte hart auf. „Unfassbar!"

„Glauben Sie, die Verantwortlichen wissen von seiner dunklen Seite?"

„Natürlich, ich habe ihnen alles zukommen lassen, was nötig ist. Bis heute erhielt ich keine Antwort. Offenbar wollen sie sich lieber mit einem bekannten ehemaligen Studenten rühmen als die Leute darüber aufzuklären, dass er ein Mörder im Dienste der Medizin und des Hitler-Regimes war."

„Sie werden es nicht verhindern können."

„Aber ich werde es versuchen."

„Wie?"

„Ich gehöre zu den Gästen. Man bat mich sogar, eine Laudatio über meinen Vater zu halten, um seine Leistungen und Verdienste zu würdigen. Diesem Wunsch komme ich gerne nach. Mit meiner Rede werde ich für einen Eklat sorgen, über den die Presse tagelang berichten wird. Ich kann nicht tatenlos zuschauen, wie sie ihn heiligsprechen. Ich bin es meiner Schwester schuldig."

„Das ist sehr mutig."

„Nein, Marie, es ist meine Pflicht."

„Wenn ich Ihnen irgendwie helfen kann, würde ich das gerne tun."

„Tatsächlich wäre ich Ihnen dankbar dafür. Deshalb bin ich hier. Es wäre großartig, wenn Ihr Roman zur gleichen Zeit veröffentlicht würde. Er wird garantiert für Aufregung sorgen, da bin ich mir sicher."

Ich nickte. Sein Plan war gut. Schließlich hatte schon Max' Geschichte Aufsehen erregt. Zusammen mit einem Skandal würde das neue Buch wie eine Bombe einschlagen und Ines hatte ganz sicher nichts dagegen, im Gegenteil.

„Glauben Sie, Sie bekommen es hin?", fragte Klaus.

„Ich werde es zumindest versuchen. Sie haben heute viel dazu beigetragen. Trotz allem fehlt ein Teil. Wir müssen erfahren, wie es mit Ihrem Vater weiterging, und das weiß nur eine, Hilde Edelmann."

„Die ehemalige Haushälterin."

„Sie kennen sie?", fragte ich überrascht.

„Natürlich, mein Vater vertraute keinem Menschen stärker als ihr, nicht einmal meiner Mutter. Die beiden haben den Kontakt zueinander nie verloren. Als meine Mutter damals das Haus verließ, zog Hilde wenig später ein.

„Wohin ging Ruth?"

„Anfangs zu Verwandten, dort konnte sie vorübergehend wohnen, bis sie etwas Eigenes fand. Leider wurde sie bald darauf schwer krank. Ich denke, es lag daran, dass sie nie über den Verlust von Gitta hinwegkam. Ich besuchte sie zu dieser Zeit häufig, wir hatten ein sehr inniges Verhältnis, bis sie starb."

„Das tut mir leid. Wusste Ihr Vater davon?"

„Er hat es erst nach ihrem Tod erfahren. Ich war bei ihm, um ihm die traurige Nachricht zu überbringen. Er war schließlich immer noch ihr Ehemann. Ich glaube, es erleichterte ihn. Er hat es nicht offen ausgesprochen, aber ich konnte spüren, welche Last von ihm abfiel. Bis zu diesem Tag musste er befürchten, dass sie ihm auf irgendeine Art schaden würde."

„Was sie nicht getan hat. Was wurde aus den Dokumenten, die sie aus seinem Arbeitszimmer mitnahm?"

„Meine Mutter bewahrte sie in einem Schuhkarton auf, den sie auf dem Dachboden versteckte. Sie nahm nur einige Fotos und wenige Erinnerungsstücke mit, die sie vor ihrer Flucht aus dem Haus holte. Ich habe diesem unscheinbaren Karton keine Bedeutung zugemessen, als meine Frau ihn mir gab. Sie kümmerte sich mit unseren Söhnen um den Nachlass, als mein Vater starb. Ich selbst wollte dieses Haus nie wieder betreten und hatte ihn nie wieder besucht."

„Deshalb habe ich Sie damals nicht gesehen, als ausgeräumt wurde."

„Ich wollte den alten Kasten nur noch loswerden. Leider fanden sich lange Zeit keine Käufer dafür. Erst vor Kurzem konnten wir ihn einem jungen Paar verkaufen."

„Meine neuen Nachbarn."

Ich nickte, während ich mich fragte, ob er wusste, dass es im Haus viel mehr Beweise gab als nur diesen Karton.

„Wissen Sie von den Gläsern?", fragte ich und erzählte von dem grausigen Fund. Klaus Lautental reagierte entsetzt, er hatte keine Ahnung davon gehabt.

„Damit ist seine Schuld endgültig bewiesen", sagte er leise und stand auf. „Ich werde alles daransetzen, dass kein einziger Student ihn noch als Vorbild sieht. Danke, Marie."

„Ich danke Ihnen. Sie können mich und Ines jederzeit anrufen."

„Das werde ich bestimmt. Alles Gute, werden Sie schnell gesund! Die Welt braucht Menschen wie Sie."

Er schloss die Tür. Ich blieb nachdenklich zurück. Dann griff ich zum Telefon und rief Ines an.

„Was gibt es, Marie?", fragte sie, kaum dass sie in der Leitung war.

„Klaus Lautental ist gerade gegangen. Weißt du, was er vorhat?"

„Ja, er hat es mir erzählt, und wenn du mich fragst, ist das nicht nur sehr mutig von ihm, sondern auch genau das Richtige."

„Schon möglich, ich …"

„Zweifelst du etwa daran?", fragte Ines.

„Nein, ich bin mir nicht sicher. Ich kann mir nur nicht vorstellen, dass es so einfach für ihn ist, wie er tut. Es handelt sich um seinen Vater, den er an den Pranger stellen will."

„Der ein Verbrecher an jeglicher Menschlichkeit war."

„Ich weiß das, Ines. Aber ich weiß auch, wie es sich anfühlt, damit zu leben, dass der eigene Vater ein Mörder ist."

„Was?", rief Ines in den Hörer. „Von was sprichst du, Marie?"

„Nicht jetzt, ich erzähle es dir später. Eigentlich habe ich dich nur angerufen, um dich zu bitten, zu Hilde Edelmann zu fahren. Wir müssen endlich ihren Teil der Geschichte erfahren, sonst können wir den Roman nicht schreiben."

„Das hatte ich vor. Natürlich müssen wir ihre Sicht der Dinge hören."

„Dann fährst du zu ihr?"

„Nein."

„Nein? Warum?"

„Weil ich bereits dort bin, Marie." Ines lachte. „Ich habe sogar schon erste Ergebnisse. Erinnerst du dich an das idyllische Altenheim, in dem die ehemalige Haushälterin lebt?"

„Natürlich, ich war dort. Was ist damit?"

„Dieses Heim und die Anstalt, deren Leiter Arne Lautental war, sind ein und dasselbe Gebäude. Aus der Totenfabrik wurde eine gepflegte Seniorenresidenz. Findest du es jetzt immer noch so bezaubernd wie nach deinem Besuch?"

Ich schüttelte den Kopf und vergaß, dass Ines es nicht sehen konnte. Plötzlich fügte sich alles zusammen. Ich spürte, wie sich die feinen Haare auf meinen Unterarmen aufrichteten, als ich daran dachte, dass ich unbeschwert über den

Boden gelaufen war, an dem das Blut von Lautentals Opfern klebte.

„Marie? Bist du noch dran?“

„Ja, natürlich.“

„Wenn ich zurück bin, reden wir, okay? Jetzt muss ich erst einmal die alte Dame zum Reden bringen.“

„Es wird nicht leicht werden, glaub mir!“

„Das war es nie, mach’s gut!“

Ines legte auf.

20

Nachdenklich stand ich sechs Wochen später vor dem großen Spiegel im Flur des Hauses und betrachtete mein Spiegelbild, welches sich gänzlich von dem unterschied, was ich sonst zu sehen bekam. Anstelle meiner Blusen und Kleider trug ich das Fußballtrikot, welches ich damals zu dem Spiel getragen hatte, als ich zum ersten Mal Max traf. Ich sah auch heute noch albern darin aus. Das Trikot gehörte Noel und war mir viel zu groß. Doch anders als vor Jahren hatte ich nun das Gefühl, dass es zu mir passte.

„Marie? Wo bleibst du denn? Kannst du dich vielleicht ein wenig beeilen?"

Die Stimme, die aus dem Flur drang, klang ungeduldig. „Wir haben Jonah versprochen, etwas früher loszufahren. Du weißt doch, wie sehr er sich auf das Spiel freut."

„Ich bin gleich so weit."

„Gleich?" Noel kam ins Zimmer gestürmt und sah mich völlig verständnislos an. „Wir müssen jetzt los, wenn wir den Anpfiff nicht verpassen wollen."

„Ich komme ja schon. Ist Max etwa schon fertig?"

„Was denkst du? Max hat sich noch nie verspätet, wenn es um den Fußball ging."

Noel grinste. „Du hattest aber nicht vor, dir gerade die weiße Bluse anzuziehen und den Strohhut aufzusetzen? Da war doch noch etwas."

„Hör auf damit!" Ich lachte und stieß ihn mit dem Ellenbogen in die Seite. „Das ist so lange her. Könnt ihr das nicht endlich vergessen?"

„Eher nicht, Marie, und jetzt komm!"

Er ging mir nach unten voraus. Ich folgte ihm lächelnd und erinnerte mich daran, wie ich damals in meinem Sommerkleid und dem Hut im Stadion aufgetaucht war. Jonah hatte es alles andere als lustig gefunden und sich furchtbar für mich geschämt. Ich hatte ihm hoch und heilig versprechen müssen, ein Trikot anzuziehen, wenn ich weiterhin dabei sein wollte.

„Da seid ihr ja endlich", rief mein Sohn ungeduldig, als wir aus dem Haus kamen. „Wir warten schon eine Ewigkeit."

„Gib mir nicht die Schuld!", antwortete Noel und hielt mir die Tür auf. Ich stieg ein und begrüßte Max, der auf dem Beifahrersitz saß.

„Wie geht es dir?", fragte er, während Noel den Motor startete und losfuhr.

„Gut, Max. Wirklich."

Es rührte mich, dass er immer noch besorgt um mich war. Dabei lag meine Operation nun schon einige Wochen zurück und ich arbeitete wieder. Noel war dagegen gewesen und hatte verlangt, dass ich mir eine Auszeit nehmen sollte. Aber Doktor Werner hatte mir grünes Licht gegeben. Außerdem fehlten mir meine Patienten. Ich konnte nicht einfach untätig zu Hause sitzen, während meine Kolleginnen Überstunden schoben.

„Du kennst doch Marie", mischte sich mein Mann von vorn ein. „Kaum war sie entlassen, hat sie sich in Arbeit gestürzt. Wenn sie nicht in der Klinik ist, dann bei Ines. Jonah und ich gewöhnen uns langsam daran."

„Das ist nicht wahr", rechtfertigte ich mich, obwohl ich wusste, wie nahe Noel der Wahrheit kam. Ich hatte in den letzten Wochen tatsächlich mehr Zeit mit Ines verbracht als mit meiner Familie. „Außerdem ist das Buch bald fertig. Viel fehlt nicht mehr."

„Dann können wir ja aufatmen und hoffen, dass es der letzte Roman ist, den Ines mit dir veröffentlicht."

„Lass sie, Noel!", sprang Max mir zur Seite. „Sie tut das Richtige. Wenn es niemanden mehr gibt, der sich für unsere Geschichten interessiert, werden wir vergessen."

„Danke, Max."

Ich drückte seine Hand. Er lächelte mich an. Die tiefe Verbundenheit, die auf einer einfachen Bank im Park um das Stadion zwischen uns entstanden war, existierte immer noch.

„Was wurde eigentlich aus dem Gespräch mit Hilde Edelmann, Lautentals ehemaliger Haushälterin?", fragte Max.

„Ines war bei ihr. Sie weigert sich, Lautental die Schuld zu geben, und leugnet, dass er seine Tochter umgebracht hat. Ihrer Aussage nach ist Ruth mit Gitta weggezogen."

„Du glaubst, sie lügt absichtlich?"

„Ich weiß es nicht. Wir werden es wohl nie erfahren."

„Ist es überhaupt noch wichtig, Marie? Lautentals Hass auf Menschen mit Behinderung lag in seiner Kindheit begründet. Zusammen mit der Ideologie des Nationalsozialismus ergab es eine tödliche Mischung. Dieser Gärtner hat den perfekten Nährboden für Lautentals dunkle Seite bereitet."

„Vermutlich hast du recht, Max. Ich bin wirklich gespannt darauf, wie die Öffentlichkeit reagieren wird. In zwei Wochen soll die Ehrung stattfinden."

„Hält Lautentals Sohn an seinem Plan fest?"

„Ja, mehr denn je. Ich weiß nicht genau, was er vorhat.

Aber es wird sicher nicht bei dieser Laudatio bleiben. Dafür wurde er nämlich ursprünglich eingeladen."

„Ich würde gerne dabei sein", sagte Max. „Wenn es auch nichts an der Vergangenheit ändert, verschafft es mir doch ein klein wenig Genugtuung. Verstehst du das?"

„Natürlich, Max. Ich verstehe, was du meinst, und ich habe nichts dagegen einzuwenden, dass du mitkommst. Aber jetzt konzentrieren wir uns erst einmal auf das Spiel. Alles andere wird sich zeigen."

Er nickte. Inzwischen waren wir beim Stadion angekommen. Ich nahm den Arm des alten Mannes und stieg mit ihm die Stufen hinauf, während Noel und Jonah vorneweg liefen, um uns gute Plätze zu sichern.

Wir saßen kaum, als das Spiel angepfiffen wurde. Während Jonah und Noel aufstanden und die Mannschaft anfeuerten, blieben Max und ich sitzen. Ich bemerkte, wie der alte Mann zu den Spielerbänken schaute. Als ich seinem Blick folgte, sah ich, wie einer der jungen Männer aufstand und sich warmlief. Erst jetzt konnte man den Namen erkennen, der deutlich auf der Lehne des Sitzes zu lesen war. Max!

Ich nahm Max' Hand und drückte sie. Dabei lief mir eine Träne über die Wange. Ich wischte sie fort, bevor der alte Mann sie sehen konnte. Es gab keinen Anlass zu heulen. Die Ehrung, die Max durch diese Geste zuteilwurde, war Grund zur Freude. Er würde immer seinen Platz hier in diesem Stadion haben. Das Gefühl war überwältigend.

Genauso überwältigend war es aber auch, als ich das fertige Manuskript in der Hand hielt, welches Lautentals Geschichte beschrieb. Ines hatte mich unter einem Vorwand in ihre Agentur gebeten und ich rechnete nicht im Entferntesten damit, dass sie es tatsächlich geschafft hatte, den Text fertigzustellen.

„Na, was sagst du?“, fragte sie aufgeregt, als ich es in der Hand hielt.

„Ich kann es gerade nicht fassen“, antwortete ich ehrlich. „Du musst Tag und Nacht daran gearbeitet haben.“

„Damit liegst du gar nicht so falsch, zusammen mit der Autorin natürlich. Meine Familie ist heilfroh, dass wir endlich fertig sind und sie mich wieder zu Gesicht bekommt. Es gab Tage, an denen ich sogar hier übernachtet habe.“

„Darf ich es lesen?“, fragte ich und konnte es kaum erwarten.

„Du sollst sogar. Ich will dein Urteil darüber hören, bevor ich es in Druck gebe. Allerdings musst du dich beeilen. Die Ehrung für Lautentals Lebenswerk findet in ein paar Tagen statt. Ich möchte das Buch zeitgleich veröffentlichen, wie ich es dem Sohn des Arztes versprochen habe.“

„Ich fange gleich damit an. Wirst du eigentlich bei dieser Veranstaltung dabei sein?“

„Nein, es genügt, wenn du dort bist. Ich werde mir im Fernsehen anschauen, wie sich die Medien darauf stürzen. Weißt du jetzt, was Klaus Lautental vorhat?“

„Leider nicht, er schweigt wie ein Grab. Wir können nur abwarten.“

Ines nickte. Ich sah, wie sie sich mit dem Zeigefinger die Schläfe rieb. Sie wirkte erschöpft, was sie sicher auch war. Auf Dauer tat dieses Arbeitspensum auch ihr nicht gut.

„Du solltest dich ausruhen, Ines“, sagte ich besorgt. „Es war ganz schön viel in der letzten Zeit.“

„Das habe ich vor. Aber erst, wenn es vorbei ist.“ Sie seufzte. „Ich muss dann auch weitermachen, Marie. Es gibt noch viel zu tun. Ruf mich sofort an, wenn du durch bist.“

„Versprochen.“

Ich umarmte sie und verließ das Büro. Wieder kam ich an

dem Regal vorbei. Wieder fiel mir als Erstes Jonahs Buch auf. Ich konnte kaum glauben, dass sich schon bald ein fünfter Teil einreihen würde.

„Ines?“

Ich drehte mich noch einmal zu ihr um.

„Ja.“

Sie schaute nicht auf, sondern war bereits mit einem Stapel Fotos beschäftigt, die auf ihrem Schreibtisch lagen. Ich vermutete, dass sie mit dem Cover zu tun hatten.

„Hast du etwas dagegen, wenn ich den Roman mitnehme? Ich würde ihn gerne jemand schenken.“

„Kein Problem, nimm ihn mit! Wir haben genug davon.“

„Danke“, sagte ich und ging endgültig. Nachdem ich noch einige Einkäufe erledigt hatte, fuhr ich nach Hause. Dort angekommen trug ich die Taschen ins Haus, bevor ich durch den Garten zu den Nachbarn ging und klingelte.

„Hi, Marie“, begrüßte mich Stefanie. „Komm rein!“

„Heute nicht, ich muss mich um das Essen kümmern. Ich möchte dir gerne ein Geschenk machen. Ohne dich hätten wir nie erfahren, wer dieser Arzt war, der in dieser alten Villa so zurückgezogen gelebt hat. Hier!“

Ich reichte ihr das Buch.

„Du hast mich irgendwann einmal gefragt, woher ich meine Informationen über diese Zeit besitze. Jo war ein Patient von mir, ein besonderer Patient. Lies seine Geschichte, damit fing es an.“

„Danke, Marie.“

Stefanie umarmte mich spontan, als würde sie die Besonderheit dieses Momentes fühlen und wahrscheinlich tat sie es sogar. Ich bemerkte nämlich die Tränen in ihren Augen, während ich Mühe hatte, meine zurückzuhalten. Bevor ich noch losheulen würde, wechselte ich das Thema.

„Hat Klaus Lautental den Rest abholen lassen?“, fragte ich sie. Stefanie nickte.

„Ja, das hat er, und wir sind mehr als froh darüber. Die Beamten haben das ganze Haus auf den Kopf gestellt. Frag mich nicht, was sie noch gefunden haben! Ich wollte es nicht wissen."

„Ich verstehe dich. Aber jetzt ist es vorbei, Stefanie. Ihr könnt der alten Villa neues Leben einhauchen und die Schatten der Vergangenheit vertreiben. Ihr schafft das."

Ich atmete tief durch. Der Geruch des Efeus drang in meine Nase.

„Ich muss gehen. Wir sehen uns zur Trauerfeier. Ihr geht doch mit, oder?"

„Natürlich, Marie."

Ich ging zurück zu unserem Haus. Dort kümmerte ich mich ums Essen und machte es mir danach mit dem Manuskript auf dem Sofa gemütlich. Als ich im Krankenhaus gelegen und die Hälfte davon gelesen hatte, war noch vieles verworren gewesen. Dazu kam, dass nicht nur ich recherchiert hatte. Die verschiedenen Puzzlestücke nun vereint in diesem Packen Papier in meinen Händen zu halten, löste eine gewisse Anspannung in mir aus.

Bevor ich begann, lehnte ich mich zurück und erinnerte mich daran, wie Stefanie vor Monaten in meinen Garten kam und mir dieses Dokument gezeigt hatte. Auf den ersten Blick waren es lediglich mit Hand verfasste Zeilen auf vergilbtem Papier.

Ähnlich wie Jos Tagebuch, die Zeichnungen der Kinder, die Clara aufbewahrt hatte, oder Claudias Manuskript. Gleichzeitig enthielt jedes Einzelne von ihnen Beweise. Sie waren gesichtslose Zeitzeugen und Bildnisse des Grauens, und es war unsere Aufgabe, sie weiterzugeben an nachfolgende Generationen.

In den vergangenen Monaten hatte ich sehr viel recherchiert. Rund 200.000 Behinderte oder Menschen mit Nervenkrankheiten, deren Leben aus Sicht der Nationalsozialisten nicht lebenswert erschien, waren im Dritten Reich dem „Euthanasie"-Programm der Nazis zum Opfer gefallen.

Sie wurden in extra dazu errichteten Lagern und Anstalten vergast, mit Schlafmitteln getötet oder systematisch in den Hungertod getrieben. Nach Jahren intensiver Arbeit war es Forschern endlich gelungen, einen Teil der Akten über diese monströsen Verbrechen in einer zentralen Datenbank zu erfassen. Vermutlich lagen aber noch immer viele Dokumente verborgen in zahlreichen Archiven und Kellern von Heimen, Krankenhäusern und Gedenkstätten. Außerdem hatten die Nazis einen Großteil der Akten vernichtet.

Möglicherweise würde nie vollständig aufgedeckt werden, wie viele Verbrechen durch NS-Ärzte und Krankenschwestern begangen worden waren. Aber zumindest Gitta und Kurt gaben wir jetzt einen Namen.

21

Die Stühle in der Aula der Universität waren bis auf wenige leere Plätze besetzt, als ich mit Max und Noel bei der Veranstaltung zu Ehren Arne Lautentals auftauchte. Unsicher suchte ich nach dessen Sohn und entdeckte ihn schließlich, umringt von Reportern. Als er meinen Blick bemerkte, löste er sich aus der Menge und kam zu uns.

„Ihr sitzt ganz vorn. Ich habe Plätze reserviert."

Klaus Lautental lächelte. Ich konnte nicht fassen, wie ruhig er in Anbetracht der Situation agierte. Ich an seiner Stelle hätte es vor Aufregung nicht ausgehalten.

„Bist du nicht nervös?", fragte ich.

„Nein, dafür habe ich zu lange auf diesen Tag gewartet."

„Verrätst du uns jetzt, was du vorhast? Es bleibt nicht nur bei der Laudatio, habe ich recht?"

„Nicht ganz, sagen wir mal, ich untermauere meine Rede etwas. Ich hoffe, die ..."

Er wurde von einem älteren Herrn in dunklem Anzug unterbrochen.

„Herr Lautental, wir wären dann so weit. Sie können in fünf Minuten mit Ihrer Laudatio beginnen."

Wohlgefällig klopfte er ihm auf die Schulter.

„Ihr Vater wäre sehr stolz auf Sie."

„Da bin ich mir sicher", antwortete Klaus Lautental unbeeindruckt. „Ich komme gleich."

Der Mann ging und auch Klaus hatte es nun eilig.

„Drückt die Daumen, dass alles glattläuft", bat er uns, bevor er verschwand. Wir nahmen inzwischen in der ersten Reihe Platz und warteten.

„Ein sympathischer junger Mann", stellte Max fest und nickte.

„Mal abwarten, ob die Organisatoren dieser Veranstaltung das nach seiner Rede auch noch so sehen", flüsterte ich ihm zu. Dann setzte plötzlich Stille ein.

Der Herr im Anzug betrat das Podest und begrüßte die Gäste. Danach folgten endlos aneinandergereihte Lobeshymnen über die Verdienste des ehemaligen Studenten dieser Universität, bevor er endlich Klaus Lautental ankündigte. Alle Blicke richteten sich nun auf den Mann, der unter dem Applaus des Saals die Bühne betrat.

Klaus Lautental stand aufrecht und gefasst, auch wenn ich ein leichtes Zittern in seiner Stimme wahrnahm. Er begrüßte das Publikum und holte tief Luft. Ich hielt den Atem an.

„Sie alle sind gekommen, um meinen Vater, den großartigen Neurologen Arne Lautental, für sein Lebenswerk zu ehren. Ich danke Ihnen dafür."

Wieder brandete Applaus auf. Als ich mich kurz umschaute, bemerkte ich die anerkennenden Blicke der Gäste, die nicht ahnten, was folgen würde. Klaus lächelte und brach den Beifall mit vorgestreckter Hand ab. Wieder wurde es still im Saal.

„Professor Meininger hat Ihnen vorhin die Verdienste meines Vaters vor Augen gehalten", fuhr er fort. „Tatsächlich konnten durch dessen experimentelle Forschung einige bedeutende Durchbrüche in der Nervenheilkunde erzielt werden."

Wieder setzte er eine gezielte Pause ein. Sein Körper straffte sich, während sich sein Blick plötzlich auf mich richtete. Er nickte mir zu. Ich griff nach Noels Hand und drückte sie. Dann nickte ich zurück.

„Ich möchte Ihnen heute gerne etwas zeigen", kündigte Lautentals Sohn an. Eine junge Frau, vermutlich eine Studentin, kam zu ihm und reichte ihm ein Glas. Ich presste meine Hand auf den Mund. Die Aufschrift auf dem Etikett war aus der Entfernung nicht lesbar, aber ich wusste natürlich, um was es sich handelte.

„Das hier!" Er zeigte auf das Präparat. „Das hier ist einer der vielen Beweise dafür, dass mein Vater bereit war, für die Forschung alles zu geben."

Erneut begannen einige Gäste zu klatschen, nun jedoch ziemlich verhalten. Ich hörte, wie ein Raunen durch die Reihen ging. Noch waren sich die Zuschauer aber nicht sicher, was der Sohn ihres verehrten Vorbildes bezwecken wollte. Die Reporter hingegen schienen zu wittern, dass es gleich eine Sensation geben würde und richteten sämtliche Kameras auf Klaus, der nichts von seiner Ruhe verloren zu haben schien.

„Mein Vater war ein Nationalsozialist", sagte er. „Aber das genügt nicht, um zu beschreiben, welcher Mensch hinter dem weißen Kittel mit Armbinde steckte. Ohne Skrupel befürwortete er die Euthanasie, die Tötung unschuldiger Männer, Frauen und Kinder, die er als nicht lebenswert einstufte. Er misshandelte, quälte und tötete hilflose, kranke Menschen. Mein Vater, der Mann, den Sie heute für sein Lebenswerk auszeichnen wollen, war ein Mörder."

Klaus Lautental beendete seine Laudatio. Im Saal herrschte angespannte Stille. In diesem Moment hätte man eine Stecknadel fallen hören. Ich atmete tief durch. Irgendein

Gefühl sagte mir, dass er noch nicht fertig war, und tatsächlich nahm er eine Fernbedienung zur Hand und drückte einen Knopf.

Auf der Leinwand hinter ihm erschienen Bilder. Schreckliche Bilder, wie ich feststellte. Sie zeigten behinderte Menschen, denen man Drähte in den Kopf bohrte. Ein Zwillingspaar saß ängstlich in einem Labor. Entsetzt erkannte ich, dass ein Arzt ihre Körper zusammennähte. Es folgten Augäpfel, die auf einem silbernen Tablett lagen, herausgenommene Rückenmarksstränge.

Ich konnte kaum noch hinschauen und senkte den Kopf. Als ich wieder aufblickte, erschien das Foto eines hübschen Mädchens mit strohblondem Haar, welches zu Zöpfen gebunden war. Es saß auf dem Schoß eines Mannes und sah bewundernd zu ihm auf.

„Das ist mein Vater“, ergriff Klaus wieder das Wort. „Zusammen mit meiner kleinen Schwester Gitta, als sie noch nicht ahnte, zu was er fähig war. Nachdem sie unter einer Hirnhautentzündung litt, brachte er sie in seine Anstalt und tötete sie. Arne Lautental hat seine eigene Tochter umgebracht. Das ist sein Lebenswerk.“

Klaus Lautental ging von der Bühne. Während ein Blitzlichtgewitter losbrach, liefen auf der Leinwand weiterhin Bilder. Dieses Mal zeigten sie Listen mit Lautentals Unterschrift. Name für Name erschien, immer mit dem Hinweis: negativ. Die Reihe schien nicht enden zu wollen. Es handelte sich um Ruths Erbe, um die Dokumente, die sie in jener Nacht aus dem Schreibtisch ihres Mannes stahl.

Ich stand auf, um zu Lautentals Sohn zu gehen. Dabei bemerkte ich, dass vielen Gästen Tränen über die Wangen liefen. Andere wiederum schüttelten entsetzt den Kopf. Applaus gab es nun keinen mehr.

„Lasst uns gehen“, sagte Noel und stand ebenfalls auf. Schweigend verließen wir die Aula und trafen Klaus vor dem

Gebäude. Er sprach mit einigen Reportern. Als er uns sah, lächelte er. Ich winkte ihm zu.

„In wenigen Tagen wird ein Roman über das Leben meines Vaters erscheinen“, hörte ich noch, bevor ich Max und meinem Mann zum Wagen folgte.

~

Es begann leise zu regnen, als wir vier Wochen später auf dem Friedhof ankamen. Dennoch waren alle gekommen. Ines mit ihrer Familie, Stefanie und Torsten, Max, Klaus und wir natürlich, Noel und ich. Schweigend gingen wir den Weg durch die Anlage bis zum kleinen Friedhof.

Dabei kamen wir an dem Pflegeheim vorüber, das mir anfangs so idyllisch erschienen war. Nichts erinnerte mehr an die hier verübten Verbrechen. Ich schaute nach oben zum Fenster, hinter dem Hilde Edelmann untergebracht war. Jemand hatte die Gardinen zugezogen.

Überhaupt war kaum ein Mensch zu sehen. Ich hatte keine Ahnung, ob es am Wetter lag oder an der geplanten Trauerfeier, die in den zurückliegenden Wochen in aller Munde gewesen war. Letztendlich erschien es mir nicht wichtig. Das Leben ging weiter, wie man so schön sagte, auch hier in diesem Pflegeheim mit dunkler Vergangenheit.

Auf dem Friedhof angekommen, erwartete uns der Priester bereits. Er reichte uns die Hand und fragte nach einem Blick auf die dunklen Wolken am Himmel, ob er beginnen könne. Klaus Lautental nickte. Wir waren bereit. Die Gehirne der getöteten Kinder konnten beigesetzt werden. Heute, fast achtzig Jahre später, würden sie ihren Frieden finden.

Leise Musik setzte ein. Unter dunklen Regenschirmen verborgen folgten wir der feierlichen Zeremonie, als plötzlich Schritte hinter uns zu hören waren. Ich drehte mich um und traute meinen Augen kaum. Ein langer Zug Menschen bewegte sich auf uns zu.

Alte Menschen, die nur mühsam vorankamen. Andere wurden im Rollstuhl geschoben. Krankenschwestern, Ärzte und sonstiges Personal. Jeder Einzelne von ihnen hielt eine weiße Rose in der Hand. Stumm bildeten sie einen Kreis um die kleinen Gräber, während der Priester seine Rede hielt.

Mir hingegen liefen die Tränen ungehemmt über die Wangen, als ich eine Hand spürte, die meine drückte. Ich sah auf, direkt in Klaus Lautentals Augen, die ebenfalls weinten. Gerührt verfolgten wir, wie die Patienten ihre Blumen auf die Erde legten, die die Urnen bedeckten. Es war ergreifend zuzuschauen, dass jeder dieser Menschen sich des Moments bewusst war und ihm eine besondere Ehre verlieh. Es dauerte über eine Stunde, bis auch die letzte Bewohnerin sich zum Grab bückte.

Als sie ihre Rose abgelegt hatte, ging sie nicht zu den anderen zurück. Stattdessen kam sie mit unsicheren Schritten auf uns zu. Ich bemerkte ihre Tränen und auch das Zittern ihrer Lippen. Sie wollte etwas sagen, als sie vor uns stand, brachte aber keinen Ton heraus. Stattdessen griff sie nach der Hand von Klaus Lautental. Ich sah, wie er zögerte. Sein und Hilde Edelmanns Blick trafen sich und verharrten ineinander. Meine Kehle schnürte sich zu, als ich das Flehen in den Augen der alten Dame bemerkte. Ich atmete auf, als Klaus ihr seine Hand reichte.

„Es tut mir leid“, sagte die ehemalige Hauswirtschafterin leise. „Es tut mir unendlich leid.“

Dann drehte sie sich um und ging.

Wenig später verabschiedeten sich auch Stefanie und ihr Mann. Der Priester begleitete sie zusammen mit Noel, Max, Herrn Mehring und dessen Sohn. Nur Ines, Klaus und ich blieben zurück.

„Wenn ihr nichts dagegen habt, würde ich die Veröffentlichung um einen Tag verschieben", sagte Ines.

„Ich teile Ihre Meinung", stimmte Klaus zu, dem ich ansah, wie nahe ihm das Ganze ging. Dennoch schien er den Grund für die verzögerte Veröffentlichung zu kennen. Ich hingegen war völlig ahnungslos.

„Was hast du vor?", fragte ich.

„Ich möchte diese Szene unbedingt am Ende des Romans haben. Sie wird den Lesern vermutlich Tränen in die Augen treiben, wie uns auch. Aber sie wird auch gleichzeitig für die Hoffnung stehen, dass es nie zu spät ist zu bereuen."

Ich nickte. Ines bewies gerade wieder einmal, wie feinfühlig sie war. Sie hatte recht, Hilde Edelmanns Reue gehörte dazu. Arne Lautental hatte viel Schuld auf sich geladen, die niemals gutzumachen war. Trotz allem würde es einigen von uns nun gelingen, Frieden zu finden.

Auf dem Parkplatz verabschiedete ich mich von ihnen. Klaus Lautental umarmte mich herzlich, bevor er zu seinem Wagen ging. Ines und ich sahen ihm nach.

„Mach's gut, Ines", sagte ich zu meiner Freundin. „Ich hoffe wirklich, das wird der letzte Roman sein, den wir darüber veröffentlichen."

Langsam ging ich zu Noel und Max, die vor dem Wagen auf mich warteten. Bevor ich einstieg, drehte ich mich noch einmal zu Ines um, die sich nicht vom Fleck gerührt hatte. Als sie meinen Blick bemerkte, lächelte sie und zuckte mit den Schultern.

„Wer weiß, Marie", rief sie mir zu, bevor auch sie in ihr Auto stieg.

Printed in Poland
by Amazon Fulfillment
Poland Sp. z o.o., Wrocław

44399645R00140